옛길 위의
조선통신사

서울에서 부산까지

영천과 조선통신사 자료총서 ③

옛길 위의
朝/鮮/通/信/使
조선통신사

서울에서 부산까지

양효성 엮음

보고사

이 책자는 문화체육관광부와 경북 영천시가 공동으로 주최한 "2015 대한민국 문화의 달"의 성공적인 개최를 기념하여 2016년 경상북도와 영천시의 지원으로 발간합니다.

영천읍성별빛 순라 – 조선통신사 숙소이자 전별연이 열리는 조양각.
〈1643년 5차 통신사 윤순지를 비롯하여 70여점의 시액(詩額)을 소장한 문학의 산실(産室)이다〉

들복숭아 지자말자 첫 제비 돌아오고	野桃纔落鷰初會
아스라이 강변 누각 석양에 비껴있네	江閣迢迢傍晩開
숲 사이로 흘낏 꾀꼬리 날아가고	遷樹乍間黃鳥出
주렴 걷자 흰 구름 손짓하고 다가 오네	捲簾時許白雲來
…	…

영천통신사 찰방마을

◀ 찰방최공상봉청선비(察訪崔公商鳳淸善碑; 숙종(1763) 39년)
▼ 찰방비 연구모임의 탑본과 선정비 유적정비

신녕 장수 찰방우물 복원 정비

통신사찰방마을의 거리의 인문학 강의(허경진 교수)

장수도 찰방 이명기

통신사마을 신녕 장수찰방 벽화이야기

장수도 옛 길

조선통신사 그림 이야기 〈장수찰방마을〉

조선통신사 걷기

제5회 21세기 조선통신사 걷기 출발행사 〈2015.4.1. 경복궁〉

2015년 4월15일 14일만에 389km를 걸어 영천 조양각으로 향하는 한일우정걷기 일행

21세기 통신사를 이끌어가는 기마군관들

영천 문화의 달 깃발이 조선통신사의 깃발과 봄바람에 휘날리고...

영천전별연의 상징 마상재

통신사전별연 포은예술단 창단〈서울—문경—영천—경주—부산—시즈오카로
통신사 홍보사절단 구실을 하고 있다. – 일본 시즈오카〉

전은석의 영천아리랑 〈2015 조선통신사 대한민국 문화의 달 영전 금호강변〉

포은예술단 무용공연 일본 시즈오카

사랑이야기 〈2015 대한민국 문화의 달 영천금호강변특설무대 – 태무 태권도 시범단〉

조선통신사 행렬재현 〈2015 영천시〉

통신사를 따라가며…
〈매년 가을이면 통신사행렬이 금호강을 따라 시민과 발걸음을 함께 한다. – 영천통신사 사랑 자원봉사자〉

〈사진제공 : 영천시, 박순하, 이상기〉

책머리에

조선통신사 연구는 『해행총재(海行摠載)』를 비롯한 관련 기록들이 유네스코 기록문화유산 등재의 문턱에 들어서면서 영역의 확장과 체계의 확립이 시급하게 되었다. 쓰시마와 부산의 왜관(倭館) 사이에서 이뤄졌던 연구를 서울과 도쿄, 그리고 아시아에 끼친 영향 등의 공간 확장뿐만 아니라 각 분야의 공동연구도 절실하게 되었다. 조선통신사의 연구대상이 기행문학, 회화, 공연 등 예술 분야와 의식주(衣食住)의 민속학, 포로의 쇄환 및 외교문제에서 경제교류에 이르기까지 고구마줄기처럼 광범위하기 때문이다.

1607년부터 1881년까지 12차례 사행의 기록은 『해행총재(海行摠載)』 이후에도 속속 발굴되어 이제 50편에 육박하고 있다.[1] 이 기록에는 통신사들의 시간의 발자국이 또렷하게 묻어 있다. "그 발자국의 자리를 다시 찾아본다면 그 시대 그 시간의 모습을 좀 더 구체적으로 느낄 수 있지 않을까?" 하고 생각해오던 차에 허경진 교수의 도움으로 붓을 들게 되었다.

---

1) 구지현, 『조선통신사 사행록에 나타난 영천』, 보고사, 2015, 31~33쪽.

조선통신사의 족적을 지금은 형체가 사라진 역참(驛站)의 자리를 기준으로 찾아보기로 한다. 『여지도서(輿地圖書)』2)의 1759년을 기준으로 역참을 설정하고 대략 금세기초의 지적원도와 토지조사부 등을 검토해 서울 용산의 청파역으로부터 부산의 휴산역까지 32역의 사행로를 가정하였다. 이 사행로에는 한강을 건너고 조령을 넘고 쓰시마로 배가 떠나는 부산포가 있어, 1진 1관 1포를 추가하였다.

역이 세워져 있던 터를 찾는 지도는 역의 이름이 들어간 당대의 지방지도가 우선이지만, 전국을 개관하기에는 1861년에 제작된 『대동여지도』3)가 편리하다. 12차 사행 50년 뒤의 지도지만 조선의 우역제도가 대략 19세기 말까지 유지되었으므로 가장 유용한 자료라고 볼 수 있다. 다음으로 20세기 초의 광복 이전 지형도와 현대 지도를 함께 검토하는 방법으로 줄거리를 잡아가려고 한다. 역참의 흔적을 찾기 어렵게 된 것은 고종 32년에 신식 우편제도가 실시되면서 이듬해 1896년 1월 18일 모든 역(驛)이 폐지된 지 약 100년에 이른 지금 국유지였던 그 역지(驛址)들이 사유지 등으로 바뀌면서 지표조사나 발굴조사가 이루어지지 않았기 때문이었다. 잊혀진 길은 찾아야 하고 끊어진 길은 이어야 한다. 길의 길이만큼 문화적용량은 확장될 것이기 때문이다.

---

2) 또한 대부분 읍지의 호구조의 기준 연도가 1759년(己卯帳籍)인 점으로 볼 때, 1760년 이후에 수집된 읍지들로 이루어졌음을 알 수 있다. 『여지도서』의 편찬 목적은 편성된 지 270여 년이 지난 『신증동국여지승람』의 개수(改修)·속성(續成)에 있었다.

3) 조선 후기의 지리학자 김정호가 1861년에 편찬·간행하고 1864년에 재간한 22첩의 병풍식(또는 절첩식) 전국 지도첩이다. 최근 김정호의 지도 중 이름이 같으면서 내용이 다른 지도첩이 새롭게 조사되었다.

지금 사행의 기록을 모두 옮기기에는 시간과 능력의 한계가 있어 기본적인 몇 사료에 한정하기로 한다. 기록을 좀 더 모아가면서 당시 통신사들의 발자국에 충실하다 보면 자연스럽게 공식으로 합의할 만한 노정이 드러나리라고 믿는다. 이 길에는 200년에 걸쳐 두 나라 사이에 국서와 예물을 봉행한 의미가 녹아 있다. 또한 그 일에 종사한 사람들의 땀이 젖어 있다. 경섬-박재-강홍중-김세렴…, 이런 이름들을 반복해서 듣다보면 어쩐지 친근해지고 그들과 함께 부산까지 여행하는 기분에 젖어들 수도 있다. 아니면 그들의 모놀로그가 읊조리는 그림자연극을 보는 기분이 들 수도 있을 것이다. 나는 이 일을 하면서 '기록'에 그렇게 많은 이야기와 상상이 담겨 있다는 사실에 새삼 놀라곤 했다. 이 글에서 독자들도 많은 것을 느끼고 앞날을 그리면서 이 길에 많은 생각들을 보태주기 바란다.

이 부질없는 글이 이만큼이라도 정리된 것은 전적으로 기민서(奇旼敍) 조교의 도움이 컸다. 그에 앞서 자료의 제공 및 구전과 함께 길을 걷고 도와준 여러분들의 방명(芳名)은 따로 책의 말미에 기록해두기로 한다.

2016년 8월 찌는 삼복 날
어느 시골의 텃밭에서

차 례

후기 : 대마도를 바라보며 / 311

제1장

공식 사행로의 제안

〈사진〉 장수찰방역 선정비 군

1. 통신사 파견의 경위

『증정교린지』 제5권 통신사행(通信使行)에는 우여곡절 끝에 통신사 파견을 끈질기게 요구하는 일본의 사정과 마침내 이에 응하는 과정을 대략 다음과 같은 취지로 언급하였다.

> 일본(日本)은 홍무(洪武) 초에 우리나라와 더불어 수호(修好)하였다. 우리나라 또한 사신을 보내어 경조(慶弔)의 예(禮)를 갖추었다. 문충공(文忠公) 신숙주(申叔舟)가 서장관(書狀官)으로 왕래하였는데 그것이 한 예이다. … 성종 대에 이르러 사신을 파견하지는 않았지만 매번 일본 사신이 조선에 오면 예(例)에 따라 그들을 접대하였다. … 이후 사신을 요구하는 그들의 요구에 마지못하여 … 선조 23년 경인(1590)에 정사(正使) 황윤길(黃允吉), 부사(副使) 김성일(金誠一), 서장관(書狀官) 허성(許筬)이 의지(義智; 대마도 초대 번주)를 대동하게 되었는데 이때부터 예(例)가 되어 통신사가 왕래할 때에는 대마도주가 반드시 호행(護行)하였다.

일본이 끝내 교린(交隣)의 신의를 저버리고 부산포에 침입하여 임진왜란이 일어났는데, 전쟁을 마무리하는 과정에서 다시 통신사 파견이 논의되었다.

선조 25년(1592) 임진왜란 이후에 왜가 심유경(沈惟敬)을 통하여 또 와서 화친할 것을 청하였으나, 조정에서는 의(義)로써 이를 거절하였다. 수길(秀吉)이 죽고 나서 관백(關白) 가강(家康)이 의지(義智)를 통하여 의사를 전하였는데, 말하기를, "임진년(1592)의 일에 대해서는 나는 관동(關東)에 있었기 때문에 미리 알지 못했습니다. 하물며 지금은 평적(平賊-平秀吉)의 잘못을 모두 바로잡았으니 진실로 원수가 아닙니다. 더불어 화친하기를 원합니다."라고 하였다. 선조 39년 병오(1606)에 왕릉을 파헤친 자[犯陵賊[1]]를 바치면서 또한 화친할 것을 요청하였다. 다음해인 정미(1607)에 회답사(回答使) 여우길(呂祐吉)을 파견하였다.

이로부터 기미(羈縻)가 끊이지 않아서 왜가 만약 와서 요청하면 번번이 허락하여 파견하였고, 중국의 예부(禮部)에 그 사실을 자세히 적어 자문(咨文)을 보내었다. 통신(通信)이라는 명칭은 이때부터 시작되었다. 부절(符節)을 받들고 나라를 떠나므로 삼사(三使)는 모두 초모(貂帽)와 금포(錦袍)를 착용하였으며, 부사(副使)는 당상 복색(堂上服色)을 입었고 종사관(從事官)은 당하 복색(堂下服色)을, 당상 이하 화원(畫員)·서기(書記)에 이르기까지는 모두 도포(道袍)와 당관(唐冠)을, 군관(軍官)은 융복(戎服)을, 별파진(別破陣)·마상재(馬上才) 및 여러 차비(差備)는 관에서 주는 채복(彩服)을 착용하였다. …

이미 위에 적은 바와 같이 선조 39년(1606) 12월 1일에 회답사 여우길·경섬, 서장관 정호관 등을 일본에 파견하기로 하였고 이듬해 1월 1일에 회답사에 쇄환사를 겸칭하도록 하였다. 이 통신사들은 어떤 길로 부산포까지 갔을까?

---

1) 선조(수정실록) 39년 병오(1606) (만력34) 11월 1일(병인)에는 성종과 중종의 능침인 선릉과 정릉을 파헤친 범인으로 대마도의 마고사구·마다화지 등을 저자에서 목을 베었다.

2. 조빙응접기와 왜사상경로

『해동제국기』「조빙응접기(朝聘應接紀)」에 '왜사상경로(倭使上京路)[2]'라는 항목이 있고 그 길을 따라 왜사(倭使)들이 서울에 올라와 동평관(東平館)[3]에 머물렀다.

> [1-2] 내이포(乃而浦)에서 금산(金山)·청주(淸州)를 거쳐 서울까지 가는 데는 하루에 세 참[三息]씩 갈 경우 13일 길이 되고, 대구(大丘)·상주(尙州)·괴산(槐山)·광주(廣州)를 거쳐 서울까지 가는 데는 14일 길이 된다.
>
> [3-4] 부산포(富山浦)에서 대구·상주·괴산·광주(廣州)를 거쳐 서울까지 가는 데는 14일 길이 되고, 영천(永川)·죽령(竹嶺)·충주(忠州)·양근(楊根)을 거쳐 서울까지 가는 데는 15일 길이 된다.
>
> [3-5] 염포(鹽浦)에서 영천·죽령·충주·양근을 거쳐 서울까지 가는 데는 15일 길이 된다.
>
> [3-6] 내이포(乃而浦)에서 수로로 김해(金海) 황산강(黃山江)에서 아래로 낙동강(洛東江)까지 창녕(昌寧)·선산(善山)·충주(忠州) 김천(金泉)에

---

2) 自乃而浦。由金山淸州至京城。日行三息。十三日程。由大丘尙州槐山廣州至京城。十四日程。○自富山浦。由大丘尙州槐山廣州至京城。十四日程。由永川竹嶺忠州楊根至京城。十五日程。○自鹽浦。由永川竹嶺忠州楊根至京城。十五日程。○自乃而浦水路。由金海 自黃山江下至洛東江 昌寧善山忠州。自金泉至漢江 廣州至京城。十九日程。○自富山浦水路。由梁山 自黃山江下至洛東江 昌寧善山忠州自金泉至漢江 廣州至京城。二十一日程。○自鹽浦水路。由慶州丹陽忠州廣州至京城。十五日程。○ 國王使。無限日。諸巨酋使以下。過限則計日減料。或病或水漲或未得輸卜。不得已留滯者。於所在官。受明文而來。還時同。

3) 조선시대에 일본 사신과 유구(琉球) 사신이 와서 머물던 객관(客館). 남산 북쪽 기슭의 남부 낙선방(樂善坊, 서울시 중구 인현동 2가 192번지 일대로 충무로 4가 파출소 북쪽에서 덕수중학교 앞에 이르는 중간 지점)에 있었다고 한다. [문화콘텐츠 용어사전]

서 한강까지·광주(廣州)를 거쳐 서울까지 가는 데는 19일 길이 된다.

[3-7] 부산포(富山浦)에서 수로로 양산(梁山) 황산강에서 낙동강까지 창
　　 녕·선산·충주 김천에서 한강까지 광주(廣州)를 거쳐 서울까지 가
　　 는 데는 21일 길이 된다.

[3-8] 염포(鹽浦)에서 수로로 경주(慶州)·단양(丹陽)·충주(忠州)·광주(廣
　　 州)를 거쳐, 서울까지 가는 데는 15일 길이 된다.

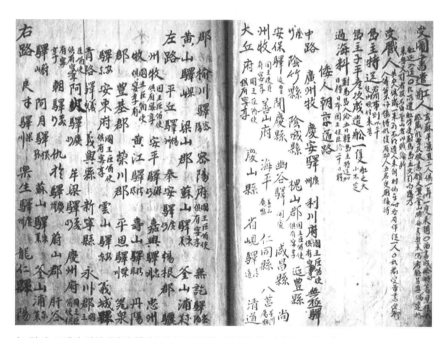

〈그림 1〉 17세기 경상지방의 행정요람으로 보이는 필사본에는 '왜인조경통로'를 수로(水路)를 포함해
넷으로 나누었다. 우로에 양재는 과천에 속하고 낙생-용인이라는 지명이 보이고 중로에 안보
역-유곡역. 좌로에 안동도호부로부터 영천- … 소산역-부산포까지 뒤섞여 있다.

이 왜사상경로를 다시 정리하면 동남해안에서 서울로 가는 길은 수로와 육로를 모아 모두 8코스로 보름 정도[4] 걸린다.

3. 조선통신사 한국 구간 공식행로

조정에서 통신사의 파견을 결정하면, 사행원들의 이동은 병조의 관할인 역로에 의존한다. 기본적인 50여 명의 원역과 그에 따른 수행원과 예단 및 용품을 운송할 인마가 따로 준비되어야 한다. 사행로에 지방관원이 차출된 지대차사원(支待差使員)은 숙식을, 찰방이 도맡은 인마차사원(人馬差使員)은 말과 역졸과 예단의 운송을 떠맡는다.

다음에 제시된 사행로는 한강을 건너 조령을 넘는 32개의 역으로 구성되어 있다. 한강진(漢江鎭)-조령관(鳥嶺關)-부산포(釜山浦)의 1진(鎭) 1관(關) 1포(浦)와 32역(驛)으로 잠정 획정한 한국 구간의 공식행로는 다음 표와 같다. 이번 기회에 기존 역지의 연구를 소개하고 지적원도와 토지조사부, 향토사학자와 주민의 구전을 참고하여 지번까지 역참의 터를 좀 더 구체화할 것이다. 이번 시도로 통신사행로의 황폐한 길에 벌초를 한다는 정도의 성과가 있었으면 한다. 앞으로 많은 사람이 걷고 다듬는다면 길은 자연히 닦여질 터이다.

---

4) 왜군이 1592년 4월 13일 쓰시마를 출발해 14~15일 만에 부산에 내려 북상하였다. 4월 29일 탄금대 패전소식을 듣고 이튿날 선조가 피란길에 오르면서 도성은 이미 텅 비었다. 5월 2일에 고니시가 동대문으로, 하루 뒤 카토가 남대문으로 입성하여 부산으로부터 대략 18일 걸렸으니 전쟁을 한 것인지? 사신으로 입경한 것인지? 신숙주의 일정과 오차가 없다.

일본에서는 왕환(往還)의 행로가 동일하고 잘 정비되어 있다는 점도 염두에 두어야 한다. 부산포에서 배에 오르면 쓰시마를 거쳐 오사카에 이르는 수로와 이곳에서 시작되는 육로는 고려교(高麗橋)와 관원(關原), 일본교(日本橋)를 포함하여 2교(橋) 1관(關) 63숙역(宿驛)으로 다시 조정해 보았는데, 자세한 것은 다음 기회로 미룬다. 한국과 비슷한 일본 구간의 역참이 많은 것은 30리 기준의 한국보다 일본 구간이 일반적으로 구간별 거리가 짧았기 때문이다.

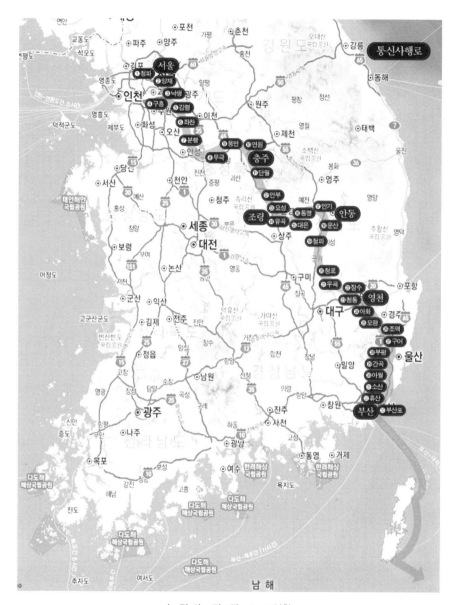

〈그림 2〉 1진 1관 1포 32역참

[역참 기준 1鎭 1浦 32驛]

	屬道	시군	驛名	河川	所在地
1	兵曹	서울	靑坡[청파]	蔓草川	용산구 청파동2가 91 일대
1鎭	訓練都監	서울	漢江鎭渡	漢江	용산구 한남동 511 일대
2			良才[양재]	반포지천	강남구 도곡동 963 일대
3		성남	樂生[낙생]	炭川	돌마역 : 수내리 225 분당구청 추정
4		용인	駒興[구흥]	葛川	龍仁市 新葛洞 329
5	良才道	용인	金嶺[김령]	금학천	처인구 중앙동 - 龍仁郡 金良場里 418
6			佐贊[좌찬]	미평천	龍仁郡 遠三面 佐恒里 126
7		안성	分行[분행]	청미천	安城市 竹山面 梅山里 500
8		음성	無極[무극]	웅천	陰城郡 金旺面 無極里 / 現 금왕면 무극리
9		충주	用安[용안]	요도천	忠州 薪尼面 용원리 245
10	連原道	충주	連原[연원]	*충주지천	忠州 連守洞 710 (*찰방역 *餞別宴)
11			丹月[단월]	달천	忠州 丹月洞 456, 458 일대
12			安富[안부]	석문동천	충주시 수안보면 안보리305 / 上芼面 安保里
1關		문경	鳥嶺三關	낙동근원	경북-충북 도계
13		문경	聊城[요성]	신북천	聞慶 堯城里 100
14	幽谷道		幽谷[유곡]	*유곡지천	문경시 점촌4동 215 西南面 幽谷里(*찰방역)
15		예천	大隱[대은]	*내성지천	醴泉郡 龍宮面 大隱里 710
16	昌樂道	예천	通明[통명]	*내성지천	醴泉郡 예천읍 通明里 155일대
17		안동	安奇[안기]	안기천	安東市 安奇洞 167 일대 (*찰방역 *餞別宴)
18	安奇道	안동	雲山[운산]	眉川	安東市 一直面 雲山洞 97
19		의성	鐵破[철파]	남대천	義城郡 鐵坡里 418, 419
20		의성	靑路[청로]	쌍계천	義城郡 山雲面 靑路洞 483-4, 5, 6 일대

21	長壽道	군위	牛谷[우곡]	구천	軍威郡 우보면 모산리 487, 488 일대
22		영천	長壽[장수]	신녕천	永川郡 新寧面 / 現 매양리 351 일대 (*찰방역)
23			清通[청통]	신녕천	永川郡 清通 / 現 오수동 164 일대 (*전별연)
24		경주	阿火[아화]	*대천	추정 慶州市 西面 阿火里 아화역 인근
25			牟梁[모량]	*대천	추정 慶州市 西面 毛良里 모량역 인근
26			朝驛[조역]	남천	慶州市 內東面 朝陽里 / 現 조양동 삼층석탑 부근
27			仇於[구어]	신기천	慶州市 外東面 九於里 771번지 일대
28		울산	富平[부평]	태화강	蔚山 下廂面 / 現 중구 약사동 814 일대
29	黃山道		肝谷[간곡]	곡천천	蔚山市現 울주군 웅촌면 곡천리 서중마을 556
30		부산	阿月[아월]	수영강	부산시 기장군 정관읍 월평리
31			蘇山[소산]	온천천	부산시 금정구 선동
32			休山[휴산]	온천천	부산시 동래구 수안동
1浦	東萊府		釜山浦 [부산포]	동해	부산시 동구 범일동

* 안부(安富)는 안보(安保)철파(鐵破)는 철파(鐵坡)로 장수(長壽)는 장수(長水)로 쓴 곳도 있다.
** 역참의 답사를 위해 역촌을 관류하는 하천을 비정해 보았다.
*** 소재지는 구지번과 행정구역조정으로 인한 2000년대 지번과 도로명 주소 가운데 두루 검색 가능한 지번을 적용하여 검색의 편의를 고려했다.

〈그림 3〉 숙종37년(1711) 사행의 마상재. 지기택(地起澤)과 이두흥(李斗興)

사행로의 분로(分路) 문제 : 연고 도시와 통신사들의 행차로 주변 고을들의 부담이 늘자 돌아올 때 길을 셋으로 나누어 연로(沿路)의 비용을 줄였다지만, 기록에 의하면 인마가 준비되지 않아 지체하거나 갈팡질팡하는 모습5)이 자주 보인다. 게다가 근친(覲親)과 성묘, 연고지 방문까지 개인적인 행로까지 염두에 둔다면 공무를 수행하는 목적에 어긋난다는 점도 생각해보아야 한다. 다만 별도로 분로(分路), 지로(支路)와 근친(覲親), 성묘(省墓) 친지방문 등 통신사 역원들의 연고지 연구는 더욱 활발히 진행되어야 할 것이다.

공식 행로의 근거로 출발지와 숙식의 과정을 표로 만들어 보았는데 기록 가운데 두드러진 점은 국내 여정을 생략한 경우가 많았다는 점이다. 공식 행로를 벗어난 것은 4차 김세렴의 경우인데 배로 여주로 간 것은 말을 구하지 못했기 때문이고, 5차 조경이 청주에 시(詩)를 남겼지만 결국 영천에서 모두 만난 것을 보면 이 행로가 근간을 이룬다는 것을 알 수 있다. 돌아오는 삼로의 경우는 명목상의 분로(分路)일 뿐 갈지자 행보가 두드러지고, 심지어 인마가 준비되지 않아 뱃길을 이용하는 등 혼선만 가중시키고 있는 것을 볼 수 있다.

1차 사행을 예로 들어보자.

> 7월 큰 4일(갑오) 맑음. 마부와 말이 준비되지 않아 즉시 길에 오르지 못하였다.

---

5) 1차, 2차, 4차, 7차 등 귀로가 왕로보다 지리멸렬하다는 것은 기록이 말하고 있고, 11차의 조엄은 출발할 때 및 환로를 왕로와 같이 한다고 해놓고 막상 삼사가 길을 나누고 있다.

7월 큰 5일(을묘) 맑음. 마부와 말이 오지 않아 그냥 부산에 머물렀다.

7월 큰 6일(병신) 맑음. 마부와 말이 일제히 이르렀다. 상사는 아침에 떠나 양산(梁山) 길로 곧바로 향하였다. 나(부사)와 종사관은 오후에 길을 떠나 동래부에서 묵었다.

7월 큰 14일(갑진) 맑음. 충주에 머물렀다. 영남의 마부와 말은 부산에서 여기까지 달려 와서 쓰러져 일어나지 못하고, 본도의 마부와 말은 아직 도착하지 않았으므로 뱃길로 가려 하였으나 배도 또한 마련되지 못하였다. 그래서 수로(水路)와 육로가 다 막혀서 부득이 체류(滯留)하였다.

11차 통신사 조엄은 출발 전에 왕환로(往還路)의 통일에 대한 왕명(王命)을 언급하였지만, 막상 본인은 귀로에 삼사가 길을 나누고 있다.

종전에는 세 사신이 각각 다른 길로 다니다가 무진년(1748, 영조 24) 수신사가 돌아올 때 임금께서 이후부터는 갈 때나 올 때나 같은 길로 다니도록 명하셨다. 그래서 지공(支供)하기의 편의 여부는 논할 것 없이 사명 맡은 일을 같이 의논하고 나그네 회포를 서로 위로함이 다른 길로 다닐 때에 비하여 나은 점이 있었다.

－『해사일기』 영조 39년 8월 3일

'통신사가 돌아올 때는 삼사(三使)가 길을 달리하라.'는 조령(朝令)이 있기 때문에 나는 가운데 길을 택하여 대구로 향하고, 부사는 오른쪽 길인 경주로 돌고, 종사관은 왼쪽 길인 김해를 향하기로 하였다. 부사가 먼저 떠나면서 차례로 접견하며 작별을 고하였다.

－『해사일기』 영조 40년 6월 24일

그렇게 다짐했지만, 조령을 넘으면서 이런 기록을 남기고 있다.

통신사가 도착했다는 전갈을 듣고서야 느릿느릿 공문을 보낸단 말인가? … 만 리 밖에 나갔다가 구사일생으로 돌아온 왕명을 받든 사람인데, 이렇게 공궤를 빠뜨리고 도보로 걷는 지경에 이르게 할 수 있겠는가? 이야말로 이웃 나라에 들리게 할 수 없는 일이다. 연풍으로 말하면 산골 쇠잔한 고을로 수많은 인마의 공궤를 홀로 떠맡았으니 모양 없는 것이 당연하며, 참(站)을 나눈 각 고을이 미처 대령하지 못함 또한 마땅하니, 이는 모두 당연히 용서해야 하리라.

－『해사일기』 영조 40년 7월 3일 조엄

11차에 이르러서도 1-2차 사행과 별로 달라진 것이 없는 내용이다. 통신사의 파견이 변화 많은 한일관계를 어느 정도 안정시키고 곡절도 많았지만 차수를 거듭할수록 정례화하는 모습을 보였다면 당연히 그 행정(行程)도 정리해 둘 필요가 있다. 사행의 모든 기록이 공간을 제외하면 존재할 수가 없기 때문이다.

12차 사행의 출발지와 이동 및 숙식의 과정은 다음의 표와 같다.

〈표 2〉 통신사의 기록과 역참의 발자취

[☾ 숙박 - ◑ 中火 - ↓ 통과]

順	地名	驛名	1차	2차	3차	4차	5차	6차
	정사		여우길	오윤겸	鄭岦	任絖	윤순지	趙珩
	기록자		경섬	박재	강홍중	김세렴	未詳	趙珩
	기록물		海槎錄	東槎日記	東槎錄	海槎錄	계미동사	東槎日記
	연대		1607 선조40	1617 광해9	1624 인조2	1636 인조14	1643 인조21	1655 효종6
	출발월일		1월 12일	5월 28일	8월 20일	8월 11일	2월 20일	4월 20일
	장소		정릉동 행궁	仁政殿 越廊	경희궁	통화문 부장청	–	창덕궁 희정당
1	서울	靑坡[청파]	12 ↓	↓	20 ☾	11 ↓	20 ☾	↓
*		漢江	12 ☾	↓	21 ↓	11 ↓	↓	↓
2		良才[양재]	13 ◑	28 ☾	21 ◑	–	21 ◑	20 ☾
3	성남	樂生[낙생]	13 ↓	–	21 ↓	–	21 ↓	21 ↓
4	용인	駒興[구흥]	13 ☾	–	21 ☾	–	21 ☾	◑
5		金嶺[김령]	14 ◑	–	22 ↓	–	22 ↓	↓
6		佐贊[좌찬]	14 ☾	–	22 ☾	–	22 ☾	21 ☾
7	안성	分行[분행]	15 ☾	–	23 ☾	–	23 ☾	22 ☾
8	음성	無極[무극]	16 ↓	–	24 ◑	–	24 ◑	23 ◑
9	충주	用安[용안]	16 ☾	–	24 ☾	–	–	23 ☾
10		連原[연원]	17 ☾	3 ☾	25 ☾	19 ☾	–	24 ☾
11		丹月[단월]	19 ☾	5 ↓	27 ☾	↓	–	↓
12		安富[안부]	↓	5 ◑	28 ↓	◑	–	25 ☾
13	문경	聊城[요성]	20 ☾	5 ☾	28 ☾	19 ☾	–	26 ☾
14		幽谷[유곡]	21 ↓	6 ◑	29 ↓	22 ◑	–	27 ◑

7차		8차		9차		10차		11차		12차	
尹趾完		조태억		홍치중		홍계희		조엄		김이교	
홍우재		임수간		신유한		홍경해		조엄		유상필	
東槎錄		東槎日記		해유록		隨槎日記		海槎日記		동사록	
1682 숙종8		1711 숙종37		1719 숙종45		–		1763 영조39		1811 순조11	
5월 8일		5월 15일		4월 11일		11월 28일		8월 3일		2월 12일	
–		–		–		경희궁 ?		경희궁 승현문		–	
↓	↓	↓	↓	↓	↓	28	↓	3	↓	–	–
↓	↓	↓	↓	↓	↓	↓	↓	3	↓	–	–
8	☾	15	☾	‖	☾	28	☾	3	☾	–	–
9	◑	16	◑	12	◑	29	◑	4	◑	–	–
↓	↓	17	↓	12	☾	29	☾	4	☾	–	–
↓	↓	↓	↓	13	↓	30	↓	5	↓	–	–
9	☾	↓	↓	↓	↓	30	◑	5	↓	–	–
10	◑	17	☾	13	☾	30	☾	5	☾	–	–
10	☾	18	◑	14	↓	1	◑	6	◑	–	–
11	◑	18	☾	14	☾	↓	↓	6	☾	–	–
11	☾	19	☾	15	☾	2	☾	7	☾	–	–
12	↓	20	↓	16	↓	3	↓	↓	↓	–	–
12	☾	20	☾	16	☾	3	☾	8	☾	–	–
13	☾	21	☾	17	☾	4	☾	9	☾	–	–
14	◑	22	↓	18	↓	5	◑	10	☾	–	–

	地名	驛名	1차		2차		3차		4차		5차		6차	
15	예천	大隱[대은]	21	☾	6	☾	1	☾	22	☾	詩	☾	27	☾
16		通明[통명]	22	☾	7	☾	2	☾	23	☾	–	–	28	☾
17	안동	安奇[안기]	23	☾	10	☾	3	☾	24	☾	詩	☾	29	☾
18		雲山[운산]	26	◐	13	◐	5	◐	27	◐	–	–	2	◐
19	의성	鐵波[철파]	26	☾	13	☾	5	☾	27	☾	–	–	2	☾
20		靑路[청로]	28	◐	14	◐	6	◐	28	◐	–	–	4	◐
21	군위	牛谷[우곡]	28	☾	14	☾	6	☾	28	☾	–	–	4	☾
22	영천	長壽[장수]	29	☾	15	☾	7	☾	29	☾	–	–	5	◐
23		淸通[청통]	1	☾	16	☾	8	☾	30	☾	5	☾	5	☾
24		阿火[아화]	3	◐	17	◐	9	↓	1	◐	6	↓	↓	↓
25	경주	毛良[모량]	3	↓	17	↓	9	◐	↓	↓	6	◐	6	◐
26		朝驛[조역]	3	☾	17	☾	9	☾	1	☾	6	☾	6	☾
27		仇於[구어]	5	◐	19	◐	13	◐	3	◐	8	◐	7	◐
28	울산	富平[부평]	5	☾	19	☾	13	☾	3	☾	8	☾	7	☾
29		肝谷[간곡]	6	↓	21	↓	14	↓	↓	↓	–	–	8	↓
30		阿月[아월]	6	◐	21	◐	14	◐	4	☾	–	–	8	☾
31	부산	蘇山[소산]	6	↓	21	↓	↓	↓	5	↓	–	–	9	↓
32		休山[휴산]	6	☾	21	☾	14	☾	5	☾	–	–	9	☾
33		釜山浦[부산포]	8	→	24	→	16	→	6	→	10	→	10	→
	대마도 출발		2월 29일		7월 7일		10월 6일		10월 6일		4월 27일		6월 9일	
	동래부산 체류		24		16		19		32		49		31	

7차		8차		9차		10차		11차		12차	
14	☾	22	☾	18	☾	5	☾	↓	◑	–	–
15	☾	23	☾	19	↓	6	☾	11	☾	–	–
16	☾	24	☾	19	☾	7	☾	12	☾	–	–
17	◑	26	◑	21	◑	9	◑	14	◑	–	–
17	☾	26	☾	21	☾	9	☾	14	☾	–	–
18	◑	27	◑	22	↓	10	◑	15	↓	–	–
18	☾	27	☾	22	☾	10	↓	15	◑	–	–
19	☾	28	☾	23	☾	10	☾	15	☾	–	–
20	☾	29	☾	24	☾	11	☾	16	☾	25	☾
21	↓	30	↓			13	↓	17	↓	–	–
21	◑	30	◑			13	☾	17	◑	–	–
21	☾	30	☾			14	↓	17	☾	–	–
23	◑	2	◑			14	◑	18	◑	–	–
23	☾	2	◑			14	☾	18	☾	–	–
24	↓	↓	↓			15	↓	19	↓	–	–
24	◑	3	☾			15	☾	19	☾	–	–
↓	↓	↓	↓			16	↓	20	↓	–	–
24	☾	4	☾	29	☾	16	☾	20	☾	1	☾
26	→	6	☾	2	→	18	→	22	→		
6월 18일		7월 15일		6월 20일		2월 16일		10월 6일		3월 12일	
24		41		51		59		46		42	

4. 공식 사행로의 제안

위의 표를 살펴보면 점심을 먹는 곳(◑中火)과 숙박(◑)을 하는 곳이 자리 잡혀 있음을 알 수 있다. 통신사의 이동은 당시로는 대규모여서 일행을 수용할 시설도 만만치 않았음을 이 기록이 보여주고 있다. 기록자들이 근친과 성묘로 대오를 이탈할 때도 본부에서는 기본 행로를 유지한 것을 확인할 수 있다.

1차 기록자 부사 경섬은 근친으로 ⑭ 유곡에서 상주를 거쳐 ㉓ 영천에서 정사와 합류했는데, 장희춘이 ⑮ 대은[용궁]에서 영천까지 장희춘이 정사를 수행하며 기록을 남겨 공식 행로를 뒷받침하고 있다.

2차 기록자 박재는 ② 양재역에서 천포(泉浦; 샘개나루-앙성면)성묘로 대오를 이탈했지만 ⑩ 연원[충주]에서 공식행로로 들어선다.

4차의 김세렴 일행도 인마를 구하지 못해 한강을 역류하여 충주에 이르러 공식 행로로 들어선 것은 1회성에 그친 것을 확인할 수 있다.

5차의 계미동사일기는 9일분의 일기가 빠졌지만 부사 신유가 충주-용궁-안동-영천에서 시를 남기며 공식 행로를 확인해주고 있다.

위의 기록을 산호 보완해가면 굳이 김지남의 통문관지를 끌어들이지 않더라도 국가기간망인 역참을 기준으로 한 공식 행로가 드러난다. 따라서 이 길을 조신통신사의 한국 구간 공식 행로로 제안한다.

이 행로를 기준함으로써 사행의 기록이 좀 더 구체화되고 현실성을 더할 것이며 아울러 잊어진 공간에 역사적 의미를 보탤 수 있다는 것이 공식 행로의 참된 의미일 것이다. 아울러 조사의 부실로 인한 결락은 앞으로 보완할 과제다.

제2장

통신사 – 서울에서 부산까지

〈사진〉 장수찰방역 선정비 군

궁궐에서 남대문

1607년 1월 1일은 양력으로 1월 28일이다. 부사 경섬이 정릉동 행궁을 떠난 것은 음력 1월 12일이니, 양력으로 2월 10일, 한강이 얼어붙은 겨울이었다. 세종 10년(1428)에 103,328명이라던 한양의 인구는 선조 26년인 1593년에는 39,931명으로 줄어 전쟁의 참상이 어떠했는지 가히 상상할 수 있다. 200년이 지난 1789년에는 189,153명으로 증가했고 전국 인구는 7,592,759명이었으니 지금 남북한을 약 7천만이라고 본다면 꼭 1/10정도였다고 하겠다.

전란으로 경복궁과 창덕궁이 불타 선조는 월산대군의 사저를 정릉동 행궁으로 정해 머물다 승하하고, 당연히 광해군은 이 궁에서 왕위에 올랐다. 인조도 당시 서궁으로 불리며 이곳에 유폐된 인목대비의 비호로 이 궁에서 보위에 올랐다. 광해군은 2차 조선통신사를 파견한 1617년에 경희궁을 완공했지만, 2년 전부터 정릉동 행궁을 떠나 창덕궁에서 집무하고 있었다. 인조반정과 이괄의 난으로 창덕궁에 이어 창경궁까지 불이 나자, 인조는 재위 25년 동안 경희궁에 있었던 것으로 알려지고 있다.

인조 2년, 14년, 21년에 통신사가 국서를 받들고 일본으로 떠났으니, 그 출발지는 경희궁으로 보아야 한다. 이후 고구마 대사 조엄도 이 궁의 숭현문에서 일본으로 떠났다. 모두 12차의 사행이 이루어졌는데 연대는 편의상 차수(次數), 저자, 서기, 월일(음력)의 순으로 적기로 한다.

1차. 경섬 『해사록(海槎錄)』 1607년 정월 12일 정릉동 행궁

맑음. 해뜰 무렵에 대궐에 들어가 하직하니, 술과 말 안장 및 정남침 (定南針; 나침반) 한 부(部)를 명하여 내려주었다. 먼저 장무역관(掌務譯官) 으로 하여금, 서계(書契)를 가지고 강가에 가서 기다리게 하였다. 사시 (巳時)에 출발하였다.

2차. 박재 『동사일기(東槎日記)』 1617년 5월 28일 인정전 월랑

雨, 辰時晴, 是日黎明, 冒雨上使副使從事官及一行各員詣闕拜辭, 命 賜酒于仁政殿越廊, 賜使臣馬裝各一部, 未肅拜前, 慶尙監司以橘智正 先歸事狀 …

3차. 강홍중 『동사록(東槎錄)』 1624년 8월 20일 경희궁

평명(平明)에 대궐로 나아가니, 상사(上使) 정입(鄭岦)과 종사관(從事官) 신계영(辛啓榮)이 벌써 의막(依幕; 임시로 거처하는 곳)에 나와 있었고, 대궐 안 여러 아문(衙門)에서 모두 하인을 보내어 문안하였다. 숙배(肅拜)한 뒤에 상[인조]이 편전(便殿)에 납시어 세 사신을 인견(引見)하고 일행을 단속하는 것과 사로잡혀 간 사람의 쇄환(刷還)하는 일을 간곡히 하교하였다. 그리고 호피(虎皮) 1장, 궁자(弓子) 1부(部), 장전(長箭)·편전(片箭) 각 1부, 유둔(油芚)을 갖춘 통아(筒兒) 2부, 후추[胡椒] 1두, 백첩선(白貼扇) 3자루,

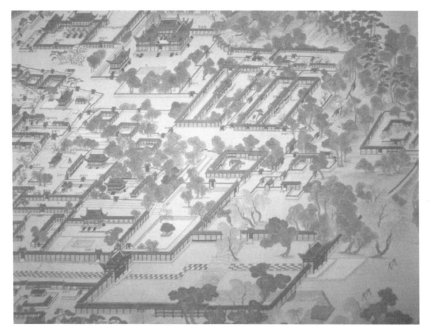

〈그림 4〉 경희궁을 그린 서궐도. 숭현문에서 사신들은 임금이 내리는 술잔을 받았다.

칠별선(漆別扇) 5자루, 납약(臘藥) 1봉을 각각 하사하므로, 공손히 받고 배사(拜辭)한 후 물러나왔다.

4차. 김세렴『사상록(槎上錄)』1636년 8월 11일

맑음. 새벽에 대궐로 나아가서 종사관(從事官)과 더불어 의막(依幕)에 들어가 있었고, 상사(上使)는 통화문(通化門) 안에 있는 부장청(部將廳)에 있었다. 장령 김휼(金霱)·참판 박노(朴□)·동지의금부사 김대덕(金大德)·수찬 오달제(吳達濟)·참판 민형남(閔馨男)·참지 이상급(李尙伋)·필선 유수회(俞守會)·수찬 이도(李禰)·사서 남노성(南老星)이 찾아 왔고, 영의정 승평(昇平) 승평부원군(昇平府院君) 김유(金瑬)·영돈녕부사 해창(海昌) 해창부원군(海昌府院君) 윤방(尹昉)이 사람을 보내어 안부를 물었다.

해가 솟을 무렵에 숙배(肅拜)하니, 임금[仁祖]이 사옹원(司饔院)에서 선온(宣醞)을 내리라고 명하고, 이어 각각 호피(虎皮) 1장[令], 유석(油席) 2자리[事], 활과 살 각 1벌[部]씩, 후추 5되[升], 부채 1쌈[戈], 납약(臘藥) 9가지[種]를 내렸다. 물러나와 상사는 부장청으로 갔다. 군관은 절월(節鉞)을 받고, 서리는 마패(馬牌)를 받았다.

김세렴 『해사록(海槎錄)』

○ 승정 병자년 8월에 일본 통신부사로 명을 받고 국문을 나감
[崇禎丙子八月以日本通信副使受命出國門]

옥절 용장 앞세우고 궁성을 떠나오니	玉節龍章出禁城
남문 밖 조전 자리 정승 판서 모였구려	南門祖席會公卿
별빛은 아스라이 저 부상으로 움직이고	星文迴接扶桑動
사영은 먼저 은하수에 비꼈다오	槎影先從碧漢橫
이웃 나라 사귀는 일 국가 체면 매인 거라	只爲交隣關國體
유원 정책 서생에게 맡겨질 줄 알았으리	豈知柔遠屬書生
앞으로는 동·남의 파도가 고요하리니	東南自此波濤靜
부질없는 종군의 청영 도리어 우습기만	還笑終軍漫請纓

5차. 신유 『해사록(海槎錄)』 1643년 2월 20일

이월 이십일에 사조(辭朝)한 뒤 등대(登對)하니 표피(豹皮) 등 물품을 내사(內賜)하였다. 삼가 장률(長律) 한 수(首)를 지어 감격한 회포를 기록한다.

전하가 특별한 마음으로 멀리 오랑캐와 통신하려	宸情特軫遠通蠻
쉬고 있을 여가에 오히려 소대를 베풀었네	召對猶開靜攝間
세 사신이 다행히 함께 어석에 올라	三价幸同登御席
다섯 해 만에 비로소 용안을 뵈었네	五年今始見天顔
옥음을 받드오니 영광이 넘치는데	榮承玉語龍光溢
금문에서 하사하신 표범무늬 아롱지네	賜下金門豹彩斑
응당 감격하여 죽기로 성은에 보답해야지	感激秖應圖死報
하찮은 내가 어찌 살아 돌아오길 생각하랴	微軀安敢念生還

5차. 작자 미상 『계미동사일기(癸未東槎日記)』 2월 20일

맑음. 조정을 하직하는 숙배(肅拜)를 올리니, 상[仁祖]이 사신(使臣)들을 인견(引見)하고 각각 활과 화살·호피(虎皮)·약물(藥物)들을 하사하고, 또 따라가는 원역(員役)에게도 각각 부채 두 자루씩을 하사했다. 인견을 마치고 나오니 날이 이미 포시(晡時)가 되었다. 상사(上使, 윤순지)와 종사(從事, 신유)는 남대문 밖에서 자고, 부사(副使 趙絅)는 부모를 뵈러 과천(果川)으로 가기 위해 당일로 길을 떠났다.

6차. 남용익 『부상록(扶桑錄)』 1655년 4월 20일

대궐을 하직하는데 임금[孝宗]께서 세 사신을 희정당(熙政堂)에서 인견(引見)하고, 이르기를,

"이 걸음은 북경에 가는 것과는 달라 내가 애처롭게 여긴다. 너희들은 모름지기 협력하여 좋게 갔다 오기 바란다."하고, 인하여 납약(臘藥)·호피(虎皮)·유석(油席)·궁시(弓矢)·후추[胡椒]·부채 등 물건을 내렸다. 신등이 감격하여 명심하고 절하며 받아가지고 나오자, 중사(中使)가 빈청(賓廳)에 술을 내와서 마시기를 권하였다.

〈그림 5〉 창덕궁 야경

7차. 김지남 『동사일록(東槎日錄)』 1682년 5월 8일

사신 이하 사람들이 대궐에 나가 조정과 작별한 뒤, 이어 사신은 부절(符節)을 받들고 교외로 나오고, 원역(員役)들은 각자 흩어져 돌아갔다. 나도 역시 집으로 돌아와서 행장을 수습해 가지고 작별하려는데, 차마 떠나보내지 못해 하는 어머니의 모습과 떨어지기 어려워하는 아이들의 심정을 이루 다 말할 수 없었다.

친구들 중에 찾아온 사람이 많았다. 이것이 감사하기는 하다. 하지만 집을 떠나는 심정은 짧은 시간도 아까운데 드나들면서 수작하려니 몹시 싫고도 괴로운 일이다. 해는 또 저물어가고, 우인(郵人)은 길을 재촉한다. 들어가 사당에 참배하고 이어서 어머니께 떠날 것을 고했다. 어머니께서는 오직 눈물을 머금고 차마 말을 하지 못한다. 나도 역시 눈물이 흘러 목이 메는 것을 깨닫지 못하였다. 아이들을 돌아보니 경아(慶兒)는 이미 강 머리에 나갔고, 그 밖의 여러 아이들은 숨어서 슬피 우느라고 불러도 와보지 않는다. 이것은 떨어지기를 싫어하는 마음 때문이었다.

7차. 홍우재 『동사록(東槎錄)』 1682년 5월 8일

사조(辭朝)하니, 상께서 호피(虎皮)·활과 화살·납약(臘藥)·부채·후추(수석역관 이하는 부채와 후추만 내렸다) 등을 내렸는데, 정·부사는 각각 절월(節鉞)을 받았다.

곧바로 남관왕묘(南關王廟)로 나아가니 대신 이하 관료들이 전별하고 친척과 친구들과는 도성 남쪽에서 석별의 정을 나누었다. 지는 해가 사람을 재촉하여 가고 남는 이가 눈물을 흘리니, 이 행색은 강과 나무들도 애틋한 정을 머금은 듯하다.

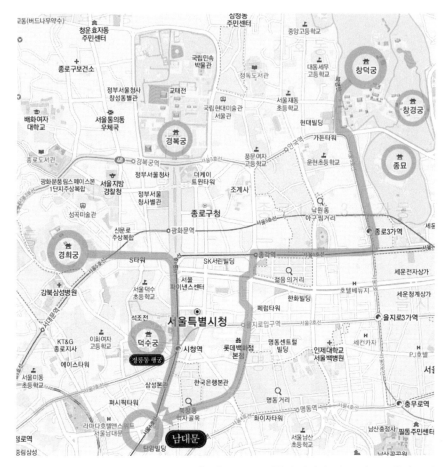

〈그림 6〉 궁궐에서 남대문 : 창덕궁 희정당 출발은 종로3가 전철역–종각역–광교–광통교–을지로 입
구역–한국은행–남대문, 경희궁 출발은 세종로 사거리–시청역 대한문–남대문. 임진왜란 이
후 경복궁은 불타 대원군의 중건 때까지 폐궁이었다. 1607년 제1차부터 1811년 12차 통신사
가 남대문을 나설 때까지 광화문은 열리지 않았었다.

8차. 임수간 『동사일기(東槎日記)』 1711년 5월 15일

사폐(辭陛; 임지로 떠나는 신하가 임금에게 하직을 아뢰는 것). 오후에 비가 내렸다. 상[肅宗]이 곧 인견하였다.

처음에 왜인이 약군(若君-관백(關白)의 아들) 이하의 예단(禮單)을 뺄 것을 요청해 왔다. 그러나 조정에서는,

"이것은 양국의 교제에 관한 예절이니, 일개 차왜(差倭)의 말로 인해 선뜻 뺄 수 없다."

하여, 동래부(東萊府)로 하여금 쓰시마 태수(對馬島太守)에게 서신을 보내 묻게 했는데, 그 답서에는,

"동무(東武-〈에도막부(江戶幕府)〉)의 명령이 이와 같으니 당신들은 알 바 아니다."

한다. 이리하여 조정 의논이 일치되지 않아 혹은,

"한결같이 그들의 말만 따라 그들로 하여금 조종하게 할 수 없다."

하였다. 정사와 신(臣)은,

"예물은 비록 가지고 간다 하더라도 그들이 만약 거절하고 받지 않는다면 모욕을 당할 뿐만 아니라, 왜인들은 혹 예조 참판이 자기들 집정(執政)에게 통서(通書)하는 것을 수치스럽게 여긴다 하니, 저들이 만약 이말을 고집하고 끝내 물리치게 된다면 사세가 난처할 것이니 차라리 빼느니만 못하다. 당초에 서계(書契)와 폐물(幣物)은 일시적 방편에서 나온 것이므로 지금 뺀다 하더라도 국가 체면에 손상될 것이 없으니 굳이 주려고 할 필요는 없습니다."

하였고, 종사관은 조금 이의가 있었는데, 상이 신 등의 말을 따라 대신들에게 순문(詢問)한 다음, 마침내 예물을 뺐다.

상이 우리가 멀리 장해(瘴海; 독기(毒氣)가 있는 바다)를 건넌다 하여 친절히 위로하면서 술을 내렸다. 정사가,

"부사 임모(任某)는 비록 다음(多飮)하지는 않으나 간혹 지나칠 때가 있으니 또한 염려됩니다." 하니, 상이,

"이 무더운 여름에 원행하게 되었으니 과음하지 말 것이며 마시더라도 석 잔에 지나지 말아야 한다." 하였다. 신 등은 황공한 생각에 조심하면서 일어나 배사(拜謝)하고, 하사한 술을 차례로 마셨는데 나는 몸이 아프고 피곤하여 술잔을 다 비우지 못했다. 승지(承旨) 이진수(李震壽)가 말하기를,

"임모가 이와 같은 성은을 입고 주량을 채우지 않으니 추고하소서." 하였으나, 상은 이에 윤허하지 않고 이어,

"이번에 가는 길이 조천(朝天)하는 수로(水路)에 비해 그 험하고 평탄한 경로가 어떠하냐?"

고 물었다. 이에 신 등은,

"이번에 가는 해로(海路)가 비록 멀기는 하나 조천할 때의 해로처럼 험하지는 않습니다."

하였다.

9차. 신유한 『해유록(海遊錄)』 1719년 4월 11일

세 사신 이하가 모두 대궐[肅宗]에 나아가 절하고 하직하였다. 제술관(製述官), 역관(譯官), 사자관(寫字官) 외에 군관(軍官)과 서기(書記)는 숙배(肅拜)가 없었다.

성문에 나오자, 정랑(正郎) 권상일(權相一)과 판관(判官) 김익겸(金益謙)

이 같은 영남 사람으로 술을 사가지고 와서 송별하였고, 좌랑(佐郎) 김이만(金履萬)·직장(直長) 강필경(姜必慶)·시직(侍直) 홍중성(洪重聖)이 각각 시를 지어 우의를 표하였다. 진사 이주진(李周鎭)이 해낭(奚囊)과 환약(丸藥)을 선사하였다. 최사집(崔士集)이 술과 음식을 마련하여 뒤따라 와 중로에서 송별하였는데, 다정하기가 골육(骨肉)과 같았다.

11차. 조엄 『해사일기(海槎日記)』 1763년 8월 3일

아침에 흐리다가 늦게 개었다. 아침 해 뜰 무렵에 조정을 하직하고 양재역(良才驛)에 닿았다. 향(香)을 맞이하는 일을 파한 뒤에 상[英祖]이 숭현문(崇賢門)에 납시어 통신사로 가는 세 사신을 입시하도록 하니, 정사 조엄(趙曮)·부사 이인배(李仁培)·종사관 김상익(金相翊)이 차례로 앞에 나아갔다. 상이 친히 '두능(선릉(宣陵)·정릉(靖陵))의 송백[二陵松柏]이란 글귀를 외우면서 목이 메고 눈물을 머금어 감개하는 뜻을 나타내시며 친히 '잘 갔다오라.'[好往好來]는 네 글자를 써서 세 사신에게 각각 주어 사신의 마음을 위로해 주시니, … 또 면전에서 세 사신에게 호피(虎皮)·활·살·후추[胡椒]·환약(丸藥)·유둔(油芚)을 차등 있게 내주게 하였다. 신 등이 장막 앞에서 하직하며 황송스럽게 나오니 상께서 단 위에 오랫동안 서서 바라보며 전송하는데, 그 은덕이 매우 우악하여 더욱 임금을 생각하는 구구한 정성을 감당할 수 없게 하였다. …

세 사신이 국서를 받들고 원역 이하를 인솔하여 차례대로 반열(班列)을 지어 국문(國門) 밖을 나서는데, 예조의 각 곳에 대한 서계와 예단 및 잡물(雜物)을 먼저 앞에 실었다. 온 장안의 구경하는 사람들이 담처럼 둘러섰다.

남대문을 향해서 : 창덕궁 희정전을 나서 남대문으로 가는 옛길은 정조의 화성능행 때 여정인 『원행을묘정리의궤(園幸乙卯整理儀軌)』의 출환궁시도로에 있다.

돈화문→ 돈령부전로(敦寧府前路 : 돈화문로) → 파자전교(把子廛橋)[1] → 통운교(通雲橋) → 종루전로(鐘樓前路) → 대광통교(大廣通橋 : 광교사거리) → 소광통교(小廣通橋)[2] → 동현병문전로(銅峴屛門前路 : 구리개) → 송현(松峴 : 한국은행) → 수각교(水閣橋)[3] → 숭례문(崇禮門) → 도저동전로(桃楮洞前路)에 이르면 청파교(靑坡橋)가 보이는데 무악재에서 흘러내린 만초천 위에 걸린 '배다리'–청파동 삼거리의 주교(舟橋)로 널리 알려진 다리다. 만초천(蔓草川)은 지금 복개되어 철로 뒤에서 청파로가 되어 있고 이곳이 사행로의 첫 번째 역이다. 지금 서울의 땅 밑을 흐르는 물길은 셀 수 없이 많다. 광통교는 청계천 사업으로 제 모습을 드러냈지만 제 자리에서 1200미터 물러난 것이라 한다. 당연히 파자교 아래로도 물길은 있었다.

인조와 영조의 경희궁이라면 새문안로를 지나 세종로 사거리에서 숭례문으로, 정릉동 행궁에서 출발한 선조의 사행은 대한문에서 고개를 오른쪽으로 돌리면 남대문이 지척이다.

숭례문은 전차가 지나가면서 팔다리가 잘려 도성문의 기능을 상실하

---

1) 종로구 묘동 57번지 현 단성사 앞쪽에 있던 다리다. 조선 초기 대나무를 얽어서 다리를 놓고 그 위에 흙을 덮어서 가설했기 때문에 파자다리라고 불렀고 한자명으로 파자교(把子橋)라고 하였다. 음이 변하여 바자다리로도 불렀다.
2) 중구 남대문로1가 23번지 남쪽 청계천의 지류인 창동천(倉洞川)에 있던 다리이다.
3) 중구 남대문로4가 1번지 청계천 지류인 창동천에 있던 다리로 현 신한은행 남대문 지점 앞이다. 『한경지략』에 의하면 '이 다리에는 필시 수각(水閣)이 있었을 것'이라고 기록되어 있는 것으로 보아 수각으로 인해 붙여진 이름으로 보인다. 수각다리 혹은 수교(水橋)라고도 하며 『교량조배절목(橋梁造排節目)』에 의하면 수각교의 너비가 약 37척이었다고 한다.

고 퇴계로가 성벽을 뚫고 남대문시장에서 서울역으로 이어지면서 성벽의 기능에 구멍이 생겼지만, 예전에는 성벽을 따라 길이 있었고 지금도 남산육교를 지나 소월로를 향해가다 보면 도동삼거리 밀레니엄호텔에서 한강이 손에 잡힐 듯하다.

남대문을 나서면 오른쪽에 남지(南池)⁴⁾라는 인공연못과 칠패시장이 「동여도」에 그려져 있다.

〈그림 7〉 1907년 남대문의 날개가 잘리고 도시의 섬이 되어 더 이상 성문의 구실은 사라졌다. 성벽을 따라 길이 있었고 행인들이 보이는데 이 길을 따라 우수현에서 남묘나 전생서에 다다를 수 있는데 지금은 퇴계로가 길을 막아 성벽의 흔적을 따라 소월로에서 힐튼호텔로 올라서서 용산고등학교 쪽으로 걷는 것도 한 방법이다. [조지 로스 촬영(1904), 조상순 소장]

4) 중구 남대문로5가 1번지 부근, 곧 숭례문 남쪽에 있던 큰 연못으로서, 서울 남쪽에 있던 연못인 데서 유래된 이름이다.

경역

1. 청파역에서 한강진

도저동 삼거리-관왕묘-우수현-전생서-남단-이태원-내부아현-부
군당-제천정-한강진

청파역은 지금 청파동 주민센터 남영역과 신광여고 선린정보고등학
교 등 청파로로 복개된 만초천 일대의 너른 지역에 집과 마방 그리고
역졸들의 논과 밭이 함께 있었다.

고려시대에는 청교도(靑郊道)의 역으로 파주-교하-김포-부평 등으로
연결되었고, 조선시대에는 흥인문(興仁門) 밖 4리 노원(蘆原)역과 함께 병
조(兵曹) 직속으로 중앙의 서울과 삼남 지방을 연결하는 대로역(大路驛)이
었다. 정부가 지방을 통치하는 정령(政令)의 전달과 관리의 왕래, 외교
사행의 영송(迎送), 군사의 왕래 등 교통과 통신을 담당했다.

중앙집권체제였던 조선의 서울에 권력이 집중됨에 따라 이 역의 역할
이 무거웠던 것은 당연한 일이었는데, 임진왜란 이후 전쟁에 휩쓸리고
개화기에는 기차역이 들어서고 또 병영이 설치되는 등 형태만 바뀌었을
뿐 여전히 국내교통의 중심에 있다.

〈그림 8〉 김윤겸(金允謙), 청파(靑坡), 28.6×51.9cm, 종이, 수묵담채, 1763, 김윤겸의 지인 원중
거는 이 그림이 그려진 이듬해 열한 번째의 통신사 서기로 일본에 다녀왔다. [국립중앙
박물관 소장]

『광해군일기』에서 청파역의 실상을 엿볼 수 있는데, 지방이라고 다를
게 없었다. 전란으로 인한 재정의 피폐 및 역로에 대한 가치판단과 운영
미숙 등으로 역로의 활성화는 미루어진 채 조선은 개화기를 마주하게
된 것이다.

광해 14년(1622) 8월 26일

병조에 전교하기를, "지금 변방의 보고가 날로 급해지고 있는데 군영
(軍營)의 역마가 한 필도 없고 심지어는 본궁(本宮)과 경운궁(慶運宮)의
문안마(問安馬)도 준비해 두지 않고 있으니, 매우 놀랍다. … 앞으로는 사
적으로 쓰지 말게 하며, 30, 40필은 대기하고 있게 하라."
하니, 병조가 아뢰기를, "두 역[청파역과 노원역]에 있는 말의 원래 수효는

1백 필인데, 그 중 상등(上等)이 20필이고, 중등(中等)이 20필이며, 하등(下等)이 60필입니다. 그런데 서궁 문안마(西宮問安馬)가 4필이고, 영건도감은 4필, 비변사는 7필, 의정부는 4필이 있어야 하고, 두 역의 병방(兵房)에 늘 대기하고 있어야 하는 것도 모두 합해 14필입니다. 국청이 설치된 뒤로는 상등마 1필과 보종(步從) 7명이 날마다 승지의 행차를 대기하고 있으니, 이밖에는 남은 것이 거의 없습니다. 그리고 근래에는 양재역(良才驛)과 영서역(迎曙驛)에서 교체를 시키지 않기 때문에 경역(京驛)의 말이 북으로는 평산(平山)과 황주(黃州)에까지 가고 남으로는 전주(全州)와 상주(尙州) 등의 지역에까지 가서 한번 가면 돌아오지 않고 걸핏하면 열흘이나 한 달을 넘기곤 합니다. 그리하여 쉬게 할 겨를이 없어 계속 병들어 죽고 있어서 말의 수효가 날로 줄어드는데, 말을 준비해 두도록 독촉하지만 어떻게 할 방법이 없었습니다."

전란이 마무리된 지 한 세대가 지난 시점에서 역로의 형편을 엿볼 수 있는 기사다. 두 역은 동대문 밖의 노원역과 이곳 청파역이고, 본궁은 창덕궁이며 경운궁(정릉동 행궁―지금 덕수궁)은 인목대비가 거처한 서궁(西宮)으로 두 궁을 왕래하는 4필의 말이 배정되어 있었다는 것을 알 수 있다.

이로부터 140년이 지난 청파들에 대한 모습은 김윤겸의 그림으로 그 윤곽을 엿볼 수 있다.[1] 28.6cm×51.9cm의 이 그림의 오른쪽에 노량진

---

1) 김윤겸(金允謙, 1711-1775)의 본관은 안동(安東), 자는 극양(克讓), 호는 진재(眞宰)·산초(山樵)·묵초(默樵)이다. 척화대신 상헌(尙憲)의 현손이며, 수항(壽恒)의 넷째 아들 창업(昌業)의 서자로 태어났다. 관직은 진주 동쪽의 소촌역(召村驛)의 찰방을 지냈다. 진경산수화의 이론적 배경을 제시한 종조부 김창협과 김창흡의 진경문화사상에 영향을 받아 실경을 사실적으로 재현해 낸 산수화가로 18세기에 겸재 정선과 더불어 우리나라 진경산수화를 개척했다.

쪽의 길이 보이고 전면 중앙에 말을 타고 서울로 돌아오는 선비들이 보인다. 1763년에 그렸다고 하니 고구마 대사 조엄이 「일동장유가」를 쓴 김인겸, 서기 원중거와 사행길에 오른 11번째 사행의 한 해 전인데 화가가 원중거와 친분이 있다는 것이 흥미롭다. 오른쪽에는 '청파(靑坡)'라는 화제가 뚜렷하다. 마치 안산(案山)처럼 중앙에 한강을 양분한 '당고개'와 산세를 따라 이루어진 옛길과 역마을로 보이는 초가를 돌아 선비들은 말을 몰고 있다. 왼편 한 그루의 소나무 뒤로 인가가 보이는데 둔지산을 등에 업은 둔지미 마을로 생각된다. 이성린의 '영가대'와 함께 통신사 시대에 가장 근접한 그림 가운데 하나다.

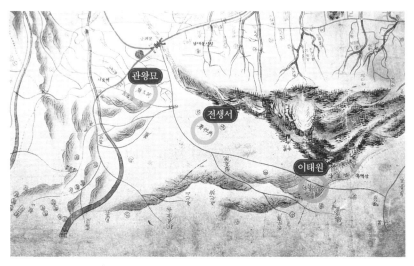

〈그림 9〉 이 지도에는 숭례문 앞 남지라는 연못–서울역 쪽으로 사축서와 강홍중이 묵었다는 도저동 삼거리와 통신사역로의 첫 번째인 청파역이 주교와 함께 보이고, 관왕묘–전생서–이태원–내부아현이 차례로 보인다. 다른 지도에는 전생서와 이태원 사이에 남단이 있다.

남관왕묘 : 통신사들은 청파역에서 제공한 말을 타고 남대문을 나와 도저동 삼거리를 지나 관왕묘로 들어갔다. 도저동 삼거리는 강홍중이 묵은 곳으로 이곳에 사축서(司畜署)가 있었고, 이미 숙식을 하는 주막이 형성된 것으로 보인다.

3차. 강홍중 『동사록(東槎錄)』 1624년 8월 20일

… 좌의정과 봉래(蓬萊; 정창연(鄭昌衍)) 두 정승에게 들러 작별 인사를 하고 집에 돌아와 사당에 뵙고 어머니 앞에 배사(拜辭)하니, 일가 친척의 부인들이 모두 와서 송별하였다. 지나는 길에 곽첨정(郭僉正)·이부정(李副正) 두 분에게 들러 인사를 하고 이정(離亭, 작별하는 정자)에 이르니, 위로는 명공 거경(名公巨卿)에서 아래로는 평소에 친분이 있던 사대부까지 거의 다 와서 전별하였다. 이날은 도저동(桃渚洞) 삼거리에서 유숙하였다.

8월 21일

평명에 조반을 재촉해 먹고 남관왕묘(南關王廟)에 들어가니 사인(舍人) 이명한(李明漢)이 와서 기다리고 있었다. 잠시 후 월사상공(月沙相公, 이정귀(李廷龜))과 순천 김지남(金順天止男, 순천 원이었음) 영공이 연달아 이르렀다. 종사관(從事官)이 또 뒤쫓아와서, '상사(上使)는 벌써 날이 밝기 전에 떠났다.' 하였다.

4차. 김세렴 『해사록(海槎錄)』 1636년 8월 11일

… 대궐을 나와 남관왕묘(南關王廟)에 갔는데, 내승(內乘) 신종술(辛宗述)

이 먼저 와서 기다리고, 참판 박황(朴潢)·오 전주 단(吳全州端)·문학(文學) 황일호(黃一皓)가 뒤따라 이르고, 조금 뒤에 상사가 이르렀다. 정랑 조석윤(趙錫胤)·수찬 이도(李禂)·안변 부사(安邊府使) 이기조(李基祚)·경기 감사 윤이지(尹履之)·도승지 김경징(金慶徵)·능성부원군(綾城府院君) 구굉(具宏)·동양위(東陽尉) 신익성(申翊聖)이 와서 모였다. 기백(畿伯, 경기 감사의 별칭)이 술자리를 베풀었는데, 동양위가 말하기를,

"이번에 만 리 먼 곳으로 사신을 가는데, 어찌하여 배웅하는 손님들이 드문가?" 하였다.

7차. 홍우재 『동사록(東槎錄)』 1682년 5월 8일

… 곧바로 남관왕묘(南關王廟)로 나아가니 대신 이하 관료들이 전별하고, 친척과 친구들과는 도성 남쪽에서 석별의 정을 나누었다.

8차. 임수간 『동사일기(東槎日記)』 1711년 5월 15일

이어 퇴출하여 남관왕묘(南關王廟)에 가서 옷을 갈아입었는데, 몇 명의 친구들이 송별차 왔고 영태(鈴台, 영의정(領議政)의 별칭) 또한 뒤따라 도착했다.

9차. 신유한 『해유록(海遊錄)』 1719년 4월 11일(계축)

… 세 사신이 국서(國書)를 받들고 절월(節鉞)을 받아, 숭례문(崇禮門)으로 나와 관왕묘(關王廟)에 이르러서는 일행이 청포(靑袍)로 바꾸어 입었다. 관왕묘(關王廟)는 관우(關羽)를 모시는 사당으로는 임진왜란시 선조 31

년 경상도 성주와 안동에 명군이 처음 세웠고, 이어 서울에도 동묘(東廟 지금 신설동)와 남묘(南廟)가 세워졌다. 남관왕묘(南關王廟)는 남대문 밖 도동(桃洞)에 명장(明將) 마귀(麻貴)가 관우를 제사 지낸 후, 선조 32년 왕명으로 묘를 세우고 '현령소덕무안왕묘(顯靈昭德武安王廟)'라 이름하여 춘·추로 장신(將臣)을 보내어 제사드렸으며 때로는 왕이 친림하기도 했다.

그간 남관왕묘의 정확한 위치는 일반인들에게 잘 알려져 있지 않았다.

〈그림 10〉 동아일보 '장안의 고적을 찾아서'에 수록된 사진. 6·25로 소실되어 지금 사당동의 관왕묘는 재건된 것을 1978년에 옮겨간 것이다.

서울역사박물관의 후암동 특별전에 의하면 고종연간의 관왕묘에 대한 관심은 외침의 위기상황에서 임란극복의 상징적 존재로서 관왕묘 참배와 북관왕묘(1883.9.25.)와 서관왕묘(1903.11.27.) 건립을 추진한 것으로 보고 있다. 그러나 1922년 1월 7일 동아일보에 남묘의 재단법인화 분규에 관한 기사가 보인다. 1915년경에 이미 국유화된 남묘를 일본인이 경매를 통해 낙찰받자 이를 지키려는 임진화(林震煥) 외 80여 명이 남묘유지사(南廟維持社)를 설립하여 남묘를 지켜왔는데, 사단법인화하면서 임재룡(林震煥의 아들) 단독 명의 등기에 불복하는 소송이 제기되었다는 것이다.

호국의 상징인 남묘가 일인의 손에 들어갔었다는 사실도 놀랍지만, 1913년 6월 19일에 지지자의 찬조금 7천여 원을 합해 임진환(林震煥)씨 명의로 10,750원에 낙찰하여(매일신보, 1913.6.19.) 명맥을 이어왔었다는 사실도 기억해두어야 한다.

1899년 2월 14일에 화재가 있었고, 5월 25일에 신속히 복구되었다. 이런 남묘의 제례가 1907년 동묘에 합사되면서 남묘의 역할이 축소되었다는데, 그 배경이 궁금하다. 6·25때 소실되어 다시 복구된 남관왕묘는 어찌된 영문인지 1978년 사당동으로 옮겨지고 그 자리는 지금 또 어지럽게 폐허가 되어있다. 동대문 밖 동관왕묘는 멀쩡한데 남대문교회 옆 밀레니엄 힐튼호텔의 남관왕묘가 폐허가 된 경위는 관계기관에서 파악하고 있는지 모호하다. 아무튼 규모가 축소되었다고는 하지만, 그 자리는 서울시 중구 회현동 655번지 일대(京城府吉野町1井目62)다.

우수현 : 관왕묘를 나서면 바로 후암동 삼거리인데, 성벽을 타고 올라온 소월로와 도저동 삼거리와 이 곳 우수재에서 만나기 때문이다. 이 고개는 지도에 따라 우수현(牛首峴), 또는 우수현(雨水峴)이라 표기하기도 했다. 인근에 섬암(蟾岩)이라는 지명도 보이는데, 이를 따서 지금 '두텁바위길'이 새 도로명 주소에 올라있다. 이 마루턱에서는 지금도 용산고등학교와 건너편 둔지산이 시원하게 보인다.

〈그림 11〉 오른쪽이 남묘자리 - 이곳은 우수현으로 멀리 한강쪽으로 시원하게 트여 있다. 길은
왼쪽으로 휘어져 전생서와 용산고를 지나 군사지역 안의 남단과 이태원으로 이어진다.

　　전생서(典牲署)와 일동장유가 : 이어서 나타나는 샛길에서 후암동 우체
국과 시장을 지나면서 왼쪽으로 후암로 28길을 따라 오르막에 한경직
목사가 설립한 사회복지법인 영락보린원이 있는데, 이 일대가 조선시대
의 전생서다. 조선시대 궁중의 제향(祭享)·빈례(賓禮)·사여(賜與)에 쓸 가
축을 기르는 일을 맡았던 관서로 고려시대의 장생서(掌牲署)를 계승해
1392년에 전구서(典廐署)를 설치하고, 1460년에 전생서로 개칭하였다.
황우(黃牛) 3마리, 흑우(黑牛) 28마리, 양 60마리, 염소 14마리, 돼지 330
마리를 항상 사육하였는데 1637년에는 도저동 삼거리에 있었던 사축서
(司畜署)를 병합했다가 곧 이를 독립시켰다. 1797년에는 주재관(主宰官)으
로 판관(종5품)을 새로 두어 종5품 아문으로 승격되는 등 변화를 겪다가
1894년 갑오경장 때 관제개혁으로 폐지되었다. -『민족문화대백과사전』

10여 명의 관원을 배치했다니 그 식솔과 노비와 기르는 희생들과 당시의 그림을 참고하면 이 일대는 영락원 뿐 아니라 숲과 들까지 모두 전생서의 영역으로 보아야 할 것이다. 이 자리에서 환송행사가 열리기도 했는데, 서기 김인겸이 그 규모에 놀란 반면 정사 조엄은 전례에 비해 초라하다고 적고 있다.

6차. 남용익 1655년 4월 20일

… 취하도록 마시어 해가 점심때가 되어서야 성문에 나오니, 정승 등이 전생서(典牲署)까지 전송하고 한강 가에서 전송하는 사람은 거의 조정을 비울 정도였다.

11차. 1764년 8월 3일 「일동장유가」

이 때난 어느 땐고, 계미(癸未) 팔월 초삼이라
북궐(北闕)의 하딕(下直)하고 남대문 내다라셔
관왕묘(關王廟) 얼픗 지나 전생셔(典牲署) 다다르니
사행을 전별(餞別)하랴 만됴(萬朝) 공경(公卿) 다 모닷네.
곳곳이 댱막(帳幕)이오 집집이 안마로다.
좌우 전후 뫼와 들어 인산인해(人山人海) 되여시니
정 잇난 친구들은 손 잡고 우탄(憂嘆)하고
철 모르는 소년들은 불워하기 측량(測量)업네.
셕양(夕陽)이 거의 되니 낫낫치 고별(告別)하고
상마포(上馬砲) 세 번 노코 차례로 떠나갈새
졀월(節鉞), 전배(前陪) 군관(軍官) 국서(國書)를 인도하고 비단 일산(日傘) 슌시(巡視) 녕긔(令旗) 사신(使臣)을 뫼와셧다.

내 역시 뒤흘 따라 역마(驛馬)를 칩더 타니

가치옷 지로나쟝(指路羅將) 깃 꼿고 압희 셔고

마두셔자(馬頭書子) 부쵹하고 쌍겻마 잡앗고나.

셰패놈의 된소래로 권마셩(勸馬聲)은 무슴 일고

아모리 말나여도 전례(前例)라고 부대하네.

백슈(白鬚)의 늙은 션배 졸연(猝然)히 별셩(別星) 노릇

우습고 괴괴(奇怪)하니 남 보기 슈괴(羞愧)하다.

관왕묘를 지나 전생서의 전별연 모습인데, 말에 오르라는 신호로 철포를 세 번 놓고 청파역의 역졸 둘과 말머리의 마두서자까지 셋이서 김인겸의 좌우와 앞에서 말을 끌고 소리치는 모습이 그려져 있다.

같은 날 정사(正使) 조엄은 이렇게 기록하였다.

세 사신이 전생서(典牲署)에서 조금 쉬는데, 영의정 홍봉한(洪鳳漢) 공이 음식을 차려 전송하였으니, 특별히 나에게 사사로운 정이 있어서가 아니라 실로 옛날부터의 풍속이다. 좌의정 윤동도(尹東度), 우의정 김상복(金相福) 공과 판서 이익보(李益輔), 판서 조운규(趙雲逵), 판서 이지억(李之億), 참판 이이장(李彝章), 참판 이응협(李應協), 참판 구윤옥(具允鈺), 정(正) 이익진(李翼鎭), 첨정(僉正), 정석백(鄭錫百), 승지 심발(沈墢), 부제학 정존겸(鄭存謙), 승지 김응순(金應淳), 승지 정하언(鄭夏彦), 사서(司書) 유사흠(柳思欽), 승지 이의로(李宜老), 창녕(昌寧) 원 김이신(金履信), 지평 이일증(李一曾), 교리 홍낙인(洪樂仁)이 와서 작별하고, 조카 진용(鎭容)과

작은 아들 진의(鎭宜)가 가마 앞에서 절하며 하직하였다.

남단(南壇) : 통신사 일행은 전생서를 나와 지금의 용산고등학교 정문을 지나 남단을 휘돌아 이태원을 지난다. 용산고등학교 앞의 이태원 표지판이 잘못되어 있다고 김천수씨는 말한다. 출입−촬영−항공지도 및 일반지도 등 모든 사항이 제한된 미군부대 안에 남단(南壇)이 있고 그 남단을 지나 부대의 위수병원 부근에 이주하기 이전의 이태원이 있었다는 것이다.

지금 기지안의 남단은 임금이 백성의 소원을 대신하여 하늘에 비를 바라는 신성한 소통의 장소였다. 정조 6년(1782) 5월 22일에 이곳에서 기우제를 지냈다.[2] 폐허가 되어 몇 덩어리의 돌만 뒹구는 이곳의 실태를 승지 서영보의 보고로 요약하면 다음과 같다.

남단 주변 전경   남단 터 석물   남단 터 석물

〈그림 12〉 용산미군기지 내 남단 현황(출처 : 용산공원 정비구역 지정을 위한 기초조사, 2009)
왼쪽 그림의 위쪽 길이 옛길이다. 그 둔덕위에 중앙의 사진인 남단의 폐허가 보인다.

---

2) 임금이 친히 비를 빌기 위해 명정전(明政殿)에 나아가 남단(南壇) 기우제의 축(祝) 에 친압(親押)하였다. 이어 보여(步輿)로 우사단(雩祀壇)에 나아가 익선관(翼善冠) 에 곤룡포(袞龍袍)를 갖추고 산개(傘盖)를 물리치고 의장(儀仗)·산선(傘扇)·시위 (侍衛)를 제하였으며, 별운검(別雲劍) 2인이 배종(陪從)하였다. 단소(壇所)에 이르 러 친히 단상(壇上)을 살펴보았고 병조판서가 단상을 청소하였다. 임금이 막차(幕 次)에 나아가 호조 판서에게 명하여 제기(祭器)와 제물(祭物)을 살피게 하였다

"… 남단은 넓이가 24척 5촌, 앞의 높이가 2척 8촌으로 4층으로 된 섬돌과 양쪽 담장이 있습니다.

신좌(神座)의 위치는, 풍운(風雲)과 뇌우(雷雨) 두 위(位)가 중앙에 있고 산천(山川)의 위가 왼쪽에 있으며 성황(城隍)의 위가 오른쪽에 있는데 모두 북쪽에 있으면서 남향(南向)하고 있습니다. 남단의 신위판(神位版)을 봉안(奉安)하거나 환안(還安)할 때에는 신여(神輿)를 사용하는데, 병조에서 위장(衛將)을 정해 보내 모시고 갑니다.

현재 단(壇)의 전면은 석축(石築)이 제법 완전하나 나머지 삼면은 사초(莎草)가 덮히어 사초의 고성(枯盛)으로 그 방절(方折)의 형체를 겨우 알아볼 수 있습니다.

단선(壇墠)에 반드시 나무를 심는 것은 예(禮)의 뜻이 좋은데 단소(壇所) 사방을 두른 언덕 기슭에 겨우 큰 소나무 몇 그루가 따로따로 드물게 서 있어 아주 보기에 아름답지 못합니다. 단직(壇直)이 사방으로 금경(禁耕)을 1백 보 이내로 한정하였으나 원래 금지 푯말을 세워놓지는 않았다고 하니, 자내의 영문(營門)에 분부하여 알맞게 헤아려 경계를 정해야 마땅합니다.

청도(淸道)하는 한 조항은 어제 도승지가 이미 연석에서 품하여 윤허를 받았습니다. 단의 남북에는 모두 큰 길이 있으니 금지하는 절차는 참군(參軍)으로 하여금 제향 후에 물러가게 하는 일을 영원한 정식으로 삼게 해야 합니다. …"

하니, 상이 따랐다.

〈그림 13〉 이 돌덩이가 정조가 기우제를 지낸 제단(祭壇). 남단의 일부로 지금 기지 안에
방치되어 있다.

위의 내용에 왕이 몸소 참례하고 기물을 나르는 수레가 지났다면 당
연히 진입로가 있었을 것이다. '단의 남북에는 큰 길'이 있다고 했는데
그 길이 신을 받드는 제단의 신위 위로 지나지는 않았을 것이다. 그렇다
면 1914년의 지형도에 그려진 남단의 목덜미를 잘라 만든 용산고등학교
운동장 담벼락 뒤 경리단으로 가는 막다른 길 두텁바위로는 군사용 신
설도로로 보아야할 것이다. 신위는 남산을 등지고 앉아 한강을 바라보
고 그 좌우로 당시로는 큰 길이 있었을 것으로 보인다.

성소이므로 비록 잘 돌보지는 못했지만 좌우에 담장이 있었다면, 시
점에 복원되어야할 일이다. 사진에서 보이는 초라한 돌무지를 기우제를
지내는 미신으로 볼 것인지? 기상청으로 발전된 지난날 농민의 소원을

비는 행위로 볼 것인지? 전향적 사고가 필요한 시점이다.

이밖에 사행로 인근인 군사시설 안 둔지산에 노인성단(老人星壇) · 원단(圓壇) · 영성단(靈星壇) · 풍운뢰우단(風雲雷雨壇)이 있었다고 하는데 남산에서 뻗어내린 둔지산은 바로 남단의 건너편이다.

이태원 : 그 폐허가 된 남단을 돌아 부대 안의 위수병원 자리에 서울로 들어오는 마지만 원(院)인 이태원이 있었는데, 군부대가 들어서며 주민들을 황학동 쪽으로 이주시켰다. 비교적 근대적인 지도의 제작과 토지의 측량 및 지적이 만들어지자 상당수 일본인과 프랑스 미국인들의 이름이 그 주인으로 등재되었다. 불과 100년 전인 1811년에만 해도 조선통신사가 지났던 길인데, 일본군에 이어 미군이 주둔한 이 곳에 오히려 구릉과 곡선의 형태가 잘 남아 있다. 부대 안 위수병원 부근에서 옛 사격장이었던 지금 남산대림아파트에 이태원이 있었는데, 20세기 초 군 시설이 들어서며 지금의 이태원으로 강제 이주되었다는데[김천수 주장]『경성부사』에도 이런 사실을 뒷받침한다. 미군들이 평택으로 옮겨가고 시민공원으로 되돌아온다면 이 구간만이라도 옛길의 지형을 살려두었으면 한다.

지금은 아쉬운 대로 전생서에서 용산2가 주민센터까지 죽 올라갔다가 전망도 즐기면서 산기슭을 따라 돌면 보성여고 언저리에서 담 너머로 이태원의 모습을 그려볼 수 있다. 철책을 따라 돌면 커피숍 게이트21이 나타나고 외국인들이 자주 눈에 뜨인다. 이 골짜기는 남산터널이 생기면서 또 한 번 자연경관이 모두 변했다.

이태원(梨泰院? 異胎院? 李泰院?) : 배나무가 많아서 이태원(梨泰院)으로 불리게 되었다는데 원(院)은 조선시대에 일반 길손이 머물던 공영숙소라 할 수 있다. 옛 기록에는 이태원(梨泰院) 외에도 한자가 다른 이태원(李泰院), 이태원(異胎院), 지도의 이태원(二泰院) 등의 다른 이름이 있었다.

공무여행자의 숙박시설로는 서울에서 가장 가까운 원이었는데 조선 초기 '이태원(李泰院)'은 남산에서 맑은 샘물이 솟아나 도성 안의 부녀자들이 빨래터로 이용하였고 소나무숲이 우거져 있었다고 한다. 지금 남산 정상에서 하이야트 호텔을 거쳐 한강으로 뻗어내리며 부군당을 품은 부어치[성시지도에는 負兒峴] 지맥의 골짜기에는 당연히 맑은 물이 흘렀을 것이다.

임진왜란 이후 아군에 항복하고 우리나라에 귀화한 일본인들이 거주하였다 하여 이타인(異他人)으로 부르기도 하였고, 이곳의 또 다른 이름인 황학동에 비구니들이 수도하는 운종사(雲鍾寺)에 가토의 군사들이 여승을 겁탈하여 그 혼혈들이 거주한 곳이라 하여 이태원(異胎院)이라고 부르게 되었다고 한다. 이태원(梨泰院)은 효종 때 배나무를 심은 때문이라는 이야기도 있다.

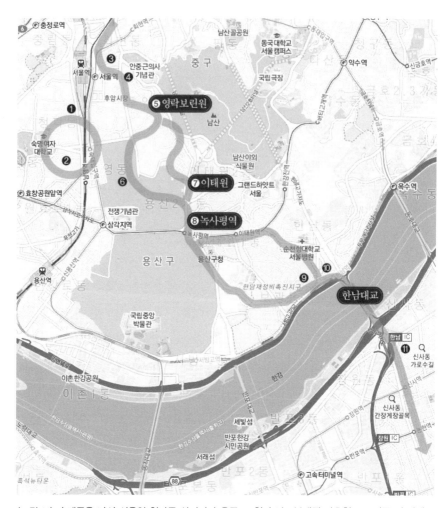

〈그림 14〉숭례문을 나서 서울역 청파동 삼거리가 ①주교. 청파로는 복개된 만초천으로 지금 길 아래로 물이 흐른다. 청파동 일대는 ②경역(京驛). 힐튼호텔이 ④우수현과 ③관왕묘자리. 후암시장 지나 ⑤영락보린원 일대가 전생서. 지금 군영 안에 ⑥남단이 있고 ⑦이 이태원, ⑧부어치 자리로 보이는 녹사평역에서 용산구청이나 보광초등학교를 지나 ⑨한남동 부군당에서 한남 대교로 걷는 것이 순탄하다. 남단은 막혀있으므로 차라리 영락보린원에서 용산2가동 주민센 터까지 올라갔다가 보성여고를 따라 녹사평으로 내려오며 옛길을 그려보는 것이 더 나을지 모른다. ⑩한강진. ⑪사평원.

부어치와 부군당 : 이태원을 돌아 지금의 녹사평으로 불리는 건널목에서 좌우를 바라보면 둔지산의 허리가 잘린, 아니면 오목하게 패인 흔적이 뚜렷하다. 찬바람재나 부어치3)가 이곳이 아닌가 한다. 어느 지도에는 버티고개 또는 내부어치-외부어치가 있고 또 부아현이라는 곳도 있다. 부아산은 비류백제의 전설에도 나오는데 천안위례성에서 하남위례성으로 가는 길목인 용인에도 있고, 서울의 삼각산(三角山)도 신라 때에는 부아악(負兒岳)이라 부르기도 했다. 김윤겸의 청파도에도 마치 임산부처럼 '애를 밴'… 또는 '애를 업은' 형태인데 '애업은 산-업은산'이거나 애를 잉태한 '애밴 산'이거나 이 지형은 '부아산(負兒山)'이라는 이름을 연상하게 한다.

7차. 김지남 『동사일록(東槎日錄)』 1682년 5월 8일

어머님을 위로해 드린 뒤에 눈물을 머금고 문 밖으로 나왔다. 현(顯)·순(舜) 두 아이는 옷자락을 잡고 슬피 울고, 아내는 얼굴을 가리고 운다. 이렇게 떠나기 어려워할 즈음에 정(正) 유자요(劉子饒)가 길을 재촉하고, 해도 이미 늦었다. 잡은 옷을 뿌리치고 말 위에 올라 교외로 나갔다. 전송 나온 여러 재상들은 모두 작별하고 돌아갔다. 삼사(三使)도 이미 강을 건넜다 한다. 그런 때문에 말에 채찍질을 해서 빨리 달려 내부엇(內夫旕)에 가서 여러 교회(敎誨)4)들을 만나 잠깐 머물러 작별인사를 하였다.

---

3) 남산의 동쪽 봉우리에서 정남향으로 내려온 산줄기는 부어고개(夫於峙)를 지나, 하이얏트 리젠시호텔과 아르헨티나대사관 등이 있는 113.5m 봉우리에서 서쪽 중앙경리단 쪽으로 작은 구릉이 갈리고, 주능선은 다시 이태원고개를 지나 보광초등학교 뒤의 85.5m 봉우리를 형성하였다. 여기서 주능선은 다시 남하하여 오산중·고등학교가 있는 65m 봉우리와 주성동 끝의 77.5m 봉우리를 이루고, 한강변 옛 제천정 터를 만들었다.

4) 사역원에 딸린 한 벼슬.

또 외부엇(外夫旕)[5]으로 가니 5~6명 친구들이 역시 전송해 주겠다고 청한다. 해가 저물었다.

부군당 : 이 부아현 남산 줄기에 부군당이 있다. 전 재산을 등에 지고 가는 보부상이나 도성으로 가는 길손은 무엇보다 신앙의 힘으로 도적과 산짐승으로부터 자신을 지켜야 하고 길손이 지나는 길목에 사는 사람들은 밤낮으로 낯선 길손을 경계할 수밖에 없는 상황에 어디엔가 의탁해야하는 한 장소가 성황당인데, 남한강에는 마애불이 많고, 이곳 한강에는 여러 부군당이 줄지어 있다. 이태원 부군당도 그 하나이다.

부군이라는 뜻은 제사 모실 때 '부군신위(府君神位)'의 부군이라고도 하고, 부근당(父根堂)이라고 하여 남근신앙 이야기도 덧붙이는데, 동해의 민속이 태백산맥을 넘어와 한강을 따라 흘러내리는 것도 흥미롭다. 문자 그대로[府-곳집, 마을, 관청] 부군당은 조선시대 관아 인근에 설치된 제당으로 조선조 광해군 11년에 원래는 남산중턱에 있었으나, 일제가 훈련소를 세우면서 현재의 자리로 옮겨져 지금의 부군당역사공원이 되었다고 한다.

보강리 : 동여지도에는 남산에서 벋어 내린 주맥이 직선으로 남행하면서 부어치[도성대지도에서는 부아현]에 이르고 이어 한 자락이 이태원을 품고 그 다음 자락이 둔지산이 되고 강과 만나면서 양 갈래를 만들어 서빙고를 품는다. 그 골짜기에 고지도에는 물이 흘러 한강으로 들어가는데 그 이름이 보강이어서 마을이름이 된 것이 아닐까? 보강리는 지금

---

5) 지명. 이태원을 지나 둔지산의 고개, 외부어치(外夫旕)는 지금 남산터널 부근으로 보임.

보광동이 되었고 그 강은 복개되어 길 밑으로 숨어들었는데 녹사평에서 한남오거리로 직진하는 경우와 사선으로 비껴가면서 보광동주민센터로 가는 길도 있는데 100년 전 지도에도 그런 길들이 보인다.

　제천정(濟川亭) : 조선시대 한강변에 위치했던 왕실(王室) 소유의 정자로 지금 한강 하이페리온 아파트 화단에 그 표지석만 남아 있다. 통신사 일행은 이 정자 아래 나루터에서 한강을 건너 양재역을 바라보고 걸음을 재촉했다.

〈그림 15〉 녹사평 대로에서 한강쪽을 바라보면 남산에서 흘러내린 산맥이 보이는데 왼쪽 언덕 위의 집과 오른쪽 산 모서리가 깎여 내린 것을 느낄 수 있다. 가로등 높이로 이어져 있다면 이 잘록한 곳이 부어치가 아닐까?

1차. 사행 경섬 1607년 정월 13일

판서와 보덕(輔德) 두 숙부 및 대사헌 박효백(朴孝伯)·판서 최여이(崔汝以)·영제군(寧堤君)·참판 남자유(南子有)·부제학 이대중(李大中)·사인(舍人) 김희태(金希泰)사인 이양오(李養吾)·응교 이이실(李而實)·정(正) 여덕부(呂德夫)·좌랑 정희온(丁希溫)·수안(遂安) 정사우(丁士優)와 서울의 모든 친우 30여 인이 나중에 나와 제천정(濟川亭) 옛터에서 전별하였는데, 취기가 나 썰매[軍馬]를 타고 강 얼음 위에서 놀다가, 서로 붙잡고 석별의 정을 나누느라 해가 저무는지도 몰랐다.

제천정은 한강 북안의 높은 곳에 자리하여 한강 건너 관악산과 청계산이 손에 잡힐 듯한 절경이었는데, 1, 2차 사행 뒤 인조는 이괄의 난으로 공주로 파천하던 야반에 이 정자를 불 질러 그 불빛으로 강을 건넜다고 한다.

(1진) 한강진(漢江鎭) - 天然의 圬字

한강진(漢江鎭) : 목멱산이 한강에 잠기는 모랫벌에 있다. 너비는 2백 보. 북쪽에 단(壇)이 있는데, 봄·가을에 나라에서 제사를 지내며, 중사(中祀)로 한다. 도승(渡丞) 1인을 두어서 드나드는 사람을 조사한다. 나루 머리[渡頭]에 제천정(濟川亭)이 있다. 나루터의 인부에게 진척위전이 지급되었는데, 종래 32결에서 세종 27년 20결로 감축되었다. 맞은편은 사평나루로, 고려 때는 사평도 또는 사리진으로 불렀다. 조선시대는 제일의 나루터로 판교역을 지나 용인, 충주로 통하는 대로의 요충지였다.

3차. 강홍중『동사록(東槎錄)』 1624년(인조2년) 8월 21일

… 한강에 이르니 백규(伯圭) 형제와 성원(聲遠)·습지(習之)·정 직장(鄭直長 직장은 벼슬)이 와서 작별하였으며, 성아(星兒; 아들 성(星)을 이름)도 뒤따라와 울며 송별하였다. 드디어 여러 친구와 작별하고 강을 건너니 급·전(琠) 두 아들과 홍여경(洪汝敬)이 뒤를 따랐다.

이해에 김세렴은 말을 구하지 못해 배로 양근−여주를 거쳐 충주에 도착하고, 육로로 안부를 거쳐 조령을 넘었다.

4차. 김세렴『해사록(海槎錄)』 8월 11일

오후에 한강에 도착하니, 준비된 배가 12척이었다. 이수찬(李修撰)도 뒤쫓아 이르고, 도사 김인룡(金仁龍)은 먼저 와서 기다렸다가 배에 들어와서 작별하였다. 유정(柳亭)에 오르니, 당숙인 생원 허부(許) 및 생원 허윤(許崙)·과천 이건(果川 李健)과 유정의 주인(主人) 첨정 유일(柳) 등이 함께 와서 전별연을 베풀었다. …

저녁에 이수찬은 돌아가고, 당숙과 함께 배를 타고 동호(東湖)의 독서당(讀書堂)으로 갔는데, 하인들이 강촌(江村)에 의막(依幕)을 설치하였다. 이것은 서당(書堂)의 고사(故事)에, '선생이 아니면 들어오는 것을 허락하지 않는다.' 하였으므로, 찾아오는 손님에게 방해가 될까 염려되었기 때문이다. 양릉군(陽陵君) 허적(許)·생원 이희립(李希立)·좌랑 최문식(崔文湜)·생원 이종길(李宗吉)이 먼저 와서 있었다.

밤이 되니 상사가 과천(果川)에서 돌아왔고 참의 나만갑(羅萬甲)도 이르렀는데, 승지 신계영(辛啓榮)·청산 이원준(青山 李元俊)이 보러 왔다.

이보다 앞서, 왕세자가 능(陵)에 참배할 때에 황 감군(黃監軍 명(明)의 황손무(黃孫茂))이 또 이르니, 경기 감사가 여러 번 인부와 말이 모자라는 상황을 아뢰었는데, 승정원(承政院)이 계청(啓請)하기를, '통신사(通信使) 일행을 모두 수로(水路)를 거쳐 가게 하소서.' 하였다. 이에 조정의 의논 이 모두 온당하지 못하다고 하였고 각 고을의 폐해도 인마가 모자라는 어려움보다 심하다고 하였다.

그리고 이튿날 양근으로 한강을 거슬러 올랐는데 충주에서 다시 만나 게 될 것이다.

8월 12일

맑음. 해가 솟을 무렵에 배에 올랐다. 경안 찰방이 사방으로 배를 끄 는 인부를 모았으나 구하지 못하였다가, 오후에 양주(楊州)의 군인들이 이르러서야 비로소 떠날 수 있었다. 양릉군과 최 좌랑은 돌아갔고, 생원 허부·인동 허쟁(仁同 許崝)·과천 이건·생원 이종길·감역 조송년(趙松 年)은 함께 배를 타고 신천(新川)에 이르러서 돌아갔는데, 조감역은 따라 와서 광진(廣津)을 지났다. 상사가 이미 먼저 떠났으므로, 뒤쫓아 미호 (迷湖)의 촌가[村舍]에 닿으니, 밤 2경이었다. 양성현감(陽城縣監) 유시경 (柳時慶)이 지응관(支應官)으로 왔다.

7차. 김지남 『동사일록(東槎日錄)』 1682년 5월 8일

크게 취해서 작별하고 한강나루에 도착하니, 형님이 순과(笋果) 한 그 릇과 제호탕(醍醐湯)을 가지고 와서 기다렸다. 큰 잔에 따라서 무릎 꿇고

받들어 마시고 나니 정신이 맑고 기분이 상쾌하다. 이것은 실로 술 마시는 사람의 심정이다. 경아(慶兒)도 형님 곁에 있고, 내소가 친척들도 전송 나온 이가 역시 많다.

장차 일선(一船)에 오르려 하여 작별하고 싶어도 작별하지 못할 즈음에 자요(子饒)의 온 집안이 또 와서, 두 집 친척들이 함께 배에 올랐다. 형님께 절하여 작별하고 경아(慶兒)를 뱃머리에 머물러두고 작별하려니 피차에 헤어지는 정경은 곁에서 보는 사람들을 감동시켰다. 또한 몹시 서운한 것은 큰 조카를 보지 못하고 떠나는 것이다.

형님과 경아는 배에서 내려가고, 그 나머지 친척들은 배를 따라 강 아래까지 와서야 작별했다. 이번 길이 연행(燕行)길보다 다르다는 것을 이것으로 알 만하다.

11차. 조엄 『해사일기(海槎日記)』 1763년 8월 3일

한강에 당도하니, 큰 형님이 이미 나루 머리에 나와 있기에 조금 쉬어 절하고 작별하였다. 재령(載寧) 원 홍익빈(洪益彬), 첨정 한후유(韓後裕), 파주(坡州) 원 이명중(李明中), 판관 김탄행(金坦行), 전은군(全恩君) 이돈(李墩), 헌납 이흥종(李興宗), 교리 심욱지(沈勗之)가 와서 작별하였고, 서삼촌[庶叔] 사천(泗川) 원, 종제 봉사(奉事) 군서(君瑞), 조카 진완(鎭完) 및 진택(鎭宅)과 서로 나루터에서 작별하였다.

〈그림 16〉 하늘에서 본 정도 600년 서울의 모습. 중심에 남산타워가 보이고 그 자락을 따라 통신사들은 한강을 바라보며 말을 몰았다. 한강에 걸린 철교-반포-동작대교를 지나 사진에 보이지 않는 오른쪽 한강진-강변에서 나룻배로 한강을 건넜다.

양재찰방역

1. 양재역과 말죽거리

통신사들은 한강을 건너 두 번째 역참인 양재를 향해 나아간다. 아직은 친척들의 체취와 먼길에 대한 걱정을 말잔등에 싣고 황혼녘에 이 말죽거리에 이르게 된다.

양재찰방역(良才察訪驛) : 지금의 역삼럭키아파트와 은광여고 일대에 마방과 논밭과 함께 있었다. 강남구 도곡동 967번지에는 수령 650년이라는 느티나무 아래에서 매년 가을 '역말도당제'가 열린다. 예속된 역참이 열둘인데, 낙생(樂生)·구흥(駒興)·금령(金嶺)·좌찬(佐贊)·분행(分行)·무극(無極)·강복(康福)·가천(加川)·청호(菁好)·장족(長足)·동화(同化)·해문(海門)으로 통신사 행로에는 분당의 낙생(樂生)·신갈JC의 구흥(駒興)·용인경전철 금령역 그대로의 금령(金嶺)·좌항리의 좌찬(佐贊)과 매산리의 분행(分行)역이 안성에서 충청도 무극역으로 길을 이어준다. 『여지도서』에는 양재역에 27필의 말이 있고 노비가 27명이라고 했는데, 낙생역으로 보이는 돌마역(突馬驛)에 마 5필, 노비 4명이 있다고 기록되어 있다. 『여지도서』에는 낙생역이 누락되고 수원의 영화역도 보이지 않고 경안찰방도에 돌마역을 포함하는 등, 혼란스러운 모습을 보이고 있다. 양재찰방역

〈그림 17〉 한강의 나룻배

은 정조가 수원에 왕래하며 1789년 영화역으로 찰방을 옮기면서 급격히
쇠락했다가 고속도로의 개통 및 강남개발로 제2의 번성기를 맞게 되었다.

　　사평원의 사평장: 한강나루에서 배를 타면 사평장터에 닿는다. 17세
기부터는 사평원 인근에 장시가 열려 인근의 송파장과 더불어 전국 15대
향시에 속하게 되었다. 장시에서 거래된 상품은 곡물, 상업적 농업작물,
수공업 제품이 주류를 이루었는데, 장시가 발전하면서 점차 상설시장화
되어 갔다. 그러나 1925년 대홍수로 말미암아 번창하던 사평장은 삽시간
에 텅빈 모래벌로 변하였다. 주민들은 다시 새말을 형성하였는데 6·25
전쟁 후 반농반상업의 마을로 변하였다가 농업위주의 생활을 영위하였
다. 1960년대 이후 서울로의 행정구역 편입과 한강 개발로 인하여 현재는

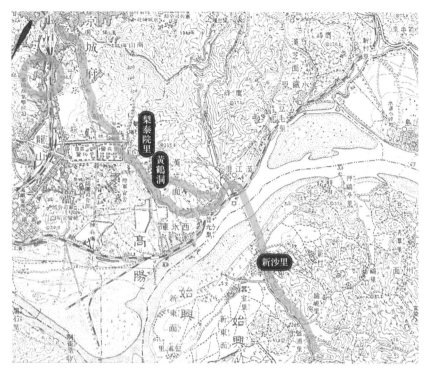

〈그림 18〉 광복 이전 지형도 약 100년 전의 모습이다. 이미 용산 병영이 옛길을 막고 있고 이태원은 자리를 비켜 앉았다. 아래 구석에 보광리와 한강리가 보인다. 나룻배로 강을 건너면 모래 사장이 있고 신사리에 사평원(沙坪院)이 있었고 여기 장이 섰다. 길의 서쪽은 시흥군 신동면, 동쪽은 광주군 언주면이었다. 논현리(論峴里)의 논고개를 넘고 반포를 지나 위 아래 방아다리[方下橋 – 지금 국기원 부근과 역삼초등학교]로 개울을 건너면 싸리고개 [지금 은광여고 부근]에 양재찰방역이 있었다.

흔적을 찾아볼 수 없고, 강변도로와 둔치공원으로 변하였다.

사평장은 지금의 한남대교 남단 신사중학교 일대로 추정되는 사평원 인근에 위치했던 것으로 추정된다.

통신사의 양재길 : 지금은 강바람이 세지만 한남대교의 인도를 따라

한강을 건널 수 있다. 인터체인지 밑을 따라 왼쪽으로 돌면 신사중학교에 이른다. 지형과 길이 모두 바뀐 이곳에서 옛길을 찾는다는 것은 한마디로 불가능하다. 헛수고를 많이 해본 걷기의 달인들은 그냥 강남대로를 직진해서 서초구청으로 가는 경우가 많다. 그렇지만 몇 군데 옛길의 거점을 염두에 두는 것이 시간여행에 도움이 될 것이다.

신사파출소를 찾아서 학동공원을 거쳐 논현파출소-논현초등학교-국기원-역삼1동 주민센터-역삼초등학교-싸리재공원이나 도곡1동 주민센터-언주초등학교에서 남부순환로에 이르면 대략 옛길의 윤곽을 느낄 수 있다.

바둑판 강남에서 그래도 약간의 오르막과 내리막이 있다면 그 사이로 물이 흐르고 다리가 있고 70년대까지만 해도 논밭이 있었다. 그리고 이곳은 광주(廣州)의 언주면(彦州面)이어서 지금도 언주초등학교라는 이름이 남아있는 것이다.

1914년 3월 1일 경기도 구획정리사업 때 역말, 말죽거리, 방아다리를 합쳐 역삼동(驛三洞)이라 이름지었다. 윗방아다리는 테헤란로 인근과 국기원주변 일대[1], 아랫방아다리는 833번지 일대 역삼초등학교 주변이고, 서쪽 작은 고개를 박석고개라고 불렀으니 지금의 동신아파트 동쪽이다. 인근의 싸리고개공원에서는 서울이 올려다보였다고 하니, 나그네에게는 이보다 더 큰 기쁨이 없었을 것이다. 말죽거리는 양재우체국 부근이고, 또 작은말죽거리도 있었다고 한다. 길 건너 서초구 양재동에는 사도감(使道坎)공원으로 역마을의 유래를 더하고 있다.

방하교리(方下橋里)를 마을 사람들은 방아다리라고 하는데, 개천에 디딜방아(碓)처럼 널다리를 걸쳐놓았다는 뜻으로 보인다. 국기원 주변 일

---

1) 역말전통문화보존회, 『강남 역말도당제』, 보성문화사, 2013, 47쪽.

대는 상방하교(上方下橋)-윗방아다리, 역삼초등학교 부근을 하방하교(下方下橋)-아래방아다리로 이두식표기를 한 것 같다. 억삼럭키아파트-도곡1동주민센타-은광여고 일대의 역말-역마을은 역촌(驛村), 말죽거리는 마죽거리(馬粥巨里)로 읽고 표기한 것과 같다.

〈그림 19〉 한강에 반포대교가 놓여 있다. 강남의 길이 S자로 휘어 있고 집들은 길을 따라가고 있다. 구릉의 밭과 평지의 논이 어우러지고 행인을 찾아보기 힘들다. 불과 70년대의 강남인데 조선시대를 비교 상상할 만하다. 길의 목표는 직선이지만 구릉이나 하천을 따라 자연스레 곡선을 그린다는 것을 고려해야 된다. 지금이라면 터널을 만들거나 산마루를 깎아 관통하거나 여러 방법이 있겠지만, 당시에는 그 산모퉁이를 에둘러 걸었다는 것을 염두에 두어야 한다. 그 대표적인 모습이 강남의 이 고속도로 건설현장 사진이다.

역촌동에는 역말의 도당제가 열리는 수령 900년 군웅나무가 있는 곳에 역말의 유래비를 세우고, 당시 한국청년단의 활약상을 비문에 남겨 두었다. 역말을 드러내놓고 계를 모으고 제를 올리며 마을 유지와 기관장들이 모여 정기적인 모임을 갖고 책을 발간하는 등의 활동은 눈여겨 볼만하다. 교통의 중심인 양재역의 표석은 3호선 양재역 7번 출구 약 5m 앞 화단 안에 있는데, 오히려 이 군웅나무와 어울린 지금의 강남구 역삼럭키아파트 부근의 도곡1동 주민센터에도 세워야 하지 않을까? 이미 군웅나무 아래에 마을 유래비가 있지만 고증을 위해서라도….

통신사들은 대부분 서울에서 하루 만에 양재(良才)에 도착해 하룻밤 머물렀다.

1차. 경섬 『해사록(海槎錄)』 1607년 정월 13일

… 미시(未時) 말에 길을 떠나 양재역에 도착하니, 과천현감 김영국(金榮國)이 지대관(支待官)으로서 역참(驛站)에 와 있었고, 좌랑(佐郎) 이사경(李士慶)은 여기까지 멀리 전송하였다.

과천은 양재의 서, 동은 광주(廣州), 남은 판교, 북은 서울로 양재에서 보면 왜 찰방역이 있는지 수긍하게 되고 지대관이 과천현감인 점도 이해할 수 있다.

3차. 강홍중 1624년 8월 21일

… 양재참(良才站)에서 점심을 먹었는데, 가평군수 이안눌(李安訥)이 지대차(支待次) 나와 있었고, 윤응성(尹應聖)이 그 산소에서 와 보았다.

5차. 『계미동사일기(癸未東槎日記)』 2월 21일

양재(良才)에서 점심을 먹고 용인(龍仁)에서 잤다.

7차. 김지남『동사일록』1682년 5월 8일

… (형님과 경아는 배에서 내려가고, 그 나머지 친척들은 배를 따라 강 아래까지 와서야 작별했다. 이번 길이 연행(燕行)길보다 다르다는 것을 이것으로 알 만하다.) 양재역에 이르러 잤다. 이날 30리를 갔다.

7차. 홍우재『동사록(東槎錄)』1682년 5월 8일

… 지는 해가 사람을 재촉하여 가고 남는 이가 눈물을 흘리니, 이 행색은 강과 나무들도 애틋한 정을 머금은 듯하다. 중제(重弟)·택아(澤兒)·민하(敏夏)가 술병을 들고 따라와 양재역(良才驛)에서 같이 잤다. 참읍(站邑)에 대한 내용은 술에 취하여 기록치 못했다.

8차. 임수간 1711년 5월 15일

… 비를 무릅쓰고 한강(漢江)에 이르니 송별차 나온 일가친척과 친우들이 30~40명이나 되었다. 날이 저물자 비는 더 세차게 내렸다. 양재역에 투숙하였는데, 풍덕(豊德) 변시태(邊是泰)가 나와 기다리다가 보러 왔다.

비망기(備忘記: 임금의 명령을 적어서 전하는 문서)에, 흑각궁(黑角弓) 1장(張), 장전(長箭) 1부(部), 유석(油席) 2부(浮), 백첩선(白貼扇) 2병(柄), 칠별선(漆別扇) 3병(柄), 호피(虎皮) 1장, 후추[胡椒] 3승(升), 납약(臘藥) 1봉(封)을 부사 임모에게 사급(賜給)하라 하였다.

〈그림 20〉 ①윗방아다리, ②아랫방아다리의 역삼초등학교에서 ③싸리재공원, 역삼럭키아파트로 역말을 관통하는 옛길은 언주초등학교 앞 ④말죽거리로 이어진다.

11차. 조엄 『해사일기(海槎日記)』 1763년 8월 3일

세 사신과 수행원들이 각기 나룻배를 타고 (한강을) 잘 건너 저녁에 역촌(驛村)에서 잤다. 일찍이 듣건대, 수신사(修信使)가 떠날 때에는 온 조정이 남대문 밖까지 와서 작별하였다는데, 이는 바다를 건너는 일이 드물게 있는 일로, 해마다 연경(燕京)에 가는 것과는 다르기 때문이다. 그런데 이번에 전송하는 사람이 수십 인에 지나지 않았으니, 이로 보면 풍속의 각박함과 같은 조정 사람들의 후하지 못한 인심 또한 짐작할 수 있으니, 세도(世道)를 위하여 참으로 한탄스러운 일이다.

옛날 내 막하(幕下) 장단부사(長湍府使) 이달해(李達海)가 풍덕부사(豊德府使) 이재형(李再馨)·과천현감(果川縣監) 서호수(徐好修)·평구찰방(平丘察訪) 윤창규(尹唱奎)·경안찰방(慶安察訪) 김한종(金漢宗) 및 과천(果川) 사는 일가 6~7인과 근처에 사는 첨지 안형(安衡)과 더불어 보러 왔다.

길에서 칠언 절구 두 수(首)를 지었다.

이날은 20리를 갔다.

11차. 김인겸 「일동장유가」

한강(漢江)을 얼풋 건너 이릉(二陵, 宣陵 靖陵)을 지나오며

임진년(壬辰年)을 생각하니 분한 눈물 절로 난다.

삼십리 양재역(良才驛)을 어둡게야 들어가니,

각 읍이 대령(待令)하여 지공(支供)을 하는구나.

각상(各床) 통인(通引) 방자(房子) 차모(茶母)

일시에 현신(現身)한다.

포진(鋪陳)도 화려하고 음식도 장할시고,

넋 잃은 관속(官屬)들은 겁내어 전율(戰慄)하니,

말마다 잘못하고 일마다 생소하여,

여기 맞고 저기 맞아 소견(所見)이 불쌍하다.

다음 지도의 맨 위에 역삼초등학교 방하교리(方下橋里)라는 지명이 보
이고 그 아래 역삼동(驛三洞)−역촌동(驛村洞), 길 건너 서초리(瑞草里)와
번화가인 말죽거리(馬粥巨里)와 도감리(道甘里)가 있다. 과천에서 흘러온
양재천에 포이리(浦二里)와 양재리(良才里)가 마주 보고 있다. 왼쪽은 시
흥군 신동면 양재리이고, 포이리 맞은편 양재리는 광주군 언주면 양재
리인데 양재역은 언주면에 있어서 헷갈리게 한다. 양재천(良才川)을 건
너 포이리(浦二里)를 지나 염곡리(廉谷里)에 이르면 구룡산(九龍山, 283m)
이 대모산(大母山, 293m), 헌릉(獻陵), 인릉(仁陵)과 삼각형을 이루고 있
다. 신원리(新院里)−원기(院基)를 지나 상적리(上笛里)의 서쪽에 천림산
봉수대가 있고, 더 올라가면 정상인 청계산(淸溪山) 망경대(望京臺, 618m)
이다. 월현(月峴)−금현동(金峴洞)으로 남하하면 바로 판교원이다.

사신들이 지나온 양재역의 자리를 찾는데 어려움을 겪은 것은 시흥군
신동면 양재리와 광주군 언주면 양재리의 두 군데 양재리가 이웃하고
있었기 때문이다. 신동면 양재리는 지금 서초구 양재동, 언주면 양재리는
지금 강남구 도곡동으로 도곡1동 주민센터 자리가 언주면사무소였다고
한다. 이웃하여 지금 럭키아파트 부근이 역말자리 부근이다.

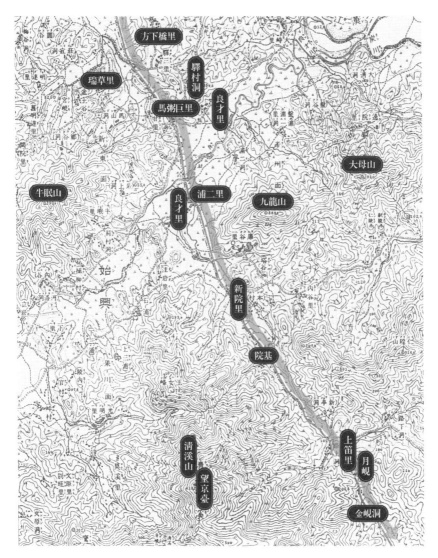

〈그림 21〉 양재역에서 달래내 옛길

사행을 수행하는 역리들의 고행에 관한 기록은 거의 없다. 그러나 양재도 찰방 박여량이 올린 양재역 업무 개선에 관한 8항의 啓目 일부를 통해 역참의 실상을 짐작할 수 있다. "(선조 37년) 10월 22일 소통사(小通事) 2명이 중국 사람 3명을 거느리고 역리(驛吏)를 마구 때린 일은 너무도 놀랍습니다."라고 하였으니, 앞으로도 서른 곳의 역참이 남아있는데 참고가 될 만하다.

선조실록 182권, 선조 37년 12월 5일 경술 1번째 기사 1604년

… 대·소(大小) 사명의 보종(步從)과 구종(丘從)을 세울 적에 정해진 수 이외에 함부로 거느리게 하는 것도 통렬히 금지해야 마땅한데, 더구나 차사원들이 또한 마음대로 요구하는 것은 지극히 미편한 일입니다. 더욱이 차사원은 모두 수령(守令)들이므로 본 고을에서 이미 말과 구종을 마련하고 또 양식과 반찬까지 가지고 가는 데이겠습니까. 이 뒤로는 차사원에게 말을 바꿔주거나 지공하는 등의 일을 일체 혁파하여 일분의 은혜나마 베풀어 주게 하소서. …

본역은 우리나라 역로(驛路) 중에서 인후(咽喉)에 해당되는 가장 중요한 곳입니다. 그 형세를 말한다면 한강에서 10여 리 떨어진 곳에 양재가 있고, 양재에서 30리 거리에 낙생(樂生)이 있으며, 낙생에서 30리 지역이 구흥(駒興)인데, 구흥의 동쪽은 충청좌도와 경상 좌·우도의 길로 연결되고 남쪽은 충청우도 및 제주도의 길로 연결되니, 이야말로 남방에서 폭주해 모여드는 곳이라 하겠습니다. 따라서 다른 도의 인마(人馬)를 보충해주어 역무(驛務)를 돕게 하였고 그래도 부족할 우려가 있을 때에는 다방면으로 보충해 주도록 영원히 상규(常規)로 만들었으니, 국가에서 역로를 중시하는 뜻이 이와 같았습니다.

그러나 난리를 겪은 뒤로 인마가 흩어지고 죽게 된 나머지 백에 하나도 남아 있지 않게 되었는데 그나마 보충하는 대로 잃어버리는 형편이어서 다시 어떻게 해볼 도리가 없습니다. 이는 비유컨대 죽어가는 사람의 목숨이 끊어지고, 불도 재만 남긴 채 꺼져버려 다시 살려 낼 가망이 없는 것과 같습니다. 그런데도 더러는 사세를 돌아보지 않고 결딴난 것은 생각지도 않은 채 한결같이 융성하던 때의 규정대로만 하려고 하여, 매질이 낭자한 속에 원망하여 부르짖는 소리가 길에 가득합니다.

2. 낙생역과 판교원

양재역 말죽거리를 나서면 개울이 가로막는다. 만초천 옆에 청파역이 있었다면 양재역은 탄천-양재천-여의천-세곡천 등 한강으로 흘러드는 많은 지천(支川)과 연관이 있다. 서초구나 방아다리를 흐르던 개울은 반포에서 바로 한강으로 흘렀지만 지금 관악에서 흘러온 양재천은 탄천과 어울려 한강으로 흘러든다. 이 탄천의 원류를 거슬러 올라가면 자연스럽게 낙생역을 지나고 나아가 구흥역의 용인읍에 이르게 되는 것이 매우 흥미롭다.

과천에서 흘러온 양재천을 건너 포이동을 지나 염곡동에 이르면 정동쪽이 대모산(293m) 헌릉 인릉이고 서쪽으로 오른쪽으로 청계산자락이 펼쳐진다. 산자락을 따라 청계산입구역을 지나면 이태원-사평원하는 신원에 이르는데 신원마을이다. 신원리-원리를 지나 고속도로 굴다리를 건너 상적리의 옛골에서 서쪽이 청계산 망경봉(618m)이다.

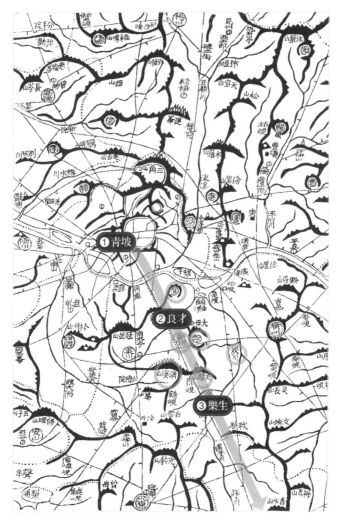

〈그림 22〉 한강의 정남에 관악산 줄기의 우면산이 감싸고 있는 능이 선릉이
다. ②양재찰방역은 양재천을 끼고 있는데 대모산 아래 능은 헌인
릉이고 신원도 보인다. 청계산 능선에 천림산 봉수가 있는데 월천
현 왼쪽으로 옮겨져야 맞다. 길을 걷다보면 대동여지도의 이런 오
차를 수긍하게 된다. ③낙생역에서 탄천이 양재천과 만나 한강으
로 들어가는 모습이 보인다. 수원에 붙어 있는 ①영화찰방역도 보
인다. 이 영화역을 그린 '영화역도'가 역참의 모습을 알 수 있는 희
귀한 자료다. 남산 아래 ①이 경역(京驛)인 청파역(靑坡驛)이다.

천림산 봉수대 : 이 마을에는 표지판이 잘 되어있다. 고속도로를 옆 오르막을 따라가면 달래내고개에 이른다. 청계산 중턱에 천림산 봉수지 (경기도 기념물 제179호)가 있다. 이 봉수대가 목멱산에 이르는 마지막 봉수 대로 현존하는 봉수 중 가장 완벽한 5개의 굴뚝을 갖추고 용인 석성산 봉수와는 18.75km, 서울 목멱산 봉수와는 16km 거리에 있다. 그러니 달 래내고개에서 남산타워를 바라보면 이 거리가 어림잡아 40리라고 생각 하면 된다.

남산(서울 목멱사(木覓祠)) 봉화는 다섯 갈래로

1) 함길도(咸吉道)와 강원도(江原道)로부터 온 양주(楊州) 아차산(峨嵯山) 봉화

2) 경상도로부터 온 광주(廣州) 천천산(穿川山) 봉화에 응하고,

3) 평안도·황해도로부터 육로(陸路)로 온 무악(毋岳) 동쪽 봉우리의 봉화 에 응하고,

4) 평안도와 황해도로부터 해로(海路)로 온 무악 서쪽 봉우리의 봉화에 응 하고,

5) 전라도와 충청도로부터 온 양천(陽川) 개화산(開花山) 봉화와 아차산(峨 嵯山) 봉화에 응하고, 또 강원도로부터 온 풍양(豊壤) 대이산(大伊山) 봉화에 응한다.

길 따라 용인에 가면 구흥과 김량장 사이에서 이곳과 18.75km 떨어 져 있다는 석성산 봉화자리를 우러러보는 것도 관심이다. 종점인 부산 포에서는 경상도 갈래의 출발점인 황령산 봉수를 만나게 될 것이다.

서울·경기 경계 – 달래내고개 : 이 고개에서는 고속도로와 옛길의 모 습을 한눈에 비교해 볼 수 있고, 또 서울과 경계가 나뉜다. 한 걸음을

옮기면 경기도 성남시 수정구이다. 다행스럽게 달래내로를 내려오면서 고속도로 아래로 옛길의 흔적이 있지만, 이제 더 이상 남산은 보이지 않는다. 금토2동 마을회관을 지나면서 물길이 따라오고 판교JC 밑을 지나면 하천부지와 도로가 되어버린 판교원 터가 나온다. 폐쇄지적도에 보이는 길은 전형적 주막거리 모습이다.

〈그림 23〉 경기도와 서울시의 경계 월천현(月川峴)-달래네-달레내고개-달이내고개 등 표기가 다양하다. 경기문화재단에서 '영남길 10구간'을 만들어 표지판과 안내지도를 준비하고 시민들의 걷기를 돕고 있다. 통신사 길 위에 힐링코스를 가미한 남찬원이 길안내(2016년 봄)를 하고 있다.

『성종실록』 2년 10월 8일

임금이 영릉(英陵)에 배알(拜謁)함으로 인하여 여주(驪州)에 거둥하니, 백관이 흥인문(興仁門) 밖에 나가서 대가(大駕)를 전송하였다. 광주(廣州) 의 율현(栗峴) 냇가에서 주정(晝停)하고, 저녁에는 같은 고을 낙생역(樂生驛) 앞들 파오달(波吾達)에서 머물렀다.

낙생역(樂生驛) : 조선시대에 사냥터, 온천과 왕릉의 순행에 야영의 장소였다. 성종은 이튿날 '용인(龍仁)의 합천(蛤川) 가에서 주정(晝停)하고, 저녁에는 이천(利川)의 오천역(吾川驛) 앞들 파오달(波吾達)에서 머물렀다' 는데, 그 냇가가 지금의 용인 어정포라고 한다. 일제가 '어정포(漁汀浦)'라 고 낚시터로 고친 것을 성종임금이 마신 '어정(御井)'으로 바로 잡았다는 데, 통신사의 길에 있다. 파오달(波吾達)은 행궁(行宮)인 셈인데, 몽고(蒙古)의 역원(驛院) 제도에서 여행자를 접견하기 위하여 마련한 원(院)이다. 고려 때 몽고의 영향 하에 역원이 설치되었던 지명(地名)에 이러한 칭호가 붙게 되었다고 하는데, 문자 그대로 빠오(包[bāo]), 즉 천막이 연상된다.

20세기에 들어 낙생면사무소는 성남 관내에서 처음으로 1911년 판교리에 세워졌으며, 이후 판교동사무소로 사용되었으나 현재에는 낙생고등학교 정문 앞에 터만 남아 있다고 한다. 이 기사가 맞다면 판교원은 톨게이트 부근이 확실하다. 지적원도에서 확인되는바 판교원에 이어 낙생역은 탄천과 분당천을 끼고 있는 분당구청이 유력하다. 80년대의 토지구획 사업으로 새 지번이 부여되면서 서류들이 모두 지적공사의 서고에 이송되어 존재여부도 불투명한 상황이지만 이 곳에 역이 있었다는 사실만은 확실하다.

판교에서 구흥까지 : 통신사의 길은 판교역에서 대략 식사를 하고 낙생 역졸의 도움을 받아 지금 신갈분기점의 다음 역인 구흥 쪽으로 고속도로를 따라 나갈 것이다.

다시 135m의 달래내고개에서 남쪽으로 내려오면 금토리를 따라 금토천을 만나게 된다. 옛길은 성남리 삼거리로 판교JC 밑을 돌아 판교리[판교원마을-박물관 부근]을 지나면 궁내리-금곡리-동원리-원천리까지 내려오면 풍덕천이 보이는데, 인근에 죽전리가 있다. 대왕판교로를 따라 내려가다가 신수로로 이어지고 풍덕천 삼거리에서 경부고속도로를 동쪽으로 지하로 통과하여 탄천을 거슬러가면 보정전철역이 나오는데, 대략 이 부근에 점촌-보수원-보정리 등과 연관이 있는 주막촌이 있었음직하고, 용인의 구읍이 지척이다. 옛지도 삼거리에서 남쪽을 바라보면 용인 북동과 구갈리와 신갈리가 비스듬히 늘어서고 그 삼각지점에 역촌[駒興驛]이 있다. 구읍의 마북초등학교를 지나 탄천의 흐름을 계속 거슬러 올라가면 이차지교 사거리에서 동남쪽으로 어정초등학교를 찾아가게 된다.

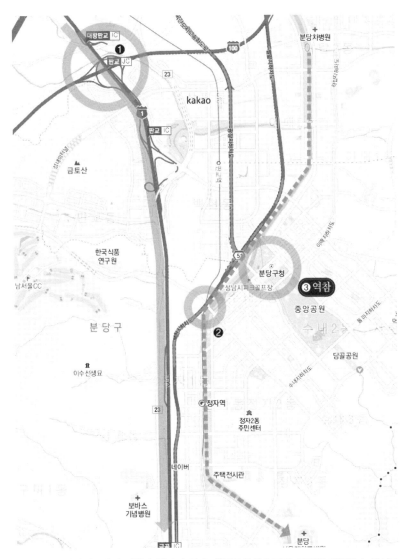

〈그림 24〉 달래내고개에 다행히 옛길이 있다. ①금토천의 널다리 좌우에 주막이 늘어서고 이곳에서 다리품을 쉬었을 것이다. 톨게이트 밑으로 금토천이 흐르는데 옛 지도에는 다리가 보인다. 잠시 판교박물관을 들러 고속도로를 따라 풍덕천을 만날 때까지 꾸준히 걸어야 한다. ②탄천을 거슬러 올라가는 것인데 ③분당구청 자리에 역참이 있었다.

3차. 강홍중 『동사록(東槎錄)』 1624년 8월 21일

판교촌에서 말을 쉬이는데 날이 저물었다. 양근군수 이의전(李義傳)이
지대차 나와 있었다.

7차. 홍우재 『동사록(東槎錄)』 1682년 5월 9일

판교에서 아침을 먹었다. 아들[家兒]이 뒤따라와 길가에서 이별했다.

8차. 임수간 『동사일기(東槎日記)』 1711년 5월 16일

판교(板橋)에서 점심을 먹었다.

11차. 조엄 『해사일기(海槎日記)』 1763년 8월 4일

용인(龍仁)에 닿았다. 아우 정(㻶), 아들 진관(鎭寬)·사위 한용정(韓用靜),
삼종질(三從侄) 진벽(鎭壁)이 뒤따라 왔다.

낮에 판교(板橋)에서 쉬는데 광주부윤 윤동승(尹東昇)·부평부사 안상즙
(安相楫)·김포군수 민백인(閔百寅)이 보러 왔다. 응교 술해(述海)가 시를 지
어 가지고 나를 광주(廣州)로 가는 길로 찾아왔다. 원희규(元熙揆)·유화지
(柳和之)·강연(姜演)·김진악(金鎭岳)·홍달수(洪達洙)가 와서 작별하였다.

11차. 김인겸 「일동장유가」

예[良才] 자고 새배 떠나 널다리 중화(中火)하고…,

〈그림 25〉 폐쇄지적도로 복원해본 금토천 판교JC부근 판교원 추정지. 개울이 흐르고 ⓒ와 ⓑ다리를 두 번 건너 ⓐ길 좌우로 가게처럼 보이는 국유의 대지 지번들이 늘어서 있다. 주변에 국유의 ⓓ논밭이 보인다.

3. 구흥역의 용인현

세 번째 **구흥역**(駒興驛)은 신갈JC에 갇혀있는 역동이다. 읍치에서 남서쪽으로 5리에 있고, 지금 용인시청의 금령역[김량장역]과 30리 거리다. 본래 용흥(龍興)이었는데 하륜(河崙)이 역참의 이름에 '용(龍)'은 지나치다 하여 '구(駒, 망아지)'로 고쳤다고 한다.

『여지도서』에는 대마(大馬) 3필, 기마(騎馬) 6필, 복마(卜馬) 2필, 노(奴)

26명을 보유했다고 한다. 『용인현읍지』(1871)에는 마호수(馬戶首) 7명, 말 7필, 위답(位畓) 45석 6두락, 밭 6석 1두락이 있었다고 기록되어 있고, 『용인군지』(1899)에는 73석 17두 5승락, 밭 78경(耕), 도조(賭租) 384석 12두, 태(太) 36석 5두 4승으로 기록되어 있다.

풍덕천 삼거리에서 경부고속도로 밑을 지나 다시 탄천의 상류를 더듬어 가면 분당전철역 보정역이 보이고, 계속 탄천을 더듬어 분당선 구정역도 지나치면 마북삼거리에 이른다. 여기서 동남쪽이 관아, 서남쪽이 역마을 구흥인데, 지금은 영동고속도로와 경부고속도로의 교차점이 된 셈이다. 왼쪽으로 길을 잡으면 지금의 구성초등학교가 옛 용인현의 관아로 추정된다. 통신사 일행은 이 부근에서 하룻밤을 묵었을 것이다.

1차. 경섬 『해사록(海槎錄)』 1607년 정월 13일

초저녁에 용인현(龍仁縣)에 도착하니, 현감은 조종남(趙宗男)이었다. 진위현령(振威縣令) 이승(李昇)이 또한 겸정관(兼定官)으로서 당도해 와서 조용히 얘기를 나누었다. 술고(述古) 형님이 창후(昌後) 및 이수연(李晬然)과 함께 와서 같이 묵었다.

3차. 강홍중 『동사록(東槎錄)』 1624년 8월 21일

황혼이 깔린 뒤에 횃불로 앞을 인도하고 길을 떠나 2경(오후 9시~10시)에 용인현에 이르러 관사(官舍)에 사관(舍館)을 정하였다. 진위현령 김준(金埈)이 지대차 나왔고, 주인 원[主倅] 안사성(安士誠)이 보러왔다. 강덕윤(姜德潤)과 이격(李格)이 당성(唐城)에서 술을 가지고 보러왔고, 안성군수 김근(金瑾)과 경안(慶安) 찰방(察訪) 이대기(李大奇)는 차원(差員)으로 수행하였다.

6차. 남용익 1655년 4월 21일

용인(龍仁) 유곡(柳谷) 숙부(叔父)의 집에서 잤다.

8차. 임수간 『동사일기(東槎日記)』 1711년 5월 16일

판교(板橋)에서 점심을 먹었다. 김포(金浦) 김몽서(金夢瑞)가 나와 기다리다가 보러 왔고, 광윤(廣尹) 김치룡(金致龍)이 또 와 보았다. 저녁에는 용인(龍仁)에서 잤는데, 인천(仁川) 오수웅(吳遂雄)이 병을 핑계하고 내대(來待)하지 않았으며, 공형(公兄) 역시 모두 이르지 않아 대접이 너무 초라하므로, 향색(鄕色) 향청(鄕廳)의 계원(係員) 이하를 곤장쳤다.

판교를 지나는 길에 장모의 산소를 참배하고, 종제(從弟) 수륜(守綸)과 용인에 모였다.

11차. 조엄 『해사일기(海槎日記)』 1763년 8월

용인에 당도하니, 옛날 내 막하 통진부사(通津府使) 김취행(金就行)이 지주(地主) 이구(李球)·남양부사(南陽府使) 구병훈(具秉勳)과 같이 보러 왔다.

밤에 아우 조정(趙) 및 아들 사위와 이야기하다가 성문 열릴 때가 되었다. 인하여 칠언절구 한 수를 지었다. 이날은 50리를 갔다.

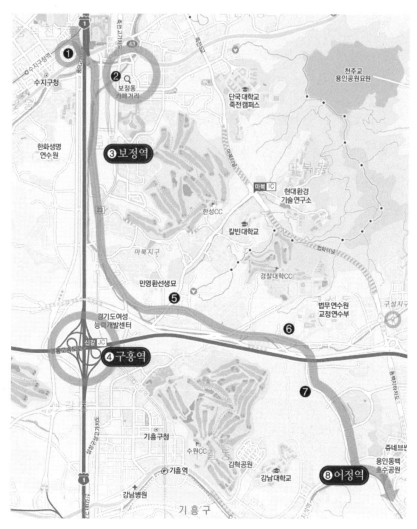

〈그림 26〉 ①풍덕천에서 지하차도로 ②탄천변을 따라 걸으며 보정원의 옛주막을 연상하며 마북 삼거리에 이른다. 건너다보이는 신갈JC가 ④구흥역, ⑤구성초등학교를 동헌으로 보면 된다. 통신사들은 이곳에서 묵었다. 다시 탄천의 발원지를 따라 ⑥아차지 사거리에서 영동고속도로 지하보도를 건너 ⑦아차지고개를 넘으면 성종의 우물로 전해지는 ⑧어 정역이 나온다.

11차. 김인겸 「일동장유가」

예(良才) 자고 새배 떠니 널다리 중화(中火)하고,

용인(龍仁) 읍내(邑內) 들어가니 낮이 겨우 계웠어라.

접대하는 기구(器具) 범백(凡百) 도처에 일반 일다.

객사(客舍)에 들어가서 삼 사신(三使臣)께 잠깐 뵈고,

하처(下處)에 돌아와서 석식(夕食) 후 편히 쉬어. …

4. 김량역과 김량장

아차지고개 : 하루가 멀다 하고 변하는 마을에 이윽고 아침이 밝아오고 옛길을 놓치지 않으려면 탄천의 줄기를 따라가는 것이 중요하다. 버스정류장이 좌우에 이어지는 구성로를 동으로 걷다보면 경찰대사거리를 지나고, 탄천줄기를 다시 찾아 법무연수원 삼거리에서 아차지교 사거리의 언동3교 밑으로 다시 영동고속도로 밑을 남쪽으로 통과하면서 야트막한 아차지고개를 오르면 된다.

고개에서 샘물중학교를 지나 오산천을 따라 경전철 어정역에 이르면 지금은 폐쇄된 옛 수원-여주, 수여선 철길과 나란히 장자곡-멱조현-미조현-삼가리-하주막-[수여면 관곡]역동-김량장리-마남리-마북리 … 이런 옛 지명이 있지만, 그냥 전철만 바라보고 가다 용인시청에서 금학천 줄기를 찾아 나란히 걸어 김량장 역에 이른다. 이 역 광장에서 김량장역이라는 옛역촌의 표지판은 없지만 차를 한 잔 하는 것이 좋다.

한 정거장이지만 동쪽으로 용인종합운동장에서 보면 남에서 북으로 경안천이 흐르고 동에서 양지천이 모이고 서쪽의 금학천이 보태져, 이

곳이 동으로 양지-이천, 서쪽으로 구흥-용인, 남으로 양성-안성, 북으로 광주-하남으로 이어지는 요충임을 새삼 느끼게 한다. 사람이 모이고 시장이 번성하는 것은 당연한 일이다. 김량시장에서 김량역이라는 이름이 생겼다. 한강에 직결되는 경안천을 버리고 통신사는 동쪽으로 양지천을 거슬러 가야한다.

김량역(金良驛) : 현의 동쪽 30리에 있고 대마 1필, 기마 3필, 복마 1필, 노 15명과 비 3명이 있었다고 한다.

잠시 어정포를 '어정(御井)'이라고도 하는 것은 임금의 행차에 이 물을 마셨다는 것으로 얼마 전까지도 그 우물을 사용했었다고 하는데, 그 사진은 지금도 남아있다. 종전에는 '어정(漁汀)'이라 하였으나, 1995년 광복 50주년을 기념하여 일제식 지명을 정비할 때 '어정(御井)'으로 고쳤다. 성종 2년(1471) 10월 9일 여주의 영릉을 배알키 위해 '어가(御駕)가 용인의 합천(蛤川)에 머물렀다.'고 하였는데, 이 합천이 지금의 오산천이며, 그 상류가 어정포(어정리)라는 이야기는 미리 판교에서 해두었었다. 용인현 지도읍지에도 이곳을 '합천'이라 표기하고 있는데 어정(御井)보다는 어정(御停)으로 보는 견해도 있다.

1996년 3월 1일에 용인이 시로 승격하면서 역북리와 삼가리(三街里)를 모아 역삼동이 생겼으니, 서울 역삼동보다는 역사가 짧다. 비류백제의 전설이 얽힌 부아산에서 금학천이 이곳으로 흐르는데, 북쪽을 바라보면 광주와 하남위례성으로 통하는 아주 먼 옛날의 길이 그려질 듯도 하다.

아무튼 이곳에는 관곡과 함께 역말이라는 지명이 남아있고, 금학천을 따라 김량장역에 이르면 어울림아파트[경기 용인시 처인구 금령로13번길 13

(우) 17048 (지번) 김량장동 526]가 나오는데 하천의 흐름이 좀 변했지만 이 곳이 김량장역으로 보인다.

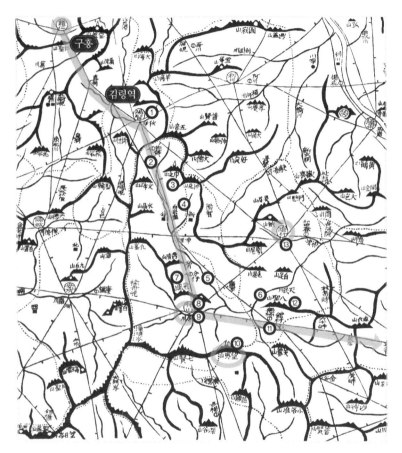

〈그림 27〉 통신사 4번역 구흥이 갈천을 안고 인성산[구갈동과 언남동경계]과 보개산[석성 산] 봉화의 사이에 있는데 석성산은 오히려 어정초등학교와 용인시청의 중간 북쪽에 있고 부아산은 김령역의 남쪽에 있지만 모두 용인에게 중요한 지명이다. ①양지현에서 일곱갈래의 길이 열린다. ②좌찬역 ③건지산 봉수 ④백암리−승 보원 ⑤분행역 ⑥청미천 ⑦죽주산성 ⑧미륵당 ⑨당간지주 ⑩망이산봉수 ⑪무 극역은 관촌 무극리부근이다 ⑫팔성산 ⑬음죽현−현의 남쪽 30리 八聖山과 七 聖山 사이에 무극역이 있다고 하는데 칠성산은 무극리 인근에 있다.

5. 좌찬역과 양지현

양지현 : 본래 수주(水州 : 지금의 水原)의 양량부곡(陽良部曲)이었는데, 1399년에 양지현으로 고쳐 감무를 두었고, 1413년에 현감을 두고 치소를 광주의 추계향(秋溪鄕)으로 옮겼는데, 조선 말기까지 존속하였다는 추계향이 대동여지도에도 보인다. 지금의 추계리로 이천 쪽에 치우쳐 있다.

태종 때에 죽주(竹州)의 고안(高安)·대곡(大谷)·목악(木岳)·제촌(蹄村)의 4부곡을 떼어 양지현에 편입시키고, 충청도 관할에서 경기도로 이관시켰다가 1895년(고종 32) 충주부의 관할 하에 두었고, 다음 해에 경기도 양지군(陽智郡)이 되었다니 지명에 역사가 녹아있는 셈이다.

1914년 용인군에 편입되어 내사면이 되었다가, 1996년 용인시 승격으로 양지면이 되어 오늘에 이르렀다.

「대동여지도」를 자세히 보면 양지는 교통의 요지다. 동으로 이천-여주-한강, 음죽-장호원, 남서로 죽산, 안성-직산, 진위, 북쪽으로 지나온 용인, 광주-하남으로 모두 7방향으로 길이 벋어 있다. 통신사들은 남쪽으로 좌찬역을 지나 분행역을 거쳐 죽산현에서 또 하룻밤을 보낼 것이다.

좌찬역[在府北五十里, 馬六匹, 奴九名]은 이상하게도 『여지도서』에는 분행역과 함께 죽산부에 속해 있다.

양지역 : 죽산부의 북쪽 50리, 말 76필, 노비 9명.
분행역 : 죽산부의 동쪽 5리, 말7필, 노비 14명.

성현의 『허백당시집(虛白堂詩集)』 권2 〈제좌찬역(題佐贊驛)〉이라는 시에도 역마을이 있었음을 읊고 있다.

고개를 넘어오니 땅은 둘로 나뉘었는데   度嶺歸來兩地分
역사는 쓸쓸히 산 끝에 자리해 있구려   郵亭蕭灑枕山垠
……

홍언충(洪彦忠)의 시에 승보원을 "좌찬의 동쪽이요 승보의 서쪽인데[佐贊東邊僧寶西] 질펀한 들에 하늘이 나직하구나.[漫漫大野天爲低]"라고 했는데, 그 승보원은 17번 국도변 박곡리인 것 같다. 용인문화원에 의하면 승보원은 양지현과 죽산현의 경계에 있고 옛 이름은 산리원(酸梨院)이라고 하였으며, 현에서 남쪽 40리로 박곡리의 원터(院坐)마을이라고 한다. 원터를 '고을의 원을 지낸 사람이 살던 곳이었는데 집이 없어지고 터만 남아서 원터라고 했다.'고 하는데, 여사(旅舍)의 원(院)이 옳다.

1차. 경섬 『해사록(海槎錄)』 1607년 정월 14일

일찍 밥을 든 뒤에 용인현을 떠나 좌찬역(佐贊驛) 앞 길에 당도하여, 단양원 안종길(安宗吉)의 일행을 만나 잠깐 앉아 얘기를 나눈 뒤에 헤어졌다.

택보(擇甫)·용보(容甫)·소대진(蘇大震) 등이 금령(金嶺) 냇가에 와서 기다리고 있었다. 오랫동안 앉아 막혔던 회포를 풀고 나서 말을 타고 양지현(陽智縣)까지 가서 같이 잤다. 이응록(李應祿) 형제와 이원여(李元輿)가 또 왔다. 이천부(利川府)에서 출참(出站)하였으나, 신임 부사(府使) 노대하(盧大河)가 미처 부임하지 못하여, 향소(鄕所) 경원길(慶元吉)이 혼자 와서 지공(支供)하였다.

번역이나 기록에 혼선이 있어 보인다. 용인현에서 떠나 좌찬역으로 가는 길가에서 안종길 일행을 만나고 금령(金嶺) 냇가, 즉 금령역 금학천에서 택보 등을 만나고 함께 양지현에서 잤다는 것이 노정(路程)과 어울린다.

3차. 강홍중 『동사록(東槎錄)』 1624년 8월 22일

조반 후에 길을 떠나 양지(陽智)에서 유숙하였다. 주인 원[主倅]은 근친(覲親)하기 위하여 시골에 내려갔다 한다. 수원부(水原府)에서 지대를 맡았는데, 부사(府使)가 체직(遞職)되어 오지 않았으므로 지공하는 범절이 아주 형편없었다.

8월 23일

아침에 떠나 승보원(承保院) 앞 들에서 점심을 먹었다. 이천부사 이성록(李成祿)·함양현감 이여항(李汝恒)이 지대차 출참(出站)하였다.

7차. 홍우재 『동사록(東槎錄)』 1682년 5월 9일

(용인에서 점심 먹고) 양지에서 숙박했는데, 수당(首堂) 박중수(朴仲秀) 박재흥(朴再興)의 자(子)·양의(良醫) 정자앙(鄭子昻) 정두준(鄭斗俊)의 자(子)과 잠자리를 같이했다.

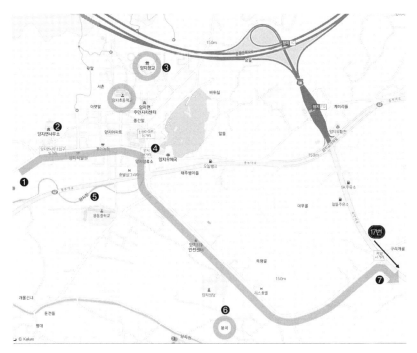

〈그림 28〉 양지현 ① 양지로 ② 면사무소 복지관을 양지현 동헌의 터로 추정 ③ 향교 ④ 양지사거리 ⑤ 양지천 ⑥ 용곡 ⑦ 17번 도로로 남하하면 좌항초등학교 일대가 좌찬역.

11차. 조엄 『해사일기』 1763년 8월 5일

아침에 아우 인서와 손을 잡고 작별하였다. 진관·사위 한용정·외종질 이주욱(李周郁)·이이빈(李彝彬)·서종(庶從)·이만운(李晚運)·이화원(李華源) 및 이윤익(李潤翼)·이세춘(李世春)과 겸종·노속(奴屬)들이 모두 작별하고 돌아갔다.

양지(陽智)에 도착하니, 본 고을 원 박행원(朴行源), 안산군수 임서(任
遾), 이천부사 심공유(沈公猷)가 보러 왔다. 음죽(陰竹) 율곡(栗谷), 충주
(忠州) 유촌(柳村)의 일가 7~8인이 보러 왔다.

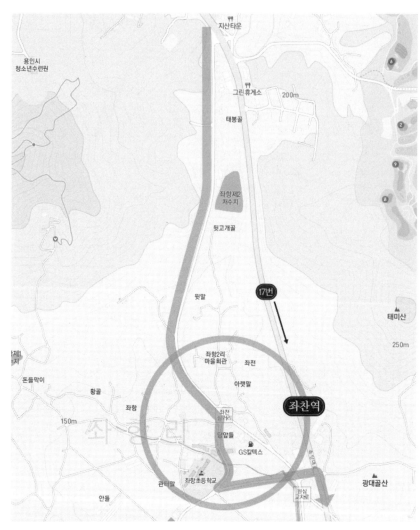

〈그림 29〉 조선사행로 여섯 번째 역 좌찬역은 좌항초등학교 일대다. 오른쪽 태마산 옆이 바로 봉화가 있는 건지산인데 여기서 발원한 미평천과 학교 앞 개울은 모여 청미천이 된다. 물길을 따라 내려가면 자연스럽게 분행역을 만난다. 마을길을 걷다가 17번 도로로 합류해 남으로 내려간다.

6. 분행역과 죽산 미륵당

분행역 : 안성시 죽산면 매산리 72번지 일대이다. 다음이나 네이버지도에서 이 주소를 치면 청미천의 하천 둔치에 손톱만한 삼각형의 잘린 논이 보인다. 개울에 웬 논인가 하겠지만, 이 일대 3만여 평이 100년 전에는 국유지로, 분행역 터로 추정되는 곳이다.

청미천(清渼川) : 용인시 원삼면 사암리 문수봉(404m) 동쪽 계곡에서 발원하는데, 이곳이 좌찬역 부근이다. 장호원읍과 음성군 감곡면의 경계를 이루면서 경기도 여주군 점동면의 중심부를 지나 도리에서 남한강에 흘러드는데, 강원도 원주와 충북 충주의 경계에 근접한 것이 신기하다. 4차 사행 김세렴도 한강에서 이 흐름을 역류하여 충주에서 합류하기 때문이다. 64km에 이르는 이 지류에 좌찬역과 분행역이 있고 죽주산성 그리고 충청북도 음성군 생극면을 북류해 감곡면 원당리 일대에서 합류하는 웅천이 무극역이니 통신사행로와는 인연이 많은 흐름이다.

좌찬역에서 17번 도로로 남하하면 백암을 지나 분행역, 그리고 죽주산성의 보호를 받고 죽산의 동헌으로 들어올 수 있다.

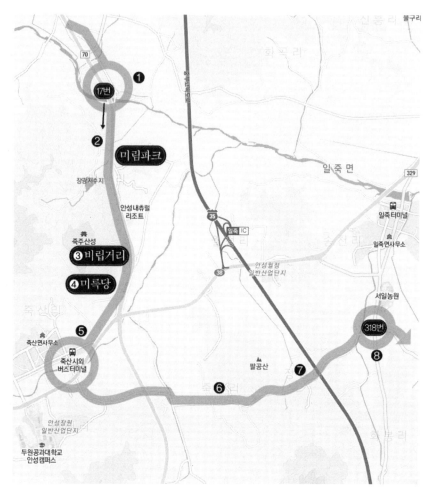

〈그림 30〉 ①청미천 위에 두 개의 다리가 놓여 있다. 오른쪽이 옛길에 가깝다. 여기 눈썹만큼 역마을의 지번이 붙어 있다. ②17번 도로 옆에 옛길이 남아있고 관말길에서 지하보도를 건너면 매산리 죽암대로 쪽으로 '미림파크'가 있는데 역 터의 중심부다. ③죽주산성 입구의 비립거리, ④미륵당, ⑤당간지주. 버스터미널에서 동쪽으로 ⑥죽림리 ⑦장암리 농로를 지나 ⑧318번 도로에서 동쪽으로 음성의 관성리를 향해간다.

1차. 경섬 『해사록(海槎錄)』 1607년 정월 15일

양지현감 박채(朴採)·양성현감 남영(南嶸)과 잠깐 얘기를 나누고 헤어졌다. 죽산(竹山) 산리(山里)의 묘소(墓所)에 당도하여 성묘하고, 이어서 박계장(朴啓章)의 집에서 얘기를 나누었다. 저녁에 본부에 도착하니, 부사는 바로 김상준(金尙寯)이었다. 여주목사 김현성(金玄成)도 출참(出站)하였다.[2] 달밤에 주수(主倅; 죽산부사) 및 여주목사와 더불어 객사(客舍)의 옛터에서 술자리를 베풀었다. 참의(參議) 송준(宋駿)·교리 송부(宋□)가 또 와서 참석했는데 대개 근친(覲親)하려고 휴가를 받아, 이천(利川)에 있는 그의 형 덕보(德甫)공에게 들렀다가 전의현(全義縣)으로 가는 길이었던 것이다. 좌랑 정조(鄭造) 및 현보(顯甫)·경운(慶運)·정근(鄭謹) 등도 여주 고향에서 왔다. 아침에 택보(擇甫)·용보(容甫)를 양지현에서 작별하였는데, 밤새도록 잠이 들지 않아 멀리 이별하는 회포를 견디기 어려웠다.

7차. 김지남 『동사일록』 1682년 5월 10일

아침밥을 먹고 일찍 떠나서 죽산(竹山)에 도착하여 잤다. 이날 80리를 갔다.

8차. 임수간 『동사일기(東槎日記)』 1711년 5월 17일

아침에 부곡(釜谷) 사는 영동 최준(永同崔寯; 영동은 원임을 나타냄)을 방문하고 이어 종제(從弟)의 집에 들러 잠깐 쉬면서 점심을 먹었는데, 양지(陽

---

2) 사신·감사의 영접, 또는 전곡(錢穀)·역마(驛馬) 등을 주기 위해 숙역(宿驛) 부근의 역에서 역원(驛員)을 보내는 것.

智)와 이천(利川) 출참(出站)이었다. 종제는 뒤에 처졌고 생질 윤광업(尹光業) 역시 용인에서 돌아갔다. 저녁에는 죽산(竹山)에서 잤는데, 본관(本官) 조세망(趙世望)이 지대(支待)차 보러 왔다. 투숙하고 있는 향청(鄕廳)이 널찍하여 매우 기뻤다.

정지상의 시를 보면 이 황량한 논에 역마를 관리하는 관청과 정자가 있었던 것으로 보인다. 그는 충주를 떠나 이곳 분행역의 누각에서 봄경치에 잠시 나그네 시름을 풀었다.

○ 분행역에서 충주자사에게 남기는 시 [分行驛寄忠州刺使]

엊저녁 지난 길은 영취산 앞이라던가	暮經靈鷲峯前路
아침에 와 읊는 이곳은 분행역 누상	朝到分行樓上吟
꽃은 벌의 수염을 맞아 반쯤 방긋이 피어나고	花接蜂鬚紅半吐
버들은 꾀꼬리 날개를 감춰 갓 푸른 빛 짙어가네	柳藏鶯翼綠初深
동헌에 봄이 한창 끝없는 흥취였네	一軒春色無窮興
사절로 나간 몸 바쁜 맘 어이하리	千里皇華欲去心
중원 멀리 바라보니 사람은 안 보이고	回首中原人不見
흰 구름 자욱하고 나무만 가물가물	白雲低地樹森森

무극역 인근의 이 미륵당을 보면, 이곳이 얼마나 교통의 요지인지 알 수 있다. 미륵이 그만큼 많은 길손을 지켜주기 때문이다. 충주문화원의 이상기 원장은 죽주산성으로부터 문경 유곡역까지의 사행로를 4일 일정으로 정리한 바 있다.

〈그림 31〉 죽산 미륵당

7. 무극역 - 역은 양재 소속 땅은 충주목

무극역(無極驛) : 충청북도로 경기도와 경계를 이루고 있다는 것은 주지의 사실인데, 역은 연원도가 아닌 경기도의 양재도에 속한 것이 이상하다. 또한 음죽현과 30리의 거리에 있어 오히려 충주목과 가까우니 관할 조정을 하자는 건의3)도 세종조에 있었는데, 그 원인이 뻔질나게 드나드는 왜사(倭使)들의 짐을 옮기는 어려움이었다는 것도 관심의 대상이다.

이 역은 북으로 장호원, 남으로 음성과 진천, 서쪽은 지나온 안성-죽산, 동으로 충주인데 오히려 원마을인 장호원리가 커지고 음죽현은 설성산(290m) 부근인데 지명조차 검색이 안 될 정도로 위축된 것은 교통의 입지와 연관된 것인가?

아무튼 광주진(廣州鎭) 소속 음죽현(陰竹縣)에 유춘(留春)과 무극(無極)

---

3) 경기감사가 음죽현감(陰竹縣監) 임목(林穆)의 정문(呈文)에 의거하여 계하기를, "현(縣)에 속한 무극역(無極驛)이 충주(忠州) 땅으로 넘어 들어가서, 현(縣)과 일식(一息)의 거리에 떨어져 있고, 또한 큰 내가 막혀 있으므로 여름철에 빗물이 넘쳐흐르면 건너기가 어렵게 되어, 모든 사신의 행차를 영접 전송하고 대접하는 데 그 시기에 미치지 못하여 관리들이 책망을 당한 것이 적지 않습니다. 또 관리들이 역(驛)에 있다가 물에 막혀 돌아가지 못하면, 그 접대비를 부득이 촌민에게서 거두어야 하며, 더구나 왜객(倭客)의 왕래가 끊어지지 않으므로, 많은 짐바리를 현(縣)의 백성이 충주(忠州) 땅 40여 리를 건너가서 여러날 운반하게 되매, 사람과 말이 피곤하니, 이와 같은 것은 모두 여러 해의 큰 폐단이므로 염려하지 않을 수 없습니다. 역(驛)의 사면은 모두 충주(忠州)의 촌락이니, 청컨대 역리(驛里)의 민호(民戶) 96호와 전지(田地) 3백 13결(結) 96짐[卜]을 현(縣)의 부근 충주의 땅과 서로 바꾸어 정속(定屬)시킬 것입니다. 만약에 '개의 어금니처럼 서로 들어간 것이 다만 이 현(縣)뿐만이 아니므로 다시 고치기가 쉽지 않다.'고 한다면, 나누어서 행하는 이상 각역(各驛)의 예에 의거하여 일수(日守)를 적당히 더 정하고, 역의 늠료(廩料)로써 손님을 접대하고, 일수로 하여금 영접하고 전송하게 하여, 본현(本縣)의 폐단을 제거하고, 객인의 짐바리를 운반하는 일은 역에 가까운 충주 사람으로 하여금 일을 합쳐 짐을 싣게 하여 현민(縣民)의 곤란을 덜어줄 것입니다."

두 역이 있는데 고지도에 보면, 무극역은 팔성산과 칠성산 사이에 있다. 현과 가까이 있는 유춘역(留春驛)은 충주 경유 죽령대로와, 무극역(無極驛)은 충주 경유 조령대로로 이어진다. 무극역에는 상등마 1필, 중등마 3필, 하등마 1필이 있고, 발참(撥站)은 관문(官門)으로 현의 남쪽 30리에 있다는 기록도 있다. 무극리의 지적원도에는 지주의 이름이 기록되지 않았고, 지금은 (구)토지대장도 구하기 어려운 실정이다. 다만 역터가 관말 부근 관성리라는 주장이 설득력이 있다. 『여지도서』의 지도에 무극역이 팔성산(八星山)[4]과 칠성산 사이에 있는데, 칠성산은 무극리의 북쪽에 있고, 관성리의 동남쪽에 있다.

생극면은 조선시대에 충주목 생동면(笙洞面)과 음죽현 무극면(無極面)으로 나뉘어져 있었는데, 1914년에 두 면을 모아 한 글자씩 따서 '생극면'이 되었다. 지금의 오생리·생리·팔성리·송곡리·방축리·임곡리·차평리·차곡리·신양리 일대가 옛 생동면 지역이었다.

무극면은 음죽현의 남쪽 끝에 있던 면으로, 예전에 조령을 거쳐 한성으로 연결되는 대로가 있었다. 지금의 관성리·도신리·병암리 일대가 옛 음죽현 무극면 지역이었다.

---

4) 충청북도 음성군 생극면 팔성리에 있는 산이다(고도 : 377m). 산 정상 부근에 테뫼식 토성 터가 남아 있다. 임진왜란 때 주민들이 성을 쌓고 왜군과 8번 싸워 모두 이겼다는 얘기가 전해진다. 그래서 산 이름도 원래는 '팔승산(八勝山)'이었다가 나중에 '팔성산(八星山)'으로 변했다는 설이 있다. 『여지도서』(음죽지도)를 보면, 무극역(無極驛) 북쪽에 팔성산(八聖山) 표시가 있다. 무극역은 조령에서 한성으로 가는 대로가 지나가던 곳이다. 현재 지방도 318번이 그 길에 해당하며 무극역은 현재 생극면 관성리 부근에 있었던 것으로 여겨진다. 한편, 팔성산 남쪽에는 칠성산(七星山) 표시도 함께 있는데 지금의 금왕읍 정생리에 있는 칠성산이다.

〈그림 32〉 돌원이라는 이곳이 한자로는 석원(石院)으로 경기도길이 끝나고 충북이 시작되는 곳이다.

죽산에서 경기도 경계를 넘어 무극역 가는 길

죽산산성에서 내려다보면 의외로 드넓은 농지가 팔방으로 펼쳐진 것을 느낄 수 있다. 들판을 가로지르는 청미천은 동쪽을 향해 흐르다가 여주의 남한강으로 합류한다. 「대동여지도」를 자세히 보면 그런 들판에 남으로 칠현산-망이산(봉수 : 현 음성 망이산성-마이산 정상)-부용산에 가섭산이 이어지고, 북으로는 팔성산과 수레의 산(車依山, 679m)이 이어지는데 그 사이로 318번 도로가 지나간다. 대략 이 도로를 기준으로 다음의 기준점을 따라가는 것이 무난하다.

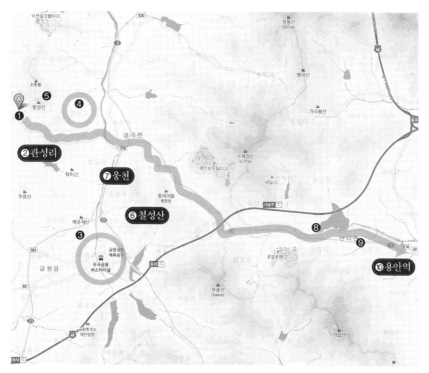

〈그림 33〉 8번 9번 무극과 용안역 : ① 경기도 경계 돌원으로 영남길 표지판이 있다. ② 관성리와
③ 무극리와 ④ 장호원 가는 팔성리의 말마리는 모두 무극역의 추정 후보군이다. 여지도
서의 지도에는 ⑤ 팔성산과 ⑥ 칠성산 사이에 무극역이 그려져 있다. ⑦ 북으로 흘러 청미
천과 합류하는 웅천. ⑧ 수몰된 숭선참인데 용안역과 3km로 이 거리면 한 지역으로 볼
수 있다. 용안은 역마을 숭선은 주막거리로 보는 것이 무난할 것이다. ⑨ 원평리 미륵.
⑩ 경기말을 보내고 연원말을 갈아타는 용안역.

충주문화원의 이상기 원장은 죽주산성으로부터 문경 유곡역까지의

충주구간사행로를 4일 일정으로 정리한 바 있다.

죽산 → 광암 → 석원 → 무극점 → 생극 (23km)

(죽산) 비립거리·죽주산성 입구 출발→매산리 석불입상 : 미륵당→당간
지주 지나 좀 더 죽산 버스터미널 : 통신사들은 마을 안에서 아침밥을
들었을 것이다. → 직진하여 죽림리 농로 서낭당고개→17번 도로를
건너 장암리 폐교된 학교 건너 318번 도로로 동진 산양리 지나 →
용대리에서 한천을 건너 호산사거리에서 직진→산성리에 이르면 어
재연 장군 생가[☎031-644-2094 경기 이천시 율면 일생로897번길
2] 경기도와 충북 음성군 경계. 우러러보면 북쪽이 팔성산이다.

(생극) 관말마을 표지석에 이르면 대략 18km(*이 부근이 무극역이다) →
신양삼거리 21.7km → 생극사거리[5] 22.8km → 생극면사무소 도
착하면 23.0km 약 60리쯤 된다.

1차 통신사들은 이곳을 그냥 통과해 용안으로 갔다.

3차. 강홍중 『동사록(東槎錄)』 1624년 8월 24일

일찍 조반을 마치고 길을 떠나 10여 리를 가니, 비가 점점 퍼부어 일행들
이 모두 흠씬 젖었다. 무극점(無極店)에서 점심을 먹었는데 지평현(砥平縣)
에서 나와 기다리고 있었으나, 공궤(供饋)하는 범절이 더욱 형편없었다.
여탄박장(汝呑薄庄)을 지나 팔송정(八松亭) 옛터에서 잠깐 쉬었다. 옛

---

5) 『여지도서』에 옛 생동면이 기록되어 있다. 상생동리·하생동리·말마리·송림리·
품곡리·방축리·차평리 7개 관할 방리가 함께 기록되어 있는데 장호원 쪽으로 말마리
라는 지명이 눈에 뜨인다. 말죽거리 비슷하게 말에 여물을 먹이는 것을 말마(秣馬)라
고 한다. 『1872년 지방지도』에는 차평이 빠지고 곤지암이 새로 기록되어 있다. 같은
지도에 생동점(笙洞店) 주막도 함께 표시되어 있다. 지금의 오생리·생리·팔성리·
송곡리·방축리·임곡리·차평리·차곡리·신양리 일대가 옛 생동면 지역이었다. 생동
면 면 이름은 마을 이름 '생동'이 그대로 면 지명으로 된 것으로 보인다.

〈그림 34〉 경기도와 충청북도의 경계 어재연 장군 생가. 생가 입구가 돌원마을인데, 경기문화
재단에서 영남길 스탬프를 준비해두고 있다.

날 일을 추억하니, 자연히 감구(感舊)의 회포가 새로워 나도 모르게 눈물
이 흘렀다. 손응주(孫應柱)·김국충(金國忠)이 보러 왔다.

5차. 작자 미상 1643년 『계미동사일기』 24일

흐리고 비가 조금 왔다. 무극역(無極驛)에서 점심 먹고 숭선촌(崇善村)
에서 말을 갈아탔다.

이 아래 9일분의 일기가 빠져 있다. 서울에서 부사 조경은 근친하러
과천으로 먼저 갔으나 정사 윤순지와 종사관 신유는 공식 행로를 밟은
것으로 추정되는데, 충주-용궁-안동 등에서 종사관 신유(申濡)의 시(詩)
를 만나게 된다.

6차. 남용익 1655년 4월

무극역(無極驛)에서 추담의 시를 차운(次韻)함.

위태로운 삼도(三島)를 지나 적간관으로 향하리니	白雲低地樹森森
이 걸음이 압록강 건너는 것과는 다르구나	此行殊異渡龍灣
용상(龍床)에 친히 임하시어 온화한 말씀 내리시니	親臨玉座溫音降
절하고 대궐문 나오며 느꺼운 눈물 흘렸네	拜出金門感淚潛
장한 기운은 절로 큰 바다를 가벼이 여기고	壯氣自然輕漲海
조그마한 정성으로 어찌 태산 같은 은혜에 보답하리	微誠何以答丘山
함께 협력하여 임금의 명령 수행함이 우리 일이니	同寅只是吾儕事
임금의 위엄과 덕택을 힘입어 좋게 돌아오리	仗得威靈可好還

6차 통신사의 정사와 부사는 조형과 유창이었는데, 조형은 『부상일기』에서 공식 행로를 밟았음을 기록으로 남겼다.

(남용익은) 23일에 죽산으로부터 먼저 출발하여 빨리 몰아서 26일에 어버이 계신 고을 군위(軍威)에 이르렀다. 눈병이 매우 중하여 여러 날 치료하고, 5월 15일에 비로소 나아서 어버이께 하직하고 전진하였다. 이때에 정사와 부사는 먼저 부산에 도착하여 머문 지가 이미 오래였다. 16일에 칠곡(漆谷)땅 신원(薪院)에서 잤다. 17일에 신녕(新寧)에서 잤는데 안찰사(按察使) 남선(南鉗)이 와서 전송하였다.

7차. 홍우재 『동사록(東槎錄)』 1682년 5월 10일

죽산에서 점심 먹고 정·부사의 행자는 그대로 죽산에 머물렀다. 나는 종사관을 배행하여 먼저 무극에 와서 숙박했다. 참읍은 바빠서 기록하지 못했다.

홍우재의 기록으로 일행이 모두 함께 움직인 것은 아니라는 것을 알 수 있는데, 작은 마을에서 일시에 대규모의 통신사들을 수용하기 어려웠을지도 모른다. 당연히 대도회인 충주·안동·영천에서 모두를 위한 연회를 준비한 것도 이와 무관하지 않았을 것이다.

8차. 임수간 『동사일기(東槎日記)』 1711년 5월 18일

무극(無極)에서 점심을 먹었다. 양성(陽城) 원명일(元命一)이 출참차 보러 왔다. 포천현감 박상순(朴尙淳)이 해괴한 짓을 하였기에 색리(色吏) 두 사람을 처벌했다.

11차. 조엄 『해사일기(海槎日記)』 1763년 8월 6일

숭선(崇善)에 닿았다. 정오에 무극촌(無極村)에 도착하니, 여주목사 이시중(李時中)·안성군수 박호원(朴好源)·음죽현감 박동최(朴東最)와 음죽·충주 두 곳의 일가 15~16인이 보러 왔다.

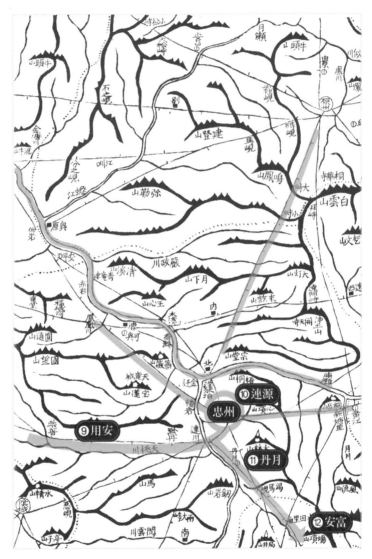

〈그림 35〉 숭선을 지나 ⑨용안역 옆으로 요도천이 흐르고 검단을 지나 달천을 건너면
충주에 이른다. 동쪽으로 ⑩연원찰방역이 있고 단양에서 흘러온 남한강은
목계를 지나 여주–서울로 흐른다. 다시 충주에서 남쪽으로 ⑪단월역이 보
이고 갈마현 너머 1차 사행 여우길과 경섬의 숙소였던 수회리를 지나면
수안보와 ⑫안부역 그리고 조령이다.

한양을 출발한 통신사 일행은 대개 무극역(無極驛)에서 점심을 먹고 숭선촌(崇善村)이나 용안에서 말을 갈아타고 머물게 되었으니, 여기까지 경기 양재찰방의 소관이었기 때문이다. 숭선촌은 현재 충주시 신니면 숭선리 숭선마을로, 숭선촌은 1949년 신덕저수지(일명 : 용원저수지, 용당 저수지)가 생기면서 수몰되었다.

숭선마을의 수몰로 동락에서 용원으로 이어지는 옛길을 따라갈 수는 없다. 그래서 저수지 남쪽으로 난 옛날 3번 국도나, 저수지 북쪽으로 난 마을길을 통해 용원으로 돌아갈 수밖에 없다. 남쪽 길을 택하면 원평리 고려시대 미륵불(충주시 신니면 원평리 108번지)을 만날 수 있고, 북쪽 길을 택하면 문숭리 용담사 미륵불을 만날 수 있다.

수몰로 원주민은 신덕저수지 북쪽 산자락으로 이주했다. 숭선마을 뒷산에는 고려 광종 때 세워진 숭선사지가 있다. 절터에서 '숭선사(崇善寺)'라고 쓰여진 명문기와가 발견되어, 이곳이 숭선사였음이 밝혀졌다.

충주와 연원도

연원찰방역에 속한 용안-연원-단월-안부의 구간이 연원도다.

충청도의 사행길은 신니면을 지나면 주덕읍이 나오고, 주덕읍을 지나면 대소원면이 나온다. 대소원면을 지나 달천강을 넘으면 충주 시내에 이른다. 사신 일행은 대개 충주 관아에 들러 하루 이틀 묵으면서 1차 점검을 한다. 충주에서 조선통신사 길은 동남방으로 단월동과 살미면을 지난다. 살미면 다음에는 수안보면이 나오고, 수안보에서 소조령을 넘으면 괴산군 연풍면이 나온다. 연풍면에서 조령을 넘으면서 충북 구간은 끝나고 경상도가 된다. 경상도 첫 구간은 문경시 문경읍이다. 이 구간은 면(面)과 리(里)도 그렇지만 경기도의 안성시, 이천시 그리고 충주시와 음성군, 괴산군 등 행정구역의 경계를 넘나드는 지역이 많다.

다시 정리하면 아래와 같다.

(경기도 안성시) 일죽면 매산리[①분행역], 대평원, 장관리, 광암리, 금산리, 산전리-(경기 이천시 율면) 용산동, 양아리, (율면 산성리)돌원(石院)-[경기구간 끝]

(충북 음성군) 생극면 관촌[①무극역], 구사리현(九沙里峴 : 아홉사리고개), 고진촌(古陣村), 생리, 오생리-신니면 모도원, 동락리, 숭선리, 원평리.

(충주시) [①용안역] 용안리-덕면 당우리, 장록리, 제내리, 계막-이안면 삼주리, 대소원, 장성리, 용두리-남변면 달천리.

[①단월역] 단월리-살미면 향산리, 새술막(新酒幕)-수회면 수회리-고사리면 안보리, [①안부역]) 소조령, 신혜원-문경면 동화원, 초점리, 교촌리.

1. 승선참과 체마(遞馬)의 용원역 – 경기말을 보내고

용안역 : 관아의 서쪽 45리에 있다. 노(奴) 103인, 비(婢) 81인, 대마(大馬) 2필, 기마(騎馬) 7필, 복마(卜馬) 5필이 있었다. 이상기 원장이 신니면장, 용원이발관 김성관씨와 현장을 답사하고 외용1리 경로당 주변이 용안역임을 확인했다. 용원 옛길과 덕고개로가 교차하는 지점에 위치한 때문으로, 도로명 주소로는 덕고개로 7, 7-1, 7-2 지역이다.

또 용원 옛길 건너편 덕고개로 9, 11 지역에는 마방(馬房), 대장간, 솜틀집이 있었다고 한다. 그리고 덕고개로 맞은편 용원1길을 따라 국밥집, 양조장 등이 용안역의 의식(衣食)은 물론이고, 생활용품, 마구와 농기구 등을 공급했다.

8번째 무극에서 9번째 용안으로 오는 길은 단조롭다. 지도에서 보듯이 생극면에서 518도로를 따라 신덕저수지를 지나 신니면 사무소에 이르면 용원리가 역터다.

〈그림 36〉 사행로(使行路) 신니면 원평리 108번지에 있는 미륵불. 원뜰 즉 원평(院坪)은 문자 그대로 원(院)이 있었던 곳으로 숭선참과 용원역이 이웃한 이곳에 얼마나 많은 길 손이 있었는지 짐작케 한다. [사진 : 이상기]

1차. 1607년 경섬(慶暹) 『해사록』 1월 16일

아침에 죽산부를 떠났다. 가는 길에 지평(持平) 박승업(朴承業)을 그의 집으로 가서 찾아 봤더니, 얼굴이 파리하여 옛날과는 아주 달라졌다. 말을 달려 용안역(用安驛)에 당도하니 날이 이미 저물었다.

연원찰방 기경중(奇敬中)이 사람과 말을 거느리고 왔다. 지대관(支待官)은 진천현감 윤인연(尹仁演)·청안현감 양사행(梁士行)이었다. 서울에서 여기까지 나흘 동안의 길을 모두 점심을 먹지 않고 연일 역참을 지나는데, 기곤(飢困)이 뼈에 사무쳐 괴로웠다.

통신사들이 말을 어떻게 이용했는지 궁금했던 점은 여기서 조금 풀린다. 주변의 지대관들이 식사를 도맡으면 찰방들은 말과 역졸을 마련했는데 요즘 렌트카 제도를 닮았다는 생각이 든다. 조령에서 또 영남(嶺南) 말을 교체하는 체마(遞馬)가 이루어진다.

3차. 강홍중 『동사록(東槎錄)』 1624년 8월 24일

저녁에 용안역(用安驛)에 다다르니, 충주목사 정효성(鄭孝誠)·단양군수 권신중(權信中)·문의현령 이경인(李景仁)·청안현감 김효성(金孝成)·진천현감 권응생(權應生)이 모두 지대차 나와 있었고, 이정림(李挺林)·이광윤(李光胤)·이건(李健)이 보러 왔으며, 남궁희(南宮曦)·어취흡(魚就洽)이 제천(堤川)으로부터 보러 왔다. 경기(京畿)에서 온 인마(人馬)는 이곳에서 교체되어 돌아갔다.

7차. 김지남 『동사일록(東槎日錄)』 1682년 5월 11일

숭선(崇善)에서 점심을 먹었다. 여기서 역마를 갈아타고 돌아가는 역리 (驛吏)편에 집으로 편지를 부쳤다. 여기서부터 계속하여 마도(馬徒) 1명, 구종(丘從) 1명, 농마도(籠馬徒) 1명, 복마(卜馬) 1필, 노자(奴子)가 탈 말 1필, 배리(陪吏) 1명, 통인(通引) 2명, 사령(使令)·방자(房子)·사환군(使喚 軍) 각 1명씩이 따르도록 했다. 이렇게 정한 규칙은 당하관이 중국에 가는 사신 길에 비교하면 그 대접이 현저하게 다르다.

김지남의 말대로라면 당하관 원역 1명에 말이 3필과 수행원 9명이 따르 게 된다. 11차 사행에서 정사 조엄이 이 부분의 문제를 제기하였다. 일본 에서의 화원(畵員)이나 서기(書記)수행원으로 그림에 보이는 것은 7명의 수행원이 말 주위를 에워싸고 있다. 말머리에는 두 명이 고삐를 쥐고 있는 것으로 보아 쌍견마(雙牽馬)로 보인다. 청파역의 역졸들이 전생서에 서 김인겸의 말을 끌 때와 같이 ….

7차. 홍우재 『동사록(東槎錄)』 1682년 5월 11일

숭선(崇善)에서 점심을 먹었다. 정·부사의 행차가 뒤쫓아 왔다. 문의·목 천·서원(西原) 즉 청주·진천·전의 등의 고을이 지대(支待)하였다. 세 행 차가 말을 바꾸어 탔다. 창락(昌樂–경상도 풍기)에서 파발마(把撥馬)를 넣고 사람을 보내었다.

〈그림 37〉 숙종 37(1711) 사행원. 화원(畫員)은 부사과(副司果) 박동보였는데 7명의 왜인이 옹위하고 있다. 뒤따르는 서기도 마찬가지다. 앞에 두 명이 말을 끄는데 쌍견마로 보인다.

8차. 임수간 『동사일기(東槎日記)』 1711년 5월 18일

저녁에 숭선(崇善)에서 잤는데 진천(鎭川) 원이 나와 대기하다가 보러 왔고, 생질 이기명(李基命)이 내회(來會)했다.

9차. 신유한 『해유록』 기해년 4월 14일

숭선(崇善)에서 잤다. 밤에 강자청(姜子靑)과 더불어 한방에서 자면서 촛불 밑에서 두어 편의 시를 지어 스스로 위안하였다. 자청도 또한 부모를 떠나 멀리와 있으므로 답답하고 마음이 상하는지 시(詩)에 슬픈 말이 많았다.

11차. 조엄 『해사일기(海槎日記)』 1763년 8월 6일

저녁에 숭선촌(崇善村)에 닿으니, 문의현감 김성규(金聖規) · 진천현감 윤득열(尹得說) · 제천현감 이영배(李永培) · 연원찰방 이익섭(李益燮)과 유촌(柳村)의 일가 6~7인이 보러왔다. 이날은 60리를 갔다.

2. 연원찰방역과 탄금대의 충주목

연원역(連原驛) : 주 북쪽 5리에 있다. 찰방(察訪)이 있다. 본도(本道)에 속하는 역(屬驛)이 14개인데, 단월(丹月) · 인산(仁山) · 감원(坎原) · 신풍(新豐) · 안부(安富) · 가흥(嘉興) · 용안(用安) · 황강(黃江) · 수산(壽山) · 장림(長林) · 영천(靈泉) · 오사(吾賜) · 천남(泉南) · 안음(安陰)이다. 찰방 1인이다. 통신사 관련역은 용안-연원-단월-안부이다.

『여지도서』에는 관원에 대한 기록이 자세한데, 찰방이 문관 9품인 것이 특이하다. 연원역(連原驛)은 현의 북쪽 5리에 있다. 찰방은 문관 9품, 아전(吏) 50명, 지인(知印) 20명, 사령(使令) 6명, 남자 노비 155명, 여자 노비 94명, 대마(大馬) 3필, 기마(騎馬) 4필, 복마(卜馬) 7필이다.

연원역을 찾기 위해 이상기 원장은 연원 토박이로 연원역 터 바로 옆에 살고 있는 박대성 충주시 문화예술자문위원과 동행했다. 연수동이라는 지명은 1914년 연원과 동수(東守)라는 지명에서 한 자씩 따 만들어졌다. 연수동편3길 3의 마을회관이 역 자리고, 연수동편3길 2에 마방 등 부속시설이 있었다고 한다. 마을회관 옆 예수교장로회 생명샘교회(연수동편3길 5)에 1991년 10월에 세운 연원역 빗돌이 서 있고, 인근에 1814년에 세운 이승렬 찰방 청덕유애비(淸德遺愛碑)도 있다.

모든 역은 당연히 교통의 요지로 동서남북 사통팔달(四通八達)하는 것이 바람직하지만, 충주는 반도의 중심으로 일찍이 중앙탑이 있고 수로와 육로가 함께 발달한 것이 특징이다. 충주 인구는 영조 대에 38개 면(面)에 19,624호로 남자 49,071 여자 58,622 약 11만에 육박한다. 안동이나 경주가 모두 6만 정도라면 거의 두 배에 이른다. 지금 약 20만으로 청주에 크게 못 미치지만 충주(忠州) 청주(淸州) 합해서 충청도(忠淸道)라는 충주는 조선시대에는 오히려 청주보다 인구가 많았는데 교통중심의 덕이 아니었을까? 죽령을 넘어온 길손들도 단양을 거쳐 물길로 뭍으로 이곳을 지나 서울로 향한다. 다음 지도에 '북진(北津)'이라는 나루로 2차 사행 박재도 4차 사행 김세렴도 충주에 들어와 조령을 넘어 공식 행로에 합류하게 되고, 돌아오는 길에도 가끔 이 물길을 이용하였다. 읍성과 객사가 함께 잘 보존된 것도 충주만의 자랑이다.

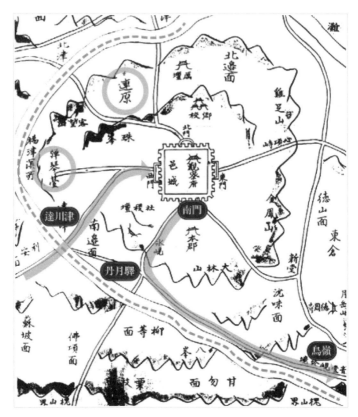

〈그림 38〉 탄금대 주변 고지도. 사신들은 서쪽 달천진으로 들어와 하루 이틀 읍성에 머물고 남문으로 단월역을 거쳐 달천을 거슬러 안부역을 거쳐 조령을 넘었다.

1차 경섬. 『해사록(海槎錄)』 1607년 정월 17일

아침에 용안역을 떠나 오시(午時)에 충주(忠州)에 도착하니, 본도의 도사(都事) 정묵(鄭黙)이 먼저 와서 기다린 지 여러 날이었다. 그래서 그와 함께 상사(上使)의 방에서 얘기와 술잔을 나누었다. 현보(顯甫) 및 정염(鄭濂)·경운(慶運)이 죽산부에서 함께 여기까지 왔다. 첨지(僉知) 숙부께서도 여주 고향에서 와 모이어, 기찰방(奇察訪; 경중(敬中))과 함께 방에서 얘기를 나누었다. 들으니, 동래(東萊) 윤훤(尹暄)이 체직되어 와, 읍내에 우접하고 있다 하기에, 즉시 하인을 보내어 문후(問候)하였으나, 밤이 깊어 서로 만나 보지 못하였다.

정월 18일

비가 와 체류하였다. 충주 도사가 동헌(東軒)에다 잔치를 베풀었는데, 본주의 목사 우복룡(禹伏龍)·청주목사 한백겸(韓伯謙)·청풍군수 유영성(柳永成)이 아울러 참석하였다. 밤에 상사·종사(從事) 및 동래(東萊) 윤훤(尹暄)과 더불어 술을 마시고 헤어졌다. 김배(金培)가 와서 함께 묵었다.

3차. 강홍중 『동사록(東槎錄)』 1624년 8월 25일

이른 아침에 비를 무릅쓰고 길을 떠나 중도에 이르니, 비가 억수로 퍼부어 냇물이 크게 불었다. 달천(達川)을 건너 충주(忠州)에 들어가니, 목사(牧使) 영공이 보러 오고, 도사(都事) 고인계(高仁繼)는 연향(宴享)을 베풀기 위하여 왔으며, 방백(方伯)은 이미 체직되었으므로 오지 않았다고 한다.

8월 26일

충주에서 머물렀다. 본관(本官; 그 고을 수령)에게 제물상(祭物床)을 얻어 이안(里安)에 있는 외증조(外曾祖) 산소에 소분(掃墳)하려 하였는데, 달천(達川)에 당도하니 냇물이 불어 건너지 못하고 돌아왔다. 옥여(玉汝) 형이 여양(驪陽)으로부터 와서 모였다.

오후에 도사(都事)가 연향을 대청에 베풀어 정사(正使) 이하 여러 군관이 모두 참석하였다. 이 연향은 충주에서 판비를 담당하고, 청주(淸州)에서 보조했다 한다.

4차. 김세렴 『해사록(海槎錄)』 1636년 8월 16일

상사가 충원(忠原)을 향하여 출발하였다. 나는 일찍이 상소하여 근친을 청하여 윤허를 얻었으므로, 드디어 원주(原州)로 향하면서 군관 4인, 역관 1인, 의원 1인만을 거느리고, 그 나머지의 원역은 상사를 따라 먼저 충원으로 가게 되었다. 목사가 따라와 안창(安昌)의 물가에서 점심을 함께 들었다. 판관 김영구(金永耈)·생원 김만일(金萬鎰)이 보러 왔다. 정지(艇止)에서 정(正; 관직명)원 원진하(元振河)에게 들러 조문하였다. 해 늦게 화천(花川)에 이르니, 친정(親庭)의 대소제절(大小諸節)이 모두 편안하고, 형수씨가 서곡(瑞谷)으로부터 어린 아이를 데리고 와서 기다렸다. 사당(祠堂)에 배알하고 돌아온 지 얼마 안 되어 별좌 최기벽(崔基璧)·진사 변윤중(邊允中)·생원 이한(李澣)·생원 이덕익(李德益)과 이시온(李時穩)이 왔다가 밤에 돌아갔다. 산인(山人) 혜기(惠琦)가 치악(雉岳)으로부터 왔다. 일찍이 일본에 들어갔다가 송운(松雲)을 따라 돌아온 자인데, 일본에 관한 일을 간략히 말하였다. 진부 역리(珍富驛吏) 심애남(沈愛男)이 뵈러 왔다.

이 기사로 정사 임광이 충주로 들어온 것을 알 수 있다. 또 일본에 다녀온 정보를 얻고 처음으로 심애남이라는 역리의 실명이 나온다. 선배 통신사들의 기록은 다음 통신사들에게 큰 도움이 되었고, 때로 필사해 참고한 경우도 있는 듯하다.

〈그림 39〉 처음으로 모습을 드러낸 통신사들의 숙소이자 국서를 봉안하고 초하루와 보름에 망궐례를 드리는 객사. 현액은 제금당(製錦堂)이다. 중앙 2칸 통간을 우물마루의 대청으로, 대청 우측 2칸은 온돌방과 마루방으로, 대청 좌측 3칸은 2칸의 온돌방과 1칸의 마루방으로 각각 만들었는데 전면에는 모두 반 칸씩의 툇마루를 설치하였다.

8월 19일

고개를 넘어 목계(木溪)에 있는 지평 조공숙(趙公淑)의 집에 이르렀다. 제천현감 한필구(韓必久)가 와서 기다리고, 찰방 심작(沈綽)·진사 심담율(沈紈)이 함께 와서 만났다. 첨지 유대화(柳大華)·생원 이심(李檊)이 가흥(可興)에서 글을 보내 왔다. 한낮에 강상(江上)에서 판서 김시양(金時讓)을 찾아보았는데, 눈병이 더욱 심하였다. 이야기를 나누다가 석양이 되어서야 비로소 하직하고 나왔다. 북창(北倉)에 이르니, 원역(員役)으로서 충원(忠原)에 도착한 자가 모두 와서 기다렸다. 충원에 이르니, 문의현감 이선

득(李善得)·단양군수 서경수(徐景需)·음성현감 홍시립(洪時立)·괴산현감 이응협(李應莢)이 함께 나와 맞이하였다.

8월 20일

충원에 머물렀다. 심찰방(沈察訪) 형제가 보러 왔다. 청하(淸河) 심동귀(河東龜)가 파직되어 돌아왔는데, 안보(安保)에서 내가 당장 출발한다는 말을 듣고 새벽에 달려왔기에 동헌(東軒)에서 세 사람과 마주앉아 담화를 하였다. 저녁에 여러 수령(守令)과 연원찰방 우필모(禹弼謨)를 만나서 종사관의 글을 받았다.

5차 사행은 정사가 글을 남긴 것이 없고, 부사는 과천으로 근친했으며, 지은이 미상인 『계미동사일기』는 용안에서 결락이 생겼는데 충주에서 종사관 신유가 지은 시가 『해사록』에 실려 있다.

○ 비를 만나 충주(忠州)에 머무르며

낙숫물이 줄줄 흘러 개울을 이루고	簷鈴滴歷亂成流
먼 안개 자욱하고 날이 개지 않는구나	遠靄微茫苦未收
무심한 비야 왕사가 급한 줄 알리오	雨意豈知王事急
인정으로 고향이라 머무르라 하는 게지	人情亦爲故鄕留
탄금대의 물빛은 말갛게 불어나고	琴臺水色晴初漲
월악산의 봄빛은 파랗게 비쳐나네	月岳春光翠欲浮
마음 가득 이제 사신된 것 부끄러워라	多情自慚今杖節
십년 전엔 포의로 놀았던 곳이라네	十年曾是布衣遊

10년 전에 벼슬없이 한가했던 고향의 소회를 빗속에 담고 있는 우국
(憂國)의 충정(衷情)이 묻어나는 시다. '탄금내의 물빛'과 '월악산의 봄빛'
에 낙숫물이 불어 개울을 이루는 정취는 구체적 공간에서 절묘한 시간
을 자아내는 신유의 감각으로 그의 필세(筆勢)와 더불어 느끼게 하는 바
가 있다.

7차. 홍우재『동사록(東槎錄)』1682년 5월 11일

숭선(崇善)에서 점심을 먹었다. 정·부사의 행차가 뒤쫓아 왔다. 문의·
목천·서원(西原) 즉 청주·진천·전의 등의 고을이 지대(支待)하였다.

… 충원(忠原) 즉 충주(忠州)에 이르러 숙박하였는데 제천·음성·청
풍·청안(淸安) 등의 고을에서 지대하였다. 제천은 행차의 종행인을 제공
했다.

5월 12일

부사(副使)는 그 형님인 문의(文義) 원님과 함께 충원에 머물렀다. 해
늦게 정사와 종사관 두 분이 먼저 안보역에 이르러 숙박했는데, 연풍·
괴산·단양·보은·영춘(永春)·회인(懷仁) 등의 지방관이 와서 지대하였
다. 연풍은 종행인을 제공했다.

8차. 임수간『동사일기(東槎日記)』1711년 5월 19일

황금곡(黃金谷)을 지나다가 장인의 산소를 참배하고, 이어 금천(金遷)
에 가 백구(伯舅; 큰 외삼촌)의 산소를 참배했는데 30리나 돌았다. 강물이

불어 금천 길이 침수, 목도(木道)의 지름길을 이용하여 역류로 달천(縺川)에 이르러 늦게 중원(中原; 충주(忠州))에 투숙했다. 청풍(淸風)에 사는 미중(美仲) 류중무(柳重茂)가 나와 대기하다가 보러 왔다.

황금곡은 덕면에 있는 마을 이름이다. 『여지도서』에 보면 상동리, 중동리, 천서리, 천동리, 금곡리 다섯 개 마을이 덕면을 이루고 있다. 여기서 금곡이 황금곡이다. 그리고 1872년에 나온 충주목지도에 보면, 덕면이 6개리로 이루어져 있다. 상리, 중리, 천서리, 제내리, 황금곡리, 계막의 6개 리로 이루어져 있다.

금천은 면 이름이다. 금천면은 현재의 중앙탑면 지역이다. 중앙탑면의 옛 이름이 가금면인데, 가는 가흥면(嘉興面)에서, 금은 금천면(金遷面)에서 따왔다. 금천은 충주 고을 서쪽 10리에 있는 것으로 되어 있다.

9차. 신유한 『해유록(海遊錄)』 1719년 4월 15일

충주(忠州)에 당도했는데 해가 겨우 점심때였다. 사신이 운(韻)을 부르면서 나와 서기(書記)로 하여금 각자 율시(律詩)를 짓게 하였는데 성여필(成汝弼)이 가장 빠르게 하였고, 군관(軍官) 정후교(鄭后僑)도 또한 시명(詩名)이 있는 사람이었다. 옛 친구 이생 보윤(李生普潤)이 누암(樓岩)으로부터 와서 만나 조용히 이야기하였다. 저물녘에 성서(城西)에 나가 이산(尼山) 이발(李渤)의 우소(寓所)를 방문하였다.

〈그림 40〉 국토중심 충주의 중앙탑

11차. 조엄 『해사일기(海槎日記)』 1763년 8월 7일

충주에 닿았다. 본관(本官) 홍헌보(洪獻輔)·청풍부사 이형중(李衡中)·음성현감 장학룡(張學龍)이 보러 왔다. 일가 두어 사람이 따라왔다. 밤에 제술관 남옥(南玉)·서기 성대중(成大中)·서기 김인겸(金仁謙)·서기 원중거(元重擧)와 더불어 오언율시(五言律詩) 한 수씩을 지었다.

이날은 50리를 갔다.

1763년 통신사행 기행문 가운데 제술관 남옥(南玉)의 『일관기(日觀記)』가 특이한데, 그 중 충주지역을 지나는 장면은 『해사일기』보다 자세하고 인간적이다.

11차. 남옥 『일관기』 1763년 8월 7일

아침에 시민(時敏) 성문(聖文)과 작별했다. 한강의 조석(朝席 : 송별하는 잔치)보다 마음이 갑절이나 안 좋았다. 연원역의 말로 갈아탔다. 비를 무릅쓰고 달천(㺚川)을 건너서, 정오에 충원현(忠原縣)에 도착했다. 본읍에서 지공했다. 충주목사 홍헌보(洪獻輔)와 음성현감 장학룡(張學龍)이 와서 만났다. 비로소 외씨(外氏)의 무덤을 가서 살폈다. 지나가는 길에 한(韓)종가를 방문하려 했으나 나룻배가 모두 달천에 모여 있었기 때문에 건널 수가 없었다. 급히 편지를 보내 알리니 한(韓)형이 와서 사관(使館)에 묵었다.

밤에 모여서 시를 지었다. 비가 밤새도록 왔다. 이날은 50리를 갔다.

○ 남옥 탄금대를 지나며 [過彈琴臺]

통신사 사신이 되어	忍爲通信使
저물녘에 어찌 탄금대를 지난단 말인가.	暮過彈琴臺
장군의 한이 더할 줄은 너무도 잘 알지만	知益將軍恨
열사의 슬픔을 어찌 견딘단 말인가.	那堪烈士哀
전루(戰壘)에 구름 엉겨 흩어질 날이 없고	壘雲凝不散
진 뒤에 물은 맺혀 돌고 돌아 부딪치누나.	陣水結如洄
근방에 임공의 옛 집이 있다 하니	傍有林公宅
영특한 인재는 모두 초야(草野)에서 나네그려.	英才起草萊

전쟁한 땅이어서 가을 풀이 쓸쓸하고	戰地多秋草
수심 서린 구름은 옛 대에 가득하여라.	愁雲滿古臺
패전하던 그날에는 비난도 무척 많았지만	成虧當日議
영풍(英風) 기절(氣節) 기리면서 뒷사람들 슬퍼하네.	風節後人哀
칼 기대어 노래하다 도로 눈물지으며	倚劍歌還涕
배 멈췄다 물 거슬러 다시금 올라가네.	停舟溯更洄
서생이란 언제고 담력이 없는지라	書生無膽力
관복 갖추고서 동래로 나가노라.	冠服出東萊

이 구절을 보면 정사 조엄이 제술관과 서기들에게 탄금대 시를 짓게 하여 여러 수가 지어졌음을 알 수 있다. 위에 보인 남옥의 시는 이 가운데 이오율(二五律), 즉 오언율시 2수이다.

충주의 탄금대를 노래한 시는 무수히 많다. 그것은 탄금대가 충주의 명승이기 때문이다. 이곳을 지나는 시인묵객들은 탄금대라는 이름에서 악성 우륵을 떠올리고, 임진왜란시 이곳 탄금대전투에서 배수진을 친 신립 장군을 떠올린다.

김인겸(1707-1772)은 우리말로 된 「일동장유가(日東壯遊歌)」를 쓴 사람으로 유명하다. 그는 11차 사행 종사관의 서기로 따라가면서 7,158행 3,500여 구에 달하는 장편 기행가사를 썼다.

경기(京畿) 역마(驛馬) 떨어치고 연원(連源) 인마(人馬) 체대(遞代)하여,

미명(未明)에 먼저 나서 달내[達川]를 지나올새,

신원수(申元帥) 김장군(金將軍)의 진(陣)터를 바라보고,

율시(律詩) 한 수(首) 지어내어 충혼(忠魂)을 위로한 후,

충주(忠州)로 들어가니 청풍(淸風) 지대(支待) 나왔다네.

자종이와 신자익이 멀리 와 기다리네.

정담(情談)을 못다 하여 상방(上房)에서 부르거늘,

비 맞고 들어오니 세 문사 모두 왔다.

이칠절(二七絕) 이칠률(二七律)을 사상(使相)이 내어 놓고

차운(次韻)하라 권하거늘 요체(拗體)하여 색책(塞責)하고,

3. 단월역과 수회리

단월역(丹月驛) : 연원역 소속으로 현의 남쪽 10리에 있다. 노(奴) 110명, 비(婢) 89명, 대마(大馬) 2필, 기마(騎馬) 7필. 복마(卜馬) 5필이다. 이 역은 임경업 장군의 사당인 임충민공충렬사[043-850-5163 충북 충주시 충열1길 6 (지번) 단월동 385-1]를 찾는 것이 더 빠를는지 모른다. 역터도 인마도 사라지고 사당만 남은 그런 형국이다. 김인겸은 이곳을 애써 참배했다. 단월역터는 운전면허시험장 부근으로 달천과 함께 있다.

1차. 경섬 『해사록(海槎錄)』 1607년 정월 19일

아침에 예천(醴泉) 홍치상(洪致祥)이 술과 과일을 가지고 와서 잠깐 술을 나누었고, 이어 충주목사·청주목사 및 윤동래(尹東萊)와 더불어 술을 들고 헤어졌다. 신시(申時)에 출발하여 수회촌(水回村)에서 투숙하는데,

상사와 한 방에서 같이 묵었다. 촌집이 좁고 누추하여 침식이 꽤 괴로웠는
데 목백(牧伯)이 뒤에 가기(歌妓) 두 사람을 보내어 객회를 위로해 주었다.

3차. 강홍중 『동사록(東槎錄)』 1624년 8월 27일

목사가 술을 가지고 와서 작별하고, 도사도 또한 이르렀다. 술이 거나
하게 취하여 오후에 길을 떠났다. 수교촌(水橋村)에 당도하니, 괴산군수
이덕윤(李德胤)·연기현감 성홍헌(成弘憲)·단양군수 권신중(權信中)이 모
두 지대차 나왔다. 저녁에 맞아들여 서로 만나 보았다. 옥여(玉汝) 형도
따라왔다.

11차. 김인겸 「일동장유가」

음성현감 장종시가 지참(持參)하러 와 있거늘
이튿날 잠깐 보고 우장(雨裝) 입고 이발(離發)하여,
단월역(丹月驛) 찾아가서 충렬사(忠烈祠)에 첨배(瞻拜)하고,
역놈[驛奴]을 재촉하여 무다리 지나와서
안보역(安保驛) 잘참 드니 비도 오고 저물었다.

단월역과 충렬사가 인근에 있으니, 이 일대의 모습이 역력하게 드러
난다.

4. 안부역과 연풍현

안보역 : 충주 관아에서 50리 거리로, 상등마 3필, 하등마 12필이 있었다. 일반적으로 말은 용안, 단월, 안보로 이어지는 경충-영남대로 상에서 많이 관리되고 있었다. 그것은 이 길로 파발이 많았기 때문이다.

〈그림 41〉 표지판에 대안보마을 10분이 보인다. 이곳이 안부역으로, 지금 마을회관이 역의 중심이고 앞에 개여울이 흐른다. 멀리 청산이 소조령-조령-영남을 여는 관문이다.

7차. 김지남 『동사일록』 1682년 5월 12일

점심 먹은 뒤에 떠나서 안보역(安保驛)에 도착하여 갔다. 이날 40리를 갔다.

8차. 임수간 『동사일기(東槎日記)』 1711년 5월 20일

아침에 이화숙(李和叔)의 집에 갔는데, 중승(中丞) 이선응(李善應)이 또한 보러 왔다. 사제(舍弟) 및 두 아이와 이생(李甥)이 목도에서 돌아갔는데, 작별할 때의 서운한 심정을 진정 참을 수 없었다. 약간 늦게 안부(安富)에 도착했다. 새재를 넘을 수 없어 그대로 유숙, 연풍(延豐) 조의중유수(趙毅仲裕壽; 의중은 자임)가 나와 대기하다가 보러 왔다.

10차. 홍경해 『수사일기』 1747년 12월 3일

온 종일 큰 비가 왔다. 안보역(安保驛)에 닿았다. 연풍현감 안재건(安載健)·보은현감 조태복(趙台福)·율봉찰방 이형원(李亨元)과 단양(丹陽) 사는 족질(族姪) 진기(鎭琦)가 보러 왔다. 이날은 60리를 갔다.

11차. 남옥(南玉) 『일관기』 1763년 8월 8일

비가 더욱 심해졌다. 임충민공(林忠愍公)의 사당을 찾아가려 했으나 가지 못했다. 가마로 장암(場巖)을 지났다. 정오가 지나 안보역(安保驛)에 들었으니, 곧 연풍 땅이다. 괴산에서 지공했다. 솔버섯과 비단쏘가리가 나그네의 입맛을 돋우었다. 비가 또 밤새도록 그치지 않았다.

11차. 조엄 『해사일기』 1763년 8월 9일

조령(鳥嶺)을 넘어 문경(聞慶)에 이르렀다. 고갯길이 질어 거의 사람의 무릎이 빠지므로, 간신히 고개를 넘어 문경에 도착했다. 거듭 고갯길을 넘어 다시 영남 백성들을 대하고 보니, 세 해 만의 물색(物色)이 눈에 어렴풋한데, 다만 한 가지 혜택도 도민(道民)에게 미치지 못한 것이 부끄럽다.

세 사신이 동헌에 모여 활 쏘는 것을 보며 이야기하는데, 본관(本官) 송준명(宋準明)·상주목사 김성휴(金聖休)·김천찰방 이종영(李宗榮)·유곡찰방 최창국(崔昌國)·안기찰방 김제공(金濟恭)이 보러 왔다. 감영(監營)의 교리(校吏)가 도선생(道先生)으로서 예(例)에 따라 보러 왔다. 조령(鳥嶺)에서 시(詩) 두 수를 지었다. 이날은 50리를 갔다.

조령을 지나며 사행단은 잠시 쉬어갔고, 그 때 제술관과 세 명의 서기가 칠언절구를 지었는데 여기 다 옮겨두지 못한다. 모두들 천험의 요새를 지키지 못한 아쉬움을 한탄하고 있다. 그 가운데 …

11차. 김인겸 1763년

○ 조령(鳥嶺)을 지나며 – 조령 제1관 주흘관

하늘이 만든 중한 관문은 이 조령이라	天作重關此鳥嶺
강·회를 지켜 주는 중국의 수양성(睢陽城) 같네.	江淮遮遏古睢陽
어쩌다 앉아서 금성탕지(金城湯池)를 잃어버리고	如何坐失金湯勢
공연히 사행으로 하여금 장단을 따지게 하나.	空使行人說短長

〈그림 42〉 2015년 4월 한일교류우정걷기 조선통신사 일행이 새재를 향해 올라가고 있다. 저 관문을 넘으면 영남 땅으로 충청도 연원말은 돌아가고 영남 유곡말이 기다릴 것이다. 김인겸은 말 대신 가마로 이 고개를 넘었다.

조령관문의 유곡찰방역

통신사들은 예외 없이 모두 조령을 넘어 동래로 향했다. 문경현 관문에서 동쪽으로 요성역까지 4리, 요성역에서 예천 경계가 26리, 동남쪽으로 견탄(犬灘)까지 30리, 남으로 유곡역까지 40리 … 통신사들은 문경읍에서 남으로 토끼비리를 지나 견탄까지 30리를 가서 여흘을 건너고, 다시 10리 유곡역을 거쳐 동쪽을 바라보고 용궁의 대은역으로 나아갔다. 요성(聊城) - 유곡(幽谷) - 대은(大隱) - 이 세 역이 유곡찰방역 관할이다. 한 걸음 더 나아가서 예천의 통명역은 풍기의 창락찰방역 소속이고, 안동-의성은 안기찰방역 소속이다.

1. 요성역과 관산지문

『여지도서』에 향교(鄕校)는 현의 동쪽 2리에 있고 역(驛)은 4리에 있다고 했으니, 서로 이웃한 셈이다. 대마(大馬) 2필, 중마(中馬) 2필, 복마(卜馬) 6필, 역리(驛吏) 130명, 역노(驛奴) 10명, 역비(驛婢) 3명이 소속되어 있었다.

옛길박물관의 요성역 해설은 좀 더 자세하다.

　요성역의 규모는『유곡도역지』(1871)에 의하면 마단(2칸), 도장(都掌) 1명, 부장(副掌)1명, 방호(防戶) 9명, 발졸(撥卒) 12명, 급주(急走) 10명이었다. 여기서 발졸은 아마도 파발제 시행 후 설치된 요성참(聊城站)에 배정된 파발군이라 생각된다. 역마는 상등마 2필, 중등마 2필, 하등마 6필로, 모두 10필이었으며『유곡역관련고문서집』의「본각역삼등마안」에 의하여 요성역의 마호와 역마 등급 및 종류를 살펴보면, 역마 1필당 1명의 마호가 배정되어 대마 2필, 중마 4필, 복마 4필을 사육하고 있으며, 말의 종류는 털 빛깔에 따라 적다(赤多, 붉은 색), 유마(騮馬, 붉은 바탕의 흙갈기 꼬리마), 고라(古羅, 황색)이며 말의 나이는 모두 일곱 살이다.

　역전의 공수전은 대체적으로 14결 86부 5속으로 역의 관봉(官俸)에 사용되었으며, 마위전은 총 900두락 가운데 200두락은 냇가로 변하였으며[成川], 50두락은 모래밭이 되어[覆沙] 결국 경작하고 있는 토지는 650두락으로 대개 역마 구입에 충당되었다. 복호결(復戶結)은 41결 16부 3속으로 입마가(立馬價)에 사용되었다.

흥미로운 것은 역전에 부여된 토지에 관한 기록으로, 지적원도에 대지와 논밭을 구분하여 보면 역촌의 구조를 한눈에 볼 수 있지 않을까?

수안보에서 문경으로 가는 길은 대략 다음과 같다.

　(수안보) 수안보온천 표지석 출발→우체국 지나 직진하면 고개 넘어 수안보야구장이 나온다. 안보 삼거리의 표지판에서 남쪽으로 가면 석문천을 건너는 대안보교가 나오는데 이곳이 안부(安富)역이다. 온천대로 표지판 삼거리에서 문경, 상주방향으로 좌회전 (안보리) 뇌곡 버스정류장→ (화천리)

은행정교차로 지나자마자 → 조령관문. 화천리 방향 나가서 화천리 (사시마을) 좌회전 조령관문 방향으로 → (신혜원)고사리 이화여대수련관을 지나면 → 삼관문인 조령관(642m)에 이른다. 여기서부터 영남(嶺南) – 경주(慶州) 상주(尙州)하는 경상북도(慶尙北道)다.

여기서 부터는 자동차길은 없다. 산길은 외줄기 – 매표소의 관광안내지도를 들고 표지판을 따라가면 된다. 세 개의 관문을 지나는데

제3관문(조령관) → 군막지 → (동화원)동화원지 → 이진지 → 문경조령 아리랑비 → 옛시비

제2관문(조곡관) → 조곡폭포 → 산불됴심표석 → 교귀정 → 주막 → 조령원지 → 왕건교 → 선정비군광장 → 용사교 → (초곡)

제1관문(주흘관)을 나서면 우리나라 유일의 옛길박물관이 나온다. 이곳에서 옛길의 궁금증을 거의 풀 수 있다. 이제 길 따라 남쪽으로 진안삼거리 지나서 직진 → 청운각 표지판 → 문경초등학교 → 청운각 → S-OIL(문희주유소)에서 좌회전 하면 문경의 객사인 문경서중학교 교정에 있는 관산지관을 마주하고 그 진산인 주흘산을 우러러볼 수 있다.

1차. 경섬『해사록(海槎錄)』1607년 정월 20일

아침에 수회촌을 떠나 조령(鳥嶺)을 넘어 용추(龍湫)에서 잠깐 쉬었다가 문경현(聞慶縣)으로 달려 들어가니, 해가 아직 저물지 않았다. 그리고 가랑비가 살짝 뿌렸다. 일행의 군관(軍官)·역관(譯官)들을 모아 술자리를 베풀었는데, 김효순(金孝舜)이 큰 사발로 연달아 10여 잔이나 마셨다. 비변사 차관(備邊司差官)이 송운(松雲) 스님이 일본 중에게 보내는 편지

및 예물(禮物)을 가지고 나중에 도착하였다. 이어서 본가의 평안하다는 편지를 받아 보았다.

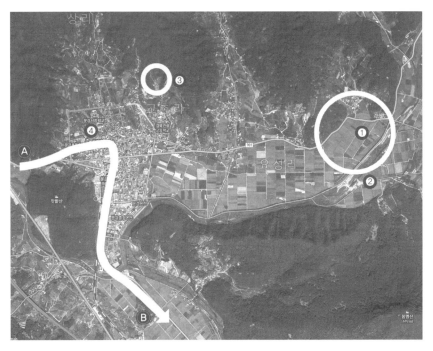

〈그림 43〉 요성역 개념도 : (A) 문경새재 방면에서 오른쪽에 동그라미 한 부분이 요성역 중심 – 더 큰 원은 역 일대. ②는 신북천. 오른쪽 아래 봉명산은 697m로 가파르다. 왼쪽의 잣밭산은 백전산(栢田山)으로 표기되었지만 요새(要塞)의 이미지가 강하다. ③은 주흘산(1106m)의 정맥을 이은 향교(鄕校). ④는 객사였던 관산지문.(B 화살표 방향으로) 토끼비리 견탄으로 이어진다.

〈그림 44〉 임수간이 잠시 들른 수옥정. 이화여대 고사리수련관에서 내몽고민속촌 – 수옥저수지로 내려가면 바로 폭포에 이른다. 폭포 옆 암벽에는 崇禎後二辛卯 東岡趙子直爲作亭子 姪裕壽書라는 각자가 있다. 이를 통해 정자가 1711년(숙종 32) 조자직(1640-1719)에 의해 지어졌음을 알 수 있다. 그렇다면 수옥정이 지어진 후 바로 임수간이 지나간 것이 된다. 임수간의 글에 조의중(趙毅仲)이 나오는데, 의중이 유수의 호다. 조유수는 1706년 부터 연풍현감을 지냈다.

3차. 강홍중 『동사록(東槎錄)』 1624년 8월 28일

평명에 발행(發行)하여 안부역(安富驛)을 지나 조령(鳥嶺)을 넘어 용추(龍湫)에서 점심을 먹었다. 금산군수 홍서룡(洪瑞龍)·문경현감 조홍서(趙弘瑞)가 지대차 나왔다. 김천찰방 신관일(申寬一)·안기찰방 김시추(金是樞)·창락찰방 이경후(李慶厚)는 모두 부마차사원(夫馬差使員)으로 왔다가 상사·종사와 한자리에 모여 산수를 마음껏 구경하고 잠깐 술을 나눈 다음 파하였다.

저녁에 문경현(聞慶縣)에 당도하여 관사(官舍)에 사관을 정하였다. 상주목사 이호신(李好信)·함창현감 이응명(李應明)이 지대차 왔고, 유곡찰방 신이우(申易于)가 보러 왔으며, 신석무(申錫茂)·신석필(申錫弼)·이돈선(李惇善)·채경종(蔡慶宗)·강이생(姜已生)이 보러 왔고, 산양(山陽: 문경시 산양면)의 수장노(守庄奴; 농장 지키는 종)와 함창(咸昌)의 묘지기 등이 뵈러 왔다. 충청도(忠淸道)의 인마(人馬)는 이곳에서 교체되어 돌아갔다.

4차. 김세렴 『해사록(海槎錄)』 1636년 8월 21일

(충주에서) 달구리[鷄鳴]에 안보를 향하여 출발하였다. 문의현감이 도차사원(都差使員)으로서 연풍현감 이구(李玖)를 따라 나와서 기다렸다. 식후에 고개를 넘으니, 유곡(幽谷)의 인마(人馬)가 이미 용추(龍湫)에서 기다리고, 고개머리에 닿은 자들도 많았다. 용추에 이르니, 함창현감 권적(權)이 와서 기다렸다. 연원(連原)의 역졸이 난을 일으켜 함창 현감이 묶어 놓았는데, 상사가 체모를 잃었다고 말하며 종리(從吏)를 안동(安東)에 옮겨 가두게 하였다. 연원찰방이 돌아갔다. 김천찰방 김식(金湜)이 부마도차사원(夫馬都差使員)으로서 선산(善山)에 이르니 선산부사 맹세형(孟世衡)이 지응관(支膺官)으로 왔다. 산인(山人) 영일(靈一)이 가은(加恩)에서 보러 와서 함께 잤다. 영일은 곧 혜기(惠琦)의 사형(師兄)인데, 일찍이 송운(松雲)을 따라 일본에 갔던 자다. 전일에 따라갔던 일을 차례차례 말하는데, 들을 만하였다. 감사(監司) 최현(崔晛)이 선산에서 글을 보내고 인하여 송별하는 시(詩)를 부쳤다.

〈그림 45〉 동화원 터. 이태원-사평원-청계산의 신원-판교원-용인의 보정원-승보원 등의 원(院) 터는 찾아보기 힘들다. 파주의 혜음원이 발굴되었는데 이 자리는 복원할 예정이라고 한다.

6차. 조형 『부상일기(扶桑日記)』 1655년 4월 26일

조령을 넘어 문경(聞慶)에서 묵었다. 아침에 안보(安保)를 떠나 연풍경계의 용추에 이르렀다.

7차. 홍우재 『동사록』 1682년 5월 13일

충원에서 출발하여 아침에 새재[鳥嶺]로 향했다. 재의 꼭대기에 이르러 말을 바꾸어 타고 멀리 있는 용추(龍湫)를 보았다. 낮에 문경(聞慶)에 이르러 머물렀는데 부사의 행차가 뒤따라 왔다. 본현(本縣)과 상주에서 지대했는데, 상주의 접대가 매우 박하였다. 계축년(1673)의 접위(接慰) 때에 말을 관장했던 유곡역(幽曲驛)의 역리(驛吏)인 강위발(姜渭發)이 와서 뵈었다.

접위(接慰)란 왜인의 차사(差使)가 오면 이를 접대하는 것을 말하는데, 대차왜(大差倭)가 오면 중앙에서 접위관을 보내고, 보통 차왜이면 수령(守令) 중 문관(文官)으로서 이를 접대케 했다. 일본 사신의 왕래 모습을 엿볼 수 있는데, 역관은 일종의 직업외교관 역할을 한 것으로 통신사의 길을 왕래하면서 지방인사들과의 교류가 쌓인 정황이 엿보인다. 특히 역관 홍희남은 1624년부터 네 차례나 통신사와 함께했는데 그 손자가 바로 홍우재이니 조부로부터 사행에 관한 이야기를 익히 들었을 것이다.

7차. 김지남『동사일록』1682년 5월 13일

아침밥을 먹은 뒤에 (안보에서) 먼저 떠나서 용추(龍湫)에 이르러 말을 바꿔 타고 문경에 도착하여 잤다. 이날 40리를 갔다.

8차. 임수간『동사일기』1711년 5월 21일

아침에 주인 조의중(趙毅仲)과 수옥정(漱玉亭)을 지나다가 폭포를 보았는데, 깎은 듯한 석벽이 3면에 둘렸고 고목과 푸른 덩굴이 울창하게 뒤얽혔다. 공중에 달린 폭포는 어림잡아 10여 길이 넘고 비말(飛沫)과 튀는 물방울은 바라보매 마치 눈과 서리 같으며, 절구질하듯 석항(石缸; 돌로 둘러 싸여 항아리처럼 된 웅덩이)에 쏟아져 내려 그대로 조그마한 못을 이루었다. 그리고 못가에는 판판하고 널찍한 반석이 있어 마치 먹줄을 치고 깎은 듯한 체대(砌臺; 궁중의 무대) 같으며, 그 위에는 백여 명이 앉을 만하였다. 그리고 바로 곁에 조그마한 정자가 있으니 이는 의중(毅仲)이

창건한 것이다. 그 반석 위에서 의관을 벗고 상쾌한 공기를 쏘이면서 한두 잔씩 마시고 일어났다. 조령(鳥嶺; 새재)을 넘으면서 용추(龍湫)를 엿보고, 삼관(三關)을 지나면서 높이 올라 관망하니 관방(關防)의 형승(形勝)이 백이험(百二險)에 못지않았다. 저녁에 문경에서 잤다.

9차. 1719년 신유한 『해유록』 1719년 4월 17일

비를 맞으면서 조령(鳥嶺)에 오르는데 잿길이 진흙이어서 말발굽이 빠지므로 가기가 매우 힘들었다. 고개 위에 초사(草舍)를 설치하여 일행의 말[馬] 갈아타는 처소로 하였다. 나는 곧 김천(金泉)의 역마(驛馬)를 타고 가 저녁에 문경(聞慶)에서 잤다.

〈그림 46〉 저 멀리 주흘산의 웅장한 모습이 하늘을 가로막는다. 서울과 부산을 가르는 관산(關山)으로 여기서부터 조령의 남쪽 - 영남(嶺南)이다. 2015년 조선통신사 한일우정걷기 회원들이 문경의 객사인 관산지관에서 출발 전 체조를 하고 있다.

조엄과 함께 조령을 넘은 김인겸의 「일동장유가」도 생동감이 있다.

날 새며 먼저 나서 남여(藍輿)로 조령(鳥嶺) 올라
주흘관(主屹官) 들이달아 영남(嶺南) 말 갈아타니,
우세(雨勢)도 장할시고 의복(衣服) 안마(鞍馬) 다 젖는다.
석로(石路)는 참암(巉巖)하고 황도(荒道)는 창일(漲溢)한데,
교구정(交舊亭) 올라앉아 좌우를 둘러보니,
만목(萬木)은 참천(參天)하고 천봉(千峰)이 묶였으니,
일부당관만부막개(一夫當關萬夫莫開) 검각(劍閣)을 부뤄하랴.
슬프다 순변사(巡邊使)가 지략(智略)도 있건마는,
여기를 못 지키어 도이(島夷)를 넘게 한고.
이 막비(莫非) 하늘이라 천고(千古)의 한(恨)이로다.
용추(龍湫)를 굽어보니 우후(雨後)의 성난 폭포
벽력(霹靂)이 진동하고 백설(白雪)이 잦았어라.
귀 눈이 먹먹하고 심신이 늠름(凜凜)하다.
글 하나 지어 쓰고 남여에 고쳐 올라,
동화원(桐華院) 잠깐 올라 문경(聞慶)을 돌아들어
하처(下處)에 말 내리니 상주(尙州) 관속(官屬) 현신(現身)한다.
본관(本官)은 지친(至親)이라 잠깐 보고 도로 나와,
석반(夕飯) 후 취침(就寢)하고…

김인겸은 가마를 타고 조령으로 올라가 충청 연원역마를 영남관할의 역마로 바꿔 타고, 교구정(交舊亭)을 둘러보고 용추(龍湫)에서 글을 짓고 동화원(桐華院)에 들렀다가 문경읍의 숙소에 머문다. 교구정(交舊亭)의 현재 현액은 교구정(交龜亭)으로 되어있다.

〈그림 47〉 권신응의 봉생천. 절벽의 잔도를 걷는 행인들이 한가해 보이지만 나그네들은 이 아찔한 외길을 미끄러질세라 오금을 조이며 걸어야 했다.
[문경 옛길박물관 소장]

〈그림 48〉 2015년 봄의 토끼비리 잔도(棧道)는 7부능선 쯤에 한 줄로 패인 길의 흔적이 보인
다. 지금도 물이 불으면 징검다리를 건널 수 없어 되돌아 나와야 한다.

〈그림 49〉 한 사람이 겨우 지나는 돌길은 발길로 반들반들하다. 길 왼쪽은 벼랑으로 영강이
굽이쳐 흐른다. [사진 : 이창우]

2. 유곡찰방역과 토끼비리견탄

유곡역은 점촌에 치우쳐 있는데 18곳의 역을 관할하는 찰방역이다. 통신사의 길에도 문경의 요성역과 용궁의 대은역이 이곳 소속이다. 지금 점촌 북초등학교 앞에 찰방의 비석이 즐비하다. 『여지도서』에 "현의 남쪽 40리에 있다. 찰방역으로 18역을 관할한다. 대마 2필, 중마 5필, 복마(卜馬) 7필, 역리(驛吏) 469명, 노(奴) 74명, 비(婢) 9명이 속해 있다." 고 하였다. 역리(驛吏)가 469명이라는 숫자만으로도 찰방역의 규모를 짐작할 수 있다.

1차. 경섬 『해사록』 1607년 정월 21일

경차관(京差官)이 하직하고 돌아갔다. 아침 식사를 든 뒤에 떠나 견탄(犬灘)에서 점심 식사를 하였다. 수찬(修撰) 조즙(趙溍)·좌랑 민척(閔滌)·함창현감 홍사고(洪師古)·주부(主簿) 이신록(李申祿)·영천(榮川)군수 이순민(李舜民)·함양군수 윤인(尹訒)·산음현감 권순(權淳)·상주목사 이수록(李綏祿) 등이 성대히 모여 술자리를 베풀어 대접하였다. 오후에 상사(上使)와 종사(從事)는 왼쪽 길을 따라 용궁(龍宮)으로 향하고, 나는 홀로 오른쪽 길을 따라 함창으로 향하여, 영천군(永川郡)에서 모이기로 언약하였으니, 상주에 계신 빙모(聘母)를 뵙기 위한 것이다. 천리 길을 같이 가다가 하루저녁에 길을 나누니, 갈라질 적의 서운함이 멀리 이별하는 것과 같았다. 저녁에 함창현에 도착하니, 현감은 곧 심종(沈悰)이었다. 합천군수(陝川郡守) 여대로(呂大老)도 또한 지대관(支待官)으로 함창에 도착했다.

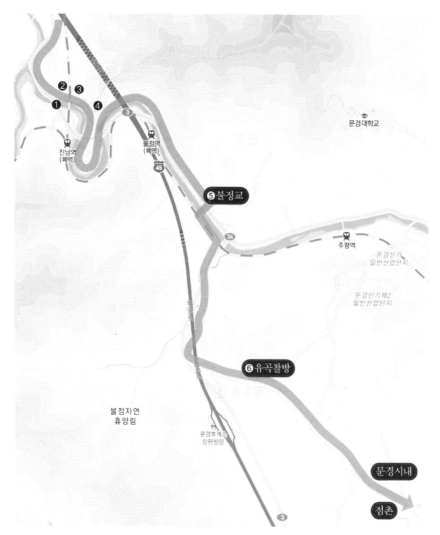

〈그림 50〉 ①진남교반 휴게소, ②고모성, ③석현성, ④토끼비리를 내려와 영강을 따라 돌면 견탄의
　　　　　여흘에서 ⑤불정교를 건너 ⑥문경북초등학교의 유곡찰방역터에 이른다. 이어서 점촌 시
　　　　　내를 관통 용궁면으로 나아간다.

9차. 신유한『해유록』1719년 4월 18일

이른 아침에 먼저 달려 유곡역(幽谷驛)에 도착하니, 선산부사 송요경
(宋堯卿)이 지대(支待)하기 위하여 왔다. 본래 나와 친분이 있었으므로 만
나자, 매우 반기며 수고한다고 위로하였다. 첨지(僉知) 조귀한(趙龜漢)도
와서 기다리다가 작별 인사를 하였다. 밥 먹은 뒤에 사신의 행차가 장차
용궁(龍宮)으로 출발하려던 참이다. 으레 좌도(左道) 여러 고을을 경유하
여 가면 열흘 만에 부산에 도착한다. 나는 집이 고령(高靈)이기 때문에
이미 지름길로 가서 근친(覲親)하고 바로 부산의 바람 기다리는 곳으로
갈 것을 청하였기 때문에 여기서부터 길이 나뉘었다. 함창(咸昌)에서 점
심을 먹고, 저녁에 상주(尙州) 연당(蓮堂)에서 잤다.

11차. 조엄『해사일기』1763년 8월 10일

유곡역(幽谷驛)에 닿았다. 일찍 출발하여 10리를 갔는데, 앞내에 물이
넘치므로 세 사신이 일제히 조련장(操練場)에 모여 잠시 물이 얕아지기
를 기다렸다가 건넜다. 신원참에 들어가 말에게 죽을 먹이고, 수탄(戍灘)
에 이르니, 물살이 거센데다가 길고 넓었다. 본 고을 원이 냇물 건너는
역군을 많이 준비해 놓지 못하여 간신히 건너다가 일행의 인마(人馬)가
더러 넘어지는 자도 있고, 더러는 떠내려가는 자도 있었다. 나는 먼저
건너가 언덕 위에 쉬면서 다 건너기를 기다리고 있었으나, 해가 이미
어두워져서 어떻게 할 수 없기에, 건너지 못한 사람은 신원참으로 되돌
아가 묵게 하고 이미 건넌 사람만 거느리고 유곡역에 당도하니, 밤 3경
(更)이었다.

예전에 들으니, 수신사 행차가 각 고을에서 폐단을 짓는 일이 많아

난리를 치른 것 같다고 한다. 이는 비록 데리고 가는 사람이 매우 많고 멀리 가는 원역을 후하게 대접하려 함으로 인한 것이나, 반드시 폐해를 끼치는 사단이 없지 않았기 때문이다. 그래서 이번 사행에서는, 지공(支供)하는 범절을 전에 비하여 줄였을 뿐만 아니라, 원역이 개인적으로 데리고 가는 사람 또한 이미 금하였었다. 또 각 고을에서 배정한 역졸(驛卒)이나 역마(驛馬) 등의 일까지도 일체 간략하게 할 것을 먼저 지휘하였다. 그리고도 오히려 각 고을이 전처럼 시끄러울까 염려하여 강을 건넌 이후부터는 각 고을에서 잘못 대접한 일이나 실수들을 일체 버려두고 문책하지 않기로 하였다. 첫 참인 양재(良才)에서부터 조령(鳥嶺)을 넘어오기까지 일행의 소속은 매양 단속하면서도, 각 고을의 거행에 대해서는 일찍이 탈잡아 매를 때린 일이 없었다. 그러나 수탄(戌灘)을 건널 때는 인마(人馬)가 거의 다칠 뻔하고, 기강(紀綱)이 너무 해괴하기에 마지못해 그 고을 좌수(座首) 및 그 색리(色吏)를 잡아다가 엄하게 형벌하고, 수령에 대한 논죄(論罪)는 아직 보류해 두었다.

선산부사 김치공(金致恭)·함창현감 신택녕(辛宅寧)이 보러 왔다. 상주(尙州)에 사는 일가 조운만(趙雲萬)은 곧 풍양 조씨(豐壤趙氏)들의 종손인데, 진사 천경(天經) 및 일가 5~6인과 함께 별장(別章)을 지어 가지고 보러 왔다. 창성(昌城) 원 심기(沈錡)가 보러 왔는데, 이 사람은 내가 경상 감영에 있을 때 중군(中軍)이었다가 내가 체임하여 돌아갈 때에 선산(善山)에 떨어져 머물면서 다시 서울에 가서 벼슬을 구하지 않았으니, 이 또한 어려운 일이다. 이날은 30리를 갔다.

11차. 김인겸 「일동장유가」 1763년

밤새도록 대우(大雨) 와서 평륙(平陸)이 성강(成江)이라.

마포원(麻浦院) 겨우 건너 장대(將臺)에 올라 보니,

계수(溪水)가 창일(漲溢)하고 월천군(越川軍) 바히 적다.

삼행차(三行次) 함께 오니 소솔(所率)도 장할시고.

다투어 건너려고 현박(舷舶)이 낭자(狼藉)한다.

나하고 유 영장(營將)이 한 남여에 겨우 건너,

사원(蛇院) 주막 점심하고 후영(後營)이 바삐 오니,

유명한 재여울이 바다가 되었구나.

급하고 깊고 머니 제를 어찌 건너가랴.

각방(各房) 복태(卜駄)들이 언덕에 메었구나.

다행히 내 복마(卜馬)는 무사히 먼저 갔네.

역졸(驛卒) 나장(羅將) 호령하여 실한 남여 얻어 타니,

군대는 겁을 내어 붙들고 말리는고.

수십 명 건장한 놈 좌우로 부축하여,

시험하여 건너오니 위태도 위태할싸.

흉흉(洶洶)한 성난 물결 어깨 위에 넘는구나.

저편에 내려앉아 지나온 데 돌아보니,

망령되고 오활(迂闊)하니 후회가 그지없다.

오십 리 유곡역(幽谷驛)에 날이 벌써 어두웠다.

지공관(支供官) 선산부사 접대도 거룩할싸.

경상도(慶尙道) 넘으면서 전처럼 장하더니,

차담(茶啖)과 조석상(朝夕床)이 일로(一路)에 제일일다.

마포원(馬包院)이 있었던 터라 '마포원', '마원' 또는 '마판'이라고 불린 이 지역은 1914년 행정구역 개편 때 신동면 우어리 일부를 빙합해 '마원' 이라 하고 문경군에 편입돼 문경읍 마원1리로 오늘에 이른다.

재여울은 아마 그 유명한 견탄(犬灘, 개여울)인 듯, 평소에는 멀쩡하던 길에도 소나기가 퍼부으면 조령산의 물이 순식간에 폭포가 되어 아스팔트에 돌이 구르는 모습은 요즘도 이곳을 지나본 사람만 아는 사나운 풍경일 것이다.

『여지도서』에는 읍내에서 유곡을 40리라고 적고 있다.

〈그림 51〉 고모성에서 토끼비리를 지나는 길손을 지켜온 성황당. 가을이면 단풍잎에 겨울이면 흰 눈에 덮여 세월을 이겨냈다. [사진 : 이창우]

3. 대은역 다시 찾기 - 물에 잠긴 용궁

용궁(龍宮)의 대은역터로 추정되는 폐쇄지적도에 여러 필지의 국유대지가 보인다. 그 가운데 한 지번이 924번 용개로의 버스정류장 옆에 확인된다. 이 일대가 역 터가 분명한데, 동헌이 있었다는 폐교가 된 향석초등학교, 그리고 향교 등 당시의 모습을 유추할 수 있는 최적의 장소로 생각된다. 인근에 전국 유일의 삼강주막을 되살린 것도 이곳이 내성천과 낙동강이 합류하는 영남교통의 요지로 우연이 아니다. 대은리 814-2의 대은1리 마을회관도 역촌의 일부로 확인되는데, 역골이라고도 불린 이 마을은 윤씨 집성촌이라고 한다.

대은역은 현의 북쪽 3리에 있고 동으로 예천 통명역이 40리. 서쪽으로는 지나온 유곡역이 40리. 대마 1필, 중마 2필, 복마(卜馬) 8필, 역리(驛吏) 41명, 노(奴) 1명이 있었다. 천덕원(天德院)을 비롯하여 석현원(石峴院), 성화천원(省火川院), 장안원(長安院), 용서원(龍西院), 진원(津院) 등은 모두 지금 없어졌다고 하는데, 전란의 영향이 컸을 것이다. 통신사들은 거의 용궁에 머물렀고, 또 이 길을 지나갔다.

1차 부사 경섬은 영천(永川)에서 일행과 만나기로 하고 상주 빙모댁으로 떠났는데 정사와 종사관 그리고 또 다른 임무로 종사(從事)한 군관 장희춘이 문경에서부터 예정된 행로를 밟아가고 있다. 초역(抄譯)하면 아래와 같다.

〈그림 52〉 용궁향교 세심루 2층의 목조건물로 단청을 하지 않아 마음을 비운 선비의 자태를 느끼게 한다. 대은역과 연관하여 역사의 현장을 지키고 있다는 데 의의가 크다. [사진 : 박순하 영천시민신문]

1차. 장희춘『해동기(海東記)』1607년 정월 21일

일찍 문경에서 떠나 저물녘에 용궁현에 숙소를 정했다. 정사와 종사는 상방(上房, 관아의 주인이 거처하던 방)에 함께 들었고 나와 송명숙(宋明叔)은 물가의 별헌(別軒)에 묵었다. 언덕이 자못 높았는데 기둥에 수해(水害)의 흔적이 있어 놀라 물었더니 '을사년 수재(水災)의 침수흔적(浸水痕迹)'이라고 하였다. 이에 정공(鄭公)과 시 한 수를 지었다.

을사년은 정미사행 2년 전인 1605년인 듯하다. 아무튼 이곳 청미천이 낙동강과 합수(合水)하는 명승(名勝) 용궁(龍宮)에는 1413년부터 1856년까지 약 440여년간 용궁현청이 있었는데, 그 자리에 향석초등학교가 들어섰다가 지금은 '회룡포 여울마당 체험장'으로 사용되고 있다. 1856년에는 을사년보다 더 큰 수재로 지금의 용궁면사무소로 청사를 옮긴 것같다. 그야말로 수해로 용궁(龍宮)이 된 것이다.

3차. 강홍중 『동사록』 1624년 9월 1일

평명에 양범(良範) 선영(先塋)에 가니, 상주(尙州)·지례(知禮) 등 관원이 감사의 분부로 제물상(祭物床)을 마련해 왔으므로 고조(高祖)·증조(曾祖)·양증조(養曾祖)의 묘소에 차려놓고 제를 지내고 또 다례상(茶禮床)으로 상근(尙根)의 묘에 제를 지내는데, 세월은 덧없이 빨라 무덤에 묵은 풀만 우북하니, 부지중에 실성통곡(失聲痛哭)을 하였다. 제를 지낸 뒤에 그 퇴물[餕]로서 무덤 아래의 노비들에게 나눠주고 바로 길을 떠났다.

10여 리를 가니, 주인 원이 길가에 전별연[祖帳]을 베풀고 기다리므로, 잠깐 들어가 술자리를 벌였는데, 과음하여 만취가 되었다. 두산(頭山) 신근(申謹)씨의 집에 들러 상근(尙根)의 궤연(几筵)에서 곡(哭)하고, 그 처자를 만나보았다. 여러 향족들이 매우 많이 모였으나 갈 길이 바빠 조용히 이야기하지 못하고 몇 잔 술을 들고는 바로 떠났다.

저녁에 용궁현(龍宮縣)에서 유숙하는데 비안현감 박준(朴浚)이 지대차 오고, 주인 원 이유후(李裕後)가 보러 왔으며, 전강(全絳)·전이성(全以性)·김원진(金遠振)·변욱(卞)·권경중(權敬中)·채득호(蔡得湖)·김극해(金克諧)·채극계(蔡克稽)·고시항(高是恒)이 보러 왔다.

상통사(上通事) 형언길(邢彦吉)이 초상(初喪)의 부음(訃音)을 듣고 그 본가로 달려갔다.

양범(良範)은 문경에서 가까운 상주시 이안면 양범리인데, 1935년 지도에는 양범(良凡)으로 쓴 곳도 있다. 강홍중(姜弘重)은 인조 때 화포술(火砲術)을 개발한 관원으로, 진양강씨 통계공파다.

4차. 김세렴 『해사록』 1636년 8월 22일

구탄(狗灘)에서 점심을 먹었다. 성산현감 이시만(李時萬)이 와서 기다렸다. 연로(沿路)에서 대접하는 것이 매우 풍성하니, 예전부터 통신사를 대접하는 규례가 이러하다. 목계(木溪)에 닿으니, 제천현감이 이미 유밀과(油蜜果)를 한 자 가량이나 준비하였으므로 곧 도로 내보내게 하였다. 이어 앞으로 도착할 고을에 글을 보내어 깨우치되, '서쪽 변방에 일이 많아 상감께서 어공(御供)을 줄이시는데, 신하가 사신으로 가면서 어찌 감히 풍성하고 성대하게 대접을 받아서 스스로 태평한 때와 같은 행색을 하겠는가? 영을 따르지 않는 자가 있으면, 계문(啓聞)하리라.' 하였다. 정사년(1617)과 갑자년(1624)의 사행(使行)에 비하면 10에 7, 8을 줄였다 하는데, 이르는 곳마다 지응(支應)하는 하인으로 모인 자가 수백인 밑으로 내려가지 않았으며, 이곳에 이르니 하인이 더욱 많았다. 성산현감이 와서 6일을 기다렸다 한다. 교수 채득기(蔡得沂)가 침술(鍼術)에 신묘한데, 함창(咸昌)에서 만나러 왔기에 내가 함께 가기를 애써 청하니, 허락하고 떠났다. 군위(軍威) 이찬(李燦)의 집에 들러 찾아보았다.

저녁에 용궁(龍宮)에 닿았는데, 관사가 모자라서 아전의 집에 숙소를 마련하였다. 비안현감 성숙(成俶)이 와서 기다리고, 삼가(三嘉) 황정간(黃廷幹)은 산양에서, 정자 이시암(李時馣)은 내성(奈城)에서 만나러 왔다가 한밤에 돌아갔다. 종사관의 글을 받았다.

5차. 1643년 신유

○ 용궁(龍宮) 산정(山亭)에서 정사(正使 尹順之)의 시를 차운(次韻)함

조그만 정자 산기슭에 의지했는데	小閣依山麓
대숲 속엔 한 줄기 오솔길이 비껴있네	篁林一逕斜
강가의 봄은 늙은 버들에 피어나고	江春生古柳
산기슭 석양은 깨끗한 모래로 저무네	峽日下晴沙
들밖을 나서니 그윽한 흥취가 많고	野外多幽興
호수 가녘엔 내 옛집이 있것다	湖邊有舊家
갈 길이 바빠 다시 찾지 못하네만	恩恩不復過
돌아보니 가는 길이 멀지도 않은데	回首路非賖

7차. 김지남 『동사일록』 1682년 5월 14일

가뭄으로 더위가 몹시 심하다. 이른 새벽에 떠나서 견탄(犬灘)에서 아침밥을 먹고, 용궁에 도착해서 잤다. 이날 70리를 갔다.

7차. 홍우재 『동사록』 1682년 5월 14일

견탄(犬灘)에서 점심 먹고 참읍(站邑)은 바빠 기록치 못했다. 용궁현에서 유숙하였다. 본현과 성주에서 지대했고 성주(星州)는 종행인을 제공했다. 계축년의 접위 때의 영리(營吏)였던 배종호(裵宗琥)가 와서 문안하였다.

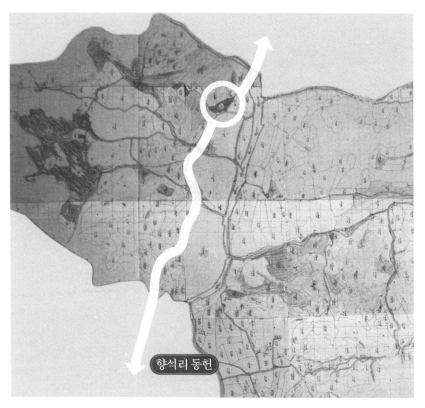

향석리 동헌

〈그림 53〉 대은역터. 빨강은 대지, 노랑은 논, 옅은 빨강은 밭, 녹색은 임야, 파랑은 강인데 흑백이
라 구분이 어렵다. 동그라미 안의 화살표가 오른편 〈그림 54〉 위성지도의 슬레이트 지
붕이다. 길이 보이고 강은 아래쪽으로 내성천에 이어 낙동강으로 합류한다.

〈그림 54〉 924번 도로의 버스정류장 용개로를 중심으로 앞의 〈그림 53〉 지적도를 비교하면 역로와 역촌의 윤곽을 잡을 수 있을 것이다. 길과 하천이 정비된 모습을 볼 수 있다.

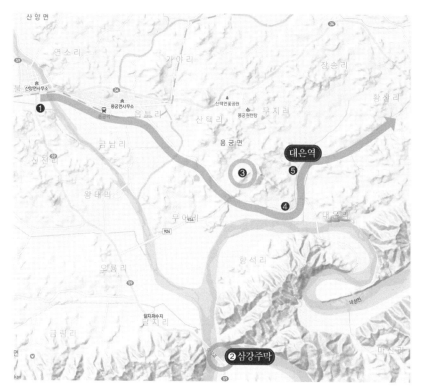

〈그림 55〉 내성천의 물이 회돌이를 하고 있는 것이 보인다. 이 물은 곧 삼강주막에서 낙동강으로 합류한다. ① 점촌에서 현 용궁면사무소 앞을 지나 ② 전국 유일의 주막촌 삼강주막 ③ 향교는 제 자리에 있다. ④ 옛 관아 자리인데 홍수로 지금의 용궁면사무소로 옮겼다. ⑤ 역촌을 거쳐 동쪽으로 예천을 향해 통신사의 길은 이어진다.

8차. 임수간 『동사일기』 1711년 5월 22일

아침에 문경(聞慶)을 떠나 유곡(幽谷)에서 점심을 먹었다. 금산(金山) 김중우(金重禹)가 나와 대기하다가 보러 왔다. 저녁에 용궁(龍宮)에서 잤는데, 본관(本官)이 지대(支待)차 보러 왔다. 객사가 높고 광활한 데다가 앞에 강을 접하고 있어 무더운 길을 달려오던 나머지 자못 상쾌한 기분이 들었다.

당시 영조대의 『여지도서』의 기록에 의하면, 용궁현에는 3,128호에 12,475명이 살았다.

11차. 조엄 『해사일기』 1763년 8월 11일

일찍 출발하여 낮에 용궁(龍宮)에서 쉬는데, 그 고을 원 정지량(鄭至良)·금산군수 이정환(李晶煥)·비안현감 홍대원(洪大源)이 보러 왔다. 상주에 사는 일가 두어 사람과 그 고을에 사는 찰방 강한(姜翰)이 보러 왔다.

11차. 김인겸 「일동장유가」

이튿날 비 개거늘 영순천(永順川) 지나와서
용궁(龍宮) 읍내 낮참 드니 비안현감 지공(支供) 와서
수월루(水月樓)에 앉았다가 날 보고 반겨하네.

4. 통명역[창락찰방 소속]의 역졸들 – 권자중·권명축

예천에서 안동 경계 22리. 용궁 경계 21리. 유등천면(柳等川面) 관문에서 15리, 당동면(堂洞面)도 15리인데, 관아끼리의 거리는 40리다. 고지도에는 강 건너 승도지면(繩刀只面) 15리 또 강 건너 음산면(陰山面) 20리에서 안동 경계라고 했는데 승도지(繩刀只)의 고유어가 궁금하다.

통명역은 군의 동쪽 7리에 있다. 안동 유동역 30리, 서쪽으로 지나온

용궁 대은역 40리. 대마(大馬) 1필, 중마(中馬) 2필, 복마(卜馬) 9필, 역리(驛吏) 53명이 있었다.

예천 통명 역졸(通明驛卒) 권자중(權自重)·권명축(權明丑)의 이름이 『동사록』에 등장하는데 매우 드문 예다. 역관 홍우재가 이레 동안 자신을 돌본 역졸들에게 영천에서 이런 기록을 남겼다. 통명역(通明驛)·옹천역(瓮泉驛)·평원역(平原驛)은 모두 풍기의 창락찰방역 소속인데 홍우재의 일기를 보면 안기찰방역 대신 5월 13일부터 조령에서 영천까지 함께한 것으로 보인다.

> 임술년(1682) 세 행차[三行]가 말을 바꾸어 탔다. 소촌역(召村驛)에서 파발마를 내고 종행인을 보내었다. 예천 통명 역졸(通明驛卒) 권자중(權自重)·권명축(權明丑)과 옹천역(瓮泉驛)의 김엇봉(金旕奉)·평원역(平原驛)의 김이금(金二金) 등이 나를 배종(陪從)한 지 이레째인데, 그 극진한 정성이 보이므로 특별히 여기에 기록해 놓는다.

예천군 동쪽에 지금도 역이름이 그대로 남아있는 통명동은 동읍면으로 통명이라 했는데, 원동 일부와 승도면의 본동, 고평동의 일부를 포함했다 한다.

통명동의 마을 이름에 아예 통명역(通明驛)이 있다. 골마에 있는 통명역의 터로 이조 때 창락도에 딸린 통명역이 있어서 유동과 안동부 안교에 통했다. 마당(馬堂)은 동짝마 남쪽에 있는 당으로 마신을 제사지냈는데 1823년에 중수하였다가 1934년 장마에 떠내려갔으므로 새로 짓고, 매년 정월 15일 밤에 동민들이 제사를 지낸다고 한다.

용궁에서 예천으로 가는 길은 비교적 단순하다. 다만 용궁버스정류소에서 보건지소를 건너 용개로로 들어서서 향교를 찾아가는 것이 중요하다. 1856년까지 있었던 관아 자리 향성초등학교를 지나 대은리 대은역 터를 따라 34번 도로-황산저수지나 비행장사서리에서 유천면 사무소를 찾아가면 이곳이 『여지도서』의 유등촌면(柳等川面)으로 당시 거리로는 예천군청까지 15리로 약 6km다.

1607년의 1차 장희춘의 『해동기』에는 1월 22일 용궁을 떠나 예천에 머물렀고, 23일에는 예천군수 김용이 장막을 설치하고 정사가 가마를 타는 자리에 손을 모으고 술을 권하는 장면이 은근하였다고 적고 있다. 일행은 풍산창(豊山倉)에서 점심을 했다.

2차. 박재『동사일기』1607년 6월 8일

해뜰 녘에 비가 오다 갑자기 개었다. 안기역졸이 익사했다는 말을 듣고 놀라 … 별파진(別破陣) 최의홍을 보냈더니 깊고 낮은 곳을 살펴 건널 수 있다 하여 삼사가 출발했다. 13리 쯤 사천(沙川, 모래내)에 이르렀는데 흐르는 물에 말등이 잠겼다. (예천 군청에서 풍산가는 길의 내성천이 약 5-6km다.) 최의홍이 여섯 마을 주민을 모아 시렁을 만들어 머리에 이고 국서와 예물들을 옮겼고 이어 사신들은 가마로 건너 바로 풍산으로 갔는데, 군관 등은 모두 발가벗고 내를 건넜다.

다리가 없던 시절에 내를 건너는 일이 산을 오르는 일보다 어렵다는 것을 유곡역 견탄에서 이미 겪은 바 있다. 일본 구간에도 이성린의 「사로승구도」에 보이는 대정천(大定川, 大井川-靜岡縣의 오오미가와) 월천(越川) 장면이 이와 비슷한 모습이다.

3차. 강홍중 『동사록』 1624년 9월 2일

(용궁현에서) 평명에 마산(馬山)으로 떠났다. 징진사(鄭進士)의 증조(曾祖) 묘소에 다례(茶禮)를 행하였는데, 제물은 그 고을에서 마련해 왔다. 결성(結城, 생전에 결성 현감을 지낸 자)의 묘에 참배하고, 인보(仁輔) 형 본가(本家)로 찾아가 보았다. 정지(鄭沚)·권여해(權汝諧)가 술을 가지고 찾아왔다. 내실(內室)에 들어가 주수(主嫂; 인보의 부인)를 뵈었는데, 정흔(鄭忻)도 또한 한자리에 있었다. 인보 형이 나를 위하여 전별연을 베풀어 주는데, 수륙진미(水陸珍味)가 소반에 가득하였다. 서로 잔을 들어 권하였다.

길을 떠나 곧장 예천(醴泉) 남면(南面)에 이르러 계부(季父) 묘소에 참배하였다. 묘소는 밭머리에 있어 묵은 풀만 우북하니, 흐느껴짐을 금할 수 없었다. 본관(本官)이 제물상을 마련해 왔으므로 다례(茶禮)를 행하고, 제사가 끝난 후 원백(元百)의 집에서 쉬었다. 한평사(韓評事)의 매씨(妹氏)가 나를 보기 위하여 벌써 수일 전에 영천(榮川)에서 와 있었다. 척장(戚丈) 장충의(張忠義)를 찾아보고, 연복군(延福君) 진상(眞像)에 배알하였다. 여러 친족과 동리 사람들이 모두 모여, 소를 잡고 주연(酒宴)을 베풀어 서로 잔을 돌려가며 권하였다. 해가 진 뒤에 작별하고 일어나 마을에 들어가니, 밤이 이미 깊었다. 봉화현감 유진(柳袗)이 지대차 왔다.

문경시 영순면에 마산들이라는 지명이 있고, 예천의 지보면에도 마산리가 있는데, 1919년 지도에 예천 용궁 건너 내성천과 낙동강 사이에 마산리(馬山里)가 보인다. 예천의 마산으로 보는 것이 정황상 옳은 것 같다.

4차. 김세렴『해사록』1636년 8월 23일

이군위(李軍威)가 보러 왔다. 오후에 예천(醴泉)에 도착하니, 군수 이명익(李明翼)·영천군수 이후기(李厚基)가 나와 맞이하였다. 생원 나이준(羅以俊)이 현풍(玄風)에서 왔고, 참봉 정시형(鄭時亨)·고령(高靈) 김호(金護) 형제·생원 김시진(金是振) 형제가 만나러 왔고, 순찰사 심연(沈演)은 군관을 보내어 문안하였다. 이정자(李正字)·나생원(羅生員)과 함께 갔다.

7차. 김지남『동사일록』1682년 5월 15일

새벽에 망궐례(望闕禮)를 행했다. 아침밥을 먹고 일찍 떠나 예천에 도착하여 잤다. 이날 밤 달빛이 낮과 같이 밝았다. 삼사가 객사 동헌(客舍東軒)에 모여 마상재 오순백(吳順白)을 시켜 검무(劍舞)를 추게 했더니, 구경꾼들이 담을 친 듯이 많이 모였다. 이날 30리를 갔다.

7차. 홍우재『동사록』1682년 5월 15일

용궁현의 객사(客舍)에서 망궐례를 행하고 예천에 이르러 점심 먹고 이어 유숙하였다. 내가 영남지방은 일찍이 두루 돌아다녀 보았지만 용궁현·예천현은 이제 처음 와본다. 빈루(賓樓)의 시를 적은 판액(板額)이 거의 2백 년이나 오래된 것이었다. 함창과 본현이 지대했다. 본현에서는 종행인을 제공했다. 사또가 오순백(吳順伯)을 시켜 칼춤을 추게 했는데, 어른아이 할 것 없이 보는 자마다 그 기이한 재주를 칭찬하지 않는 자가 없었다.

〈그림 56〉 8차 통신사행 부사 임수간, 대마도를 거쳐 에도성에 들어서는 모습

8차. 임수간 『동사일기』 1711년 5월 23일

낮에 예천(醴泉)에 이르러 유숙하면서 쾌빈루(快賓樓)에 올라 비장[編裨]들에게 활쏘기를 시켰다. 서울로 돌아가는 인편에 집으로 보내는 서신을 부쳤다. 주수(主倅; 본 고을의 원을 이름) 신곡(申轂)이 지대차 와서 보았고, 순흥(順興) 이원례(李元禮) 또한 내회(來會)했다.

11차. 조엄 『해사일기』 1763년 8월 11일

일찍 출발하여 낮에 용궁(龍宮)에서 쉬는데, 그 고을 원 정지량(鄭至良)·금산군수 이정환(李晶煥)·비안현감 홍대원(洪大源)이 보러 왔다. 상주 사는 일가 두어 사람과 그 고을에 사는 찰방 강한(姜翰)이 보러 왔다.

저녁에 예천에 당도하니, 그 고을 원 신경조(申景祖)·순흥부사 신대손 (申大孫)·봉화현감 이언중(李彦中)·풍기군수 정언충(鄭彦忠)이 보러 왔다. 나주목사를 지낸 홍역(洪櫟)은 나와 함께 공부하던 옛 벗인데, 나주 고을 일로 인하여 본 고을에 와서 귀양살이하다가 어머니 상을 당했기 때문에 밤을 이용하여 가 보았다. 이날은 60리를 갔다.

안기찰방역

1. 안기찰방역(安奇察訪驛)과 안동 영호루

안기역은 동으로 영덕, 북으로 영주, 남으로 의성, 서쪽은 문경으로 이어지는 중심에 있다. 문경은 조령, 영주는 죽령, 의성은 영천 동래로 이어지기 때문에 이 장소는 더욱 중요하다. 단원 김홍도가 찰방을 지내기도 했던 이 역은 10개의 속역이 있는데 통신사길에 남으로 30리의 운산을 비롯하여 의성의 철파, 청로역을 관할한다. 대마 2필, 중마 2필, 복마 6필을 1,019명의 역리와 196명의 역노(驛奴), 111명의 역비(驛婢)가 관리했다. 안기역은 지금 안기동 영남초등학교 일부와 제비원로 인근에 논밭과 함께 광범위하게 존재했다.

예천-풍산-안동 : 옛지도를 보면 통명역의 예천에서 강 건너 승도지면(繩刀只面)이 15리, 다시 강 건너 20리 음산면(陰山面)에서 안동 경계를 이룬다. 지금도 동헌이었던 예천군청에서 예천교로 한천을 건너 927번이나 34번도로를 따라 가다 만나는 내성천을 고평교로 건너면 직산리를 거쳐 풍산읍사무소를 만나게 되는데, 이미 안동시이다. 우체국과 파출소를 지나면 통신사들이 다리품을 쉰 체화정이 있고, 인근에 장동 김씨의 집성촌인 삼구정이 있다. 체화정 앞의 풍산천을 따라 34번도로를 계속

〈그림 57〉 통신사길에 닿아 있는 체화정의 창살 – 안기찰방 단원 김홍도의 화락차
담(和樂且湛)에서 따온 담락재(湛樂齋)라는 현액도 마루에 걸려 있다.

따라가면 서천초등학교 학산온천을 지나 안동버스터미널을 거쳐 안동기
차역 앞에서 좌회전, 웅부공원의 안동도호부와 삼태사묘에 이르게 된다.

1607년 1차 사행에는 정월 12일 서울을 떠난 정사 여우길이 23일 안
동에 도착한 기록을 군관 장희춘(蔣希春)이 『해동기(海東記)』에 남기고
있다. 『성재실기(誠齋實紀)』의 『해동기』는 정월 20일 수교(水橋)에서 조
령(鳥嶺)을 넘는 것으로 시작되고 있다. 이 글 머리에 '만력(萬曆) 병오(丙
午, 1606년) 가을에 조정에서 다음해 정월 바다를 건너는 일에 종사관으
로 채웠다.(充)'고 했는데 경섬이 기록한 원역명단에 종사관은 정호관(丁
好寬)으로 되어 있고, 어디에도 그의 이름은 보이지 않는다. 다만 정보
의 중요성을 실감한 선조는 통신사 출발 1년전 실록(선조 39년 2월 12일

신해)에 이런 대화를 남기고 있다.

왜인이 누차 강화를 청하는 일에 대하여 (신분을 노출하지 않고 왜어를
할 수 있으며 일본에 인맥이 있는 인물을 구하는 중) … 상(上)이 이르기를,
"박대근(朴大根)은 어째서 들여보내지 않는가?"
하니, 심희수가 아뢰기를,
"어찌 박대근을 들여보내고 싶지 않겠습니까. 무인을 골라서 함께 들여보
내려고 하는데 이곳에서는 무인으로서 나이 젊고 영리한 자를 아직 찾지 못
하였기 때문에 장희춘(蔣希春)을 남쪽에서 불러온 뒤에 떠나보내려 합니다."

장희춘은 의병장 출신으로 송운대사와 더불어 기토 기요마사(加藤淸
正)의 진영에 드나들며 왜어도 익혀 전후(戰後) 형조정랑(刑曹正郎)에 이
른 일본통이었는데, 실록에 언급된 박대근(朴大根)은 원역명단에 역원으
로 등록되어 있는 것으로 보아 앞뒤 사정을 짐작하는 것이 좋을 것 같
다. 장희춘의 기록은 이렇게 이어진다.

어둠을 타고 횃불을 밝혀 바로 안동 본부에 들어왔다. … 정사와 종사가 작
은 술자리를 벌였는데 … 기구를 갖춘 것이 없어 전쟁의 폐해를 실감했는데
평시의 생활상을 이로써 알 수 있었다.

이로부터 10년 뒤인 2차 사행에서 부사 박재는 6월 11일부터 이틀 잇
달아 열린 연회와 그 프로그램을 이렇게 기록했다.

이지(李遲)와 그의 아우 형(迥)이 서헌(西軒)에서 군관 등을 초대해 연회를
베풀고 거문고를 타고 노래를 부르고 짝을 지어 춤을 추며 연회를 베풀었다.
이지(李遲)가 흥에 겨워 북을 치려다 상사를 모신 자리에 예를 지키려 삼갔다.

오후의 연회에 상사(上使) 이하 동벽의 교의(交椅)에 앉아 충주에서 거행
한 대로 여민락만곡(與民樂慢曲) 다음에 보허사무동(步虛辭舞童) 다음에 영
산회산(靈山會山) 처용무(處容舞) 다음에 탕장곡(盪漿曲) 다음에 헌선도(獻
仙桃) 계면조(界面調)로 연회를 파고 감사(監司)가 상사에게 편히 앉으시기
를 청하고 술잔을 양사(兩使)와 종사(從事)에게 받들었다. … 바로 잠시 어둠
이 내리고 비가 내리는데 마치 삼대와 같이 굵은 비였다.

3차. 강홍중 『동사록』 1624년 9월 3일

주인 원 홍이일(洪履一)이 보러 오고, 영천군수(榮川郡守) 이중길(李重
吉)이 상사(上使) 지대차 **풍산참(豐山站)**에 나왔다가 상사(鄭岦)가 지나간
후에 나[副使]를 보기 위하여 술을 가지고 왔다. 주인 원과 봉화현감이
모두 술자리를 베풀어 각각 잔을 나누고 작별하니, 날이 거의 정오가
되었다. 술이 거나하여 길을 떠나 풍산(豐山)에서 점심을 먹었는데, 진
보현감 이입(李岦)이 지대차 나왔다. 김경조(金慶祖)가 보러 왔는데, 그
의 집이 풍산현에 있다고 한다. 변두수(卞斗壽)라는 사람이 척분이 있다
하여 보러 왔고, 권노(權櫓)가 영천(榮川)으로부터 술을 가지고 보러 왔
는데, 먼 곳에서 일부러 와 주니 두터운 정분을 알 수 있다. 박회무(朴檜
茂)는 서신으로 안부를 물었다.

해가 서산으로 기울 무렵에 안동부(安東府)에 들어가니 상사와 종사가
바야흐로 머물러 기다리고 있었다. 부사(府使) 이상급(李尙伋)이 보러 왔
다. 풍기(豐基) 군수(郡守) 송석경(宋錫慶)은 연향(宴享)의 비용을 보조하
였고, 영해부사 윤민일(尹民逸)은 지대차 나와 있었다. 옥여(玉汝) 형은
예천(醴泉)에서 뒤떨어졌다.

9월 4일

안동에 머물러 언향을 받았다. 풍기(豐基)·영해(寧海) 두 영공이 보러 와서 간략히 술잔을 나누고, 주인 원도 또한 보러 왔다. 이득배(李得培)·박중윤(朴重胤)이 보러 왔다. 정영방(鄭榮邦)의 여막(廬幕)에 홍헌(弘憲)을 보내어 안부를 물었다. 장계(狀啓)를 올리고 집에 서신을 부쳤다.

4차. 김세렴 『해사록』 1636년 8월 24일

예천을 떠나 풍산(豐山)에 도착하였다. 비가 내리다 그치다 하였다. 진보현감 최극량(崔克良)이 지응관으로 와서 기다렸다. 여염집에 들었는데, 정원과 집이 매우 크고 성대하였다. 주인이 사인(士人) 이광원(李光遠)이라 한다. 김시설(金時卨)·김시윤(金時尹)·예안(禮安) 남연(南礥)·생원 이흘(李屹)이 보러 왔다. 자칭 처족[氷君族]이라는 늙은 품관(品官) 몇 사람이 보러 왔는데, 이흘도 그중의 한 사람이다.

오후에 비를 무릅쓰고 떠났다. 중도에서 비로소 예천·영천(榮川)의 선비 40여 인이 보러 왔다가 만나지 못하고 돌아갔다는 것을 듣고서 매우 탄식하였다.

황혼(黃昏)에 안동에 도착하니, 부사 신준(申埈)·영해부사 지덕해(池德海)·풍기군수 김상빈(金尙賓)이 예(禮)를 행하였다. 밤에 이정자·나생원과 함께 잤다.

8월 25일

안동에 머물렀다. 순찰사 심연이 상주(尙州)에서 만나기를 기약하고 먼저 군관을 보냈기에, 내일로 약속하였다. 내 병이 발작하였다. 청송부사 최산휘(崔山輝)가 보러 왔다.

8월 26일

안동에 머물렀다. 영해 사람 주천익(朱天益)이 보러 오고, 찰방 김시추(金是樞) 및 선비 수십 인이 보러 왔다. 식후에 성(城) 동쪽에 있는 김영흥(金永興)댁 숙모를 가서 뵈었다. 돌아와 동헌(東軒)으로 나아가니, 부사가 영해부사·풍기군수와 더불어 작은 술자리를 베풀었다. 석양이 되어서 파하고 망호루(望湖樓)에 올랐다. 순찰사는 탄핵을 받아 오지 못하였는데, 탄핵을 받은 까닭은 잣 등 토산품의 진상(進上)을 복구하는 것이 불가할 것이 없다고 요청하였으므로, 사간원이 준절히 논핵(論劾)하였기 때문이다.

1643년 5차 사행의 종사관 신유가 안동에서 시를 지었다.

○ 망호루(望湖樓)에 올라

사절(使節)이 남으로 복주(福州)에 이르러	旌節南來至福州
봄바람 하좋아 모두들 망호루에 올랐네	春風一上望湖樓
화산이 안개를 걷어 난간 앞에 나오고	花山罷霧當軒出
낙수는 내와 통해 다락을 둘러 흐르누나	洛水通渠繞檻流
고국에 부치는 편지는 어느 날에 이르리	故國寄書何日到
타향에 술을 얻어 잠시나마 머무르네	他鄉得酒暫時留
내일 아침 다시 왕정을 재촉해 갈 제	明朝更促王程去
돌아보면 낚싯배 하나 물결 위에 떠 있겠지	回首滄波一釣舟

〈그림 58〉 안동역 앞에 서 있는 보물 제56호 안동 동부동 오층전탑. 제 자리에 서있는 유적처럼 확실한 옛길의 이정표는 없다. 통신사 마라톤 …, 용궁에서 여기까지 40킬로의 옛길 달리기나 걷기도 생각해볼만 하다 …, 100리니까!

7차. 김지남『동사일록』 1682년 5월 16일

아침밥을 먹은 뒤에 떠나서 풍산에서 점심을 먹고 안동에 도착하여 잤다. 이날 삼사가 망호루(望湖樓)에 모여 관현악(管絃樂)을 연주케 하고 기생의 유희도 드리게 했다. 해가 진 뒤에 계속하여 영호루(映湖樓)로 가서 한참 동안 술 마시고 잔치를 베풀었다. 잔치를 끝내고 헤어져 돌아올 때에는 횃불과 촛불의 행진이 10리 길에 뻗쳤으니 이야말로 한 가지 큰 장관이었다. 이날 70리를 갔다.

8차. 임수간『동사일기』 1711년 5월 24일

풍산역(豊山驛)에서 점심을 먹었다. 순흥(順興)이 나와 기다리기에 조용히 작별하였다. 저녁에 안동(安東)에서 잤는데, 영양(英陽) 이건(李虔)이 나와 기다리다가 보러 왔다.

5월 25일

안동(安東)에 묵으면서 정사(正使)와 주인 휴경(休卿) 여필용(呂必容)으로 더불어 진남루(鎭南樓)에 가 마상재(馬上才)를 보았는데, 외지로부터 구경하기 위해 온 사민(士民)들이 무려 수천 명이었다. 이어 기악(妓樂)을 베풀다가, 강무당(講武堂)으로 옮겨 가 활쏘기를 구경했다. 일행이 한 자리에 모여 풍악을 베풀고 술을 마시다가 날이 저물어서야 헤어져 돌아왔다.

8차에는 안동에서도 마상재 시연(試演)을 하였다.

조엄은 네 번째 이곳에 오면서 눈여겨 도시의 형편을 예전과 비교하며 살피고 예단을 재포장하는데, 한일교류의 본질도 공무역이든 사무역이든 문물교류 더 나아가 경제의 양상에 달려 있었고 앞으로도 크게 달라지지 않을 것이다. 1759년에 안동도호부는 15,597호에 인구는 66,929명으로 남자 26,260명, 여자 40,668명이니, 남녀비의 차이가 두드러진다. 2016년 1월 현재 안동시 인구는 16만8,723명. 세대수 72,875로 세대당 인구는 2.32명이다. 남자는 83,218명, 여자는 85,505명이니, 인구증가율로 본다면 예전보다 별로 늘지 않은 셈이다.

11차. 조엄 『해사일기』 1763년 8월 12일

정오에 풍산관(豐山館)에서 쉬는데, 영천군수(榮川郡守) 김형대(金亨大)가 보러왔다. 저녁에 안동부에 들어갔다. 전에 순심(巡審)하면서 세 차례 이 곳에 온 일이 있었는데, 물색(物色)이 전과 다름이 없으니, 참으로 웅장한 대도호부(大都護府)이다. 고을 원인 참판(參判) 김효대(金孝大)·진보(眞寶)의 원 임정호(林正浩)·영덕현령 이명오(李明吾)가 보러왔다.

이날은 80리를 갔다.

8월 13일

세 사신이 모두 예단(禮單)을 봉해 싸며 다시 점검해 보니, 흑마포(黑麻布)가 조금 젖은 것이 있으므로 말려서 고쳐 봉한 뒤에, 각도(閣道)를 따라 고을 원과 함께 망호정(望湖亭)에 오르니, 누관(樓觀)이 자못 웅장하였다. 종일 이야기하다가 밤이 되어서야 파하였다.

도내(道內)에 내가 가까이하던 기생 셋이 있었는데, 동래(東萊)에 살던 기생은 이미 죽었고, 대구(大邱)에 있던 이는 이미 다른 사람이 차지하였고, 이 고을에 오직 한 기생이 남아 있는데, 이틀 동안이나 머물면서도 다시 가까이하지 않은 것은 뜻이 있어서다. 내가 재주 없는 사람으로 지금 외국에 사신 가는 명을 받았는데, 만일 혹시라도 먼저 여색에 뜻을 둔다면 병을 조심해야 하는 경계를 범할 뿐만 아니라, 장차 어떻게 마음을 맑히고 욕심을 적게 하여 사신 가는 일을 수응(酬應)하겠는가? 이 때문에 재물과 여색 두 가지 일에 있어서 반드시 사사로운 뜻을 끊어버리고 직임에 전심(專心)하는 바탕으로 삼으려고 하는데 이 경계를 지키게 될지 알 수 없다.

김인겸은 줄곧 정사와 동행하고 있으니 대략 조엄의 일정과 같다고 보면 틀리지 않을 것인데, 이곳은 그의 선향이다.

> 저녁 밥 잠깐 먹고 사방(使房)에 잠깐 다녀,
> 홍나주(洪羅州) 잠깐 보고 돌아와 자고 일어,
> 피골 역골 두 산소에 얼핏 들어 소분(掃墳)하고,
> 쇠오뫼 동종(同宗)들이 다 모다 기다리네.
> 팔대조(八代祖) 지으신 집 삼재정이 남아 있고,
> 청음(淸陰) 선조(先祖) 계시던 집 동성(同姓) 겨레 들었구나.
> 즉시 일어 말을 타고 풍산참(豊山站) 바삐 가서,
> 봉화(奉化) 고을 차담(茶啖) 점심 재촉하여 찾아 먹고,
> 오례(烏禮) 산소 잠깐 건너 부중(府中)으로 들어가니,
> 안동(安東)은 대도회(大都會)요 우리 집 선향(先鄕)이라.
> 인민(人民)도 부성(富盛)하고 성지(城地)도 웅장하다.
> 동성(同姓)의 아전들이 가끔 와 찾고 가니,

본시 동근(同根)이라 인정이 귀하도다.

통신사(通信使) 여기 오면 예부터 연향(宴享)터니,

올 시절 흉황(凶荒)키로 특별히 폐감(廢減)하나,

전례(前例)로 하루 묵어 풍악(風樂)으로 소일(消日)하네.

태사묘(太師廟)에 현알(見謁)하고 본주(本州) 관(官)에 들어가서,

글 한 수 차운(次韻)하고 밤들게야 나오도다.

* 역골의 피골은 지금 경북도청이 들어선 풍천면 도양리에 자피골.
* 쇠오뫼 역골은 안동시 풍산읍 소산면 역골 안동 김씨 집성촌으로 하회 인근이다.
* 삼구정(안동시 풍산읍 지풍로 1975-1 (지번) 풍산읍 소산리 76)이나 체화정 이 모두 가까운 거리에 있는 안동 김씨 누정들이다.
* 청원루는 경북 안동시 풍산읍 장태골길 10 (지번) 안동시 풍산읍 소 산리 87에 있고, 오례산소는 봉화군에, 태사묘는 안동시 태사길 13 (안동시 북문동 23)에 있다. 통신사 사행원들이 한양에서 동래까지 내 려가면서 본가에 들려 부모에게 하직하거나 선영에 성묘하였는데, 김인겸이야말로 모처럼 역대 선조들의 유적을 답사하는 셈이다.

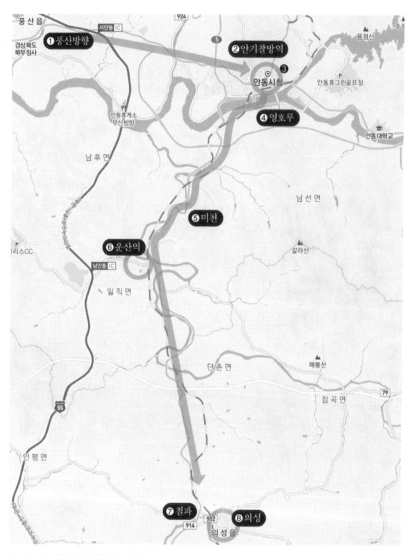

〈그림 59〉 ①풍산 방향 ②안기찰방역 ③안동도호부 ④영호루 ⑤미천 가의 ⑥운산역 ⑦남대천
가의 철파역 ⑧의성

2. 운산역의 일직(一直) 중화(中火)

운산역은 안동의 남쪽 33리로 남쪽으로 의성의 철파역이 30리다. 大馬 1필, 중마 2필, 복마(卜馬) 9필, 역리(驛吏) 7명, 노(奴) 19명, 비(婢) 26명이 있다. 지금 경상북도 안동시 일직면 운산리 87번지 일대로 인근에 미천이 흐르고 있다.

안동-운산: 안동 시내를 가로지르는 낙동강에 걸린 영호루에서 5번 도로를 따라 내려가면 중앙선 철로를 만난다. 무릉역이 나오고 굽이도는 미천(眉川)은 남에서 북으로 거슬러 오며 안동에서 낙동강이 되어 서쪽으로 상주 구미로 이어진다. 일직면에도 구미동(龜尾洞)이 있고 구미시장(龜尾市場)도 있었다. 운산리의 87번지 일대는 농협도 있고 가까이 면사무소도 있고 중앙선 기차역이 멀지 않다. 이 일대가 운산역으로 김종직의 시가 전해오고 있다.

1차. 장희춘 『해동기』 1607년 정월 26일

떠날 임시 부사가 남루(南樓)에 다시 전별(餞別)의 술자리를 마련했다. 일직(一直)에서 점심을 했다.

2차. 박재 『동사일기』 1607년

종사는 먼저 떠나고 7시경(卯時) 감사를 뵈었다. 영해(寧海) 하인이 의장과 병기를 들고 양 옆에 따랐는데, 남문에 이르러 다섯으로 늘어 말을 타고 호위했다. 작은 고개를 넘어 독천원을 지나 일직현에 이르렀다. 상사는 본부에서, 부사의 일행은 예안(禮安)에서 접대했다.

3차. 강홍중 『동사록』 1624년 9월 5일

아침에 이득배(李得培)가 술을 가지고 찾아와 서로 손을 잡고 작별하였다. 조반 후에 일행이 모두 떠나는데 주인 원이 영호(映湖)의 배 위에 전별연을 베풀고 기악(妓樂)을 갖추었다. 잔이 오고가매 알지 못하는 사이에 만취가 되었다. 일직(一直)에서 점심을 먹었는데, 예안현감 양시우(楊時遇)가 지대차 나오고, 신석보(申錫輔)·남잡(南礛)이 보러 왔다.

4차. 김세렴 『해사록』 1636년 8월 27일

상사가 먼저 떠났다. 안동부사 및 여러 수령들이 와서 말을 하고 풍기군수가 청하기를,

"어제 방백(方伯)이 오지 않아 잔치를 베풀지 못하였으니, 절은(折銀 어떤 대가를 은자(銀子)로 쳐서 바꿈)하는 예(例)를 따라 노자에 보태시기 바랍니다."

하매, 내가,

"공(公)은 중국식을 행하려 하오?"

하니, 안동부사는 낯빛이 변하고, 풍기군수는 드디어 부끄러워하며 나갔다. 안개가 걷힌 뒤에 떠났다. 이정자·나생원이 모두 돌아갔다. 일직현(一直縣)에 이르니, 예안현감 박경원(朴慶元)이 와서 기다렸다. 생원 이잘(李嘯)이 보러 왔는데, 바로 처족이다. 인하여 그 자질(子姪)을 보이고 작은 술자리를 베풀었으며 자석이 되고 있다. 자석연(紫石硯)을 내게 주었다. 저녁에 의성(義城)에 닿으니, 현령(縣令) 이후배(李厚培)·영덕현령 이문주(李文柱)가 나와서 맞이하였다. 밤이 깊어서 직강 신열도(申悅道)가 와서 이야기하였다.

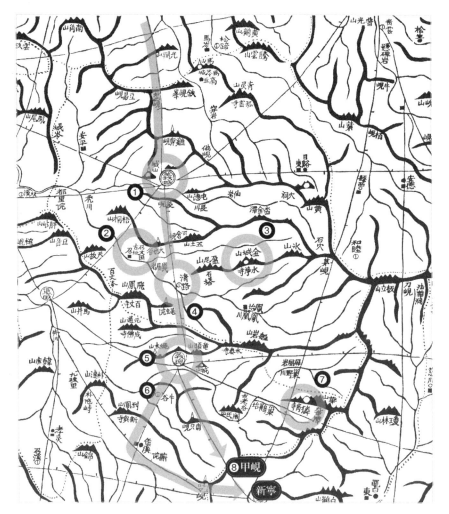

〈그림 60〉 의성 옆에 철파역. 청로역의 좌우에 조문국 옛터와 금성산이 보이고 의흥의 우곡역과 갑현의 길이 신녕으로 이어진다. 의흥의 오른쪽에 삼국유사로 유명한 인각사가 있다.

7차. 홍우재『동사록』1682년 5월 17일

일직(日直)에서 점심 먹었는데 일직에는 안동부의 창고가 있다. 영해(寧海)·예안(禮安)·안동 등의 고을에서 지대했다. 안동부에서 종행인을 제공했다.

8차. 임수간『동사일기』1711년 5월 26일

아침에 안동을 떠났다. 주인이 영호루(暎湖樓)에다 주찬과 기악을 베풀었는데, 강산이 평원하면서도 아늑하여 참으로 승지였다. 일직역(一直驛)에서 점심을 먹었다. 예안(禮安)에서 나와 대기했는데, 그 고을 원은 병으로 인해 오지 못했다.

〈그림 61〉 금성산 건너편 조문국의 왕릉. 통신사의 옛길과 나란히 있다.

3. 철파역과 의성

철파역은 의성의 북쪽 5리에 있다. 철파(鐵坡)라고도 쓰고, 철파(鐵破)라고 한 곳도 있다. 남쪽 청로역과 37리, 북쪽 안동 운산과 30리. 대마(大馬)는 없고, 중마(中馬) 3필과 복마(卜馬) 2필에 역리(驛吏)는 7명이다.

고지도에서 현재 의성초등학교 자리가 객사였고, 의성군청 자리가 동헌이었으니, 철파역은 개울 건너 숲속에 있다. 의성군 철파리 일대 남대천의 가에 있다. 이 남대천은 봉양면에서 군위에서 흘러온 위천과 합류해 낙동강 본류로 흘러든다. 사행길은 남쪽으로 청로를 지나 우곡[의흥] 장수[신녕] 찰방역으로 거의 일직선으로 태백산맥의 자락을 따라 남하한다.

길은 「대동여지도」에서 보는 바와 같이 단조롭다. 그러나 조문국이 있었다는 금성산은 느낌이 있다. 금성(金城)의 의미는 무엇일까? 고유어로는 어떻게 발음했을까? 여기서 경주와의 거리, 그리고 안동-단양-충주와의 거리를 가늠해 본다.

1차. 장희춘 『해동기』 1607년 정월 26일

어둠을 타고 비를 무릅쓰며 의성현에 닿았다. 꿈자리에 덕랑(德娘)을 보았는데 10년 전 병란(兵亂)에 헤어졌던 …

3차. 강홍중 『동사록』 1624년 9월 5일

저녁에 의성(義城)에 당도하니, 날은 이미 어두웠다. 청송부사 이유경(李有慶)이 지대차 나와 있었다.

4차. 김세렴 『해사록』 1636년 8월 27일

저녁에 의성(義城)에 닿으니, 현령(縣令) 이후배(李厚培)·영덕현령 이문주(李文柱)가 나와서 맞이하였다. 밤이 깊어서 직강 신열도(申悅道)가 와서 이야기하였다.

7차. 홍우재 『동사록』 1682년 5월 17일

의성현에 이르러서 유숙했는데 인동현과 본현에서 지대했다. 본현에서 종행인을 제공했다. 경신년(1680) 접위시(接慰時)의 영리(營吏)였던 인동(仁同) 유시웅(劉時雄)이 와서 문안하였다.

8차 임수간 『동사일기』 1711년 5월 26일

저녁에 의성(義城)에서 잤다. 종사관(從事官)과 함께 문소루(聞韶樓)에 올라 풍악을 베풀었는데, 청송(靑松) 기생 두 사람의 칼춤[劍舞]이 볼만했으니 쌍검(雙劍)을 던졌다가 한 손으로 받는 그 솜씨가 참으로 뛰어난 기예였다.

11차. 조엄 『해사일기』 1763년 8월 14일

저녁에 의성현에서 자는데 그 고을 원 김상성(金相聖)이 들어와 뵈었다. 이날은 70리를 갔다.

11차. 김인겸 「일동장유가」

효월(曉月)에 길을 떠나 영호루(映湖樓) 구경하고,

나룻배 잠깐 건너 일직(一直)와 말마(秣馬)하여,

의성(義城) 가 숙소(宿所)하고, …

〈그림 62〉 의성 탑리리 오층석탑(국보 제77호). 높이 9.6m. 석탑은 세부
　　　　석재가 거의 온전한 편으로, 전탑(塼塔)의 축조 방법을 따르
　　　　면서 목조 건물의 양식을 일부에 반영하였다. 우리나라 석탑
　　　　의 양식 발달을 살피는 데 귀중한 사례로 손꼽힌다.

4. 청로역과 조문국

청로역은 의성현 남쪽 32리에 있다. 의성현의 북쪽 5리에 있다는 철 파역과는 37리. 남쪽으로 의흥현의 우곡역과는 20리이다. 대마 2필, 중 마 2필, 복마(卜馬) 6필, 역리(驛吏) 24명. 쌍계천이 흐르는 청로교 사거 리 남쪽에 있다.

의흥현 가는 길 : 의성읍에서 남쪽으로 내려오면 곧 의성중학교가 나 온다. 여기서 다시 남대천을 건너면 철길과 나란히 28번 도로가 나타난 다. 중앙선 비봉역을 옆에 두고 계속 내려가면 경덕왕릉-오른쪽에 금성 산-탑리버스정류장 부근 탑리여중 앞에서 국보 제77호 오층탑을 만난 다. 다시 쌍계천을 건너려면 청로교를 건너야하는데 이 일대가 청로교 사거리이자 22번역 청로역으로 청로참이라고 부르기도 했다.

2차. 박재 『동사일기』 1617년 5월 14일

청로참으로 향했는데 현으로부터 30리이다. … 참의 서쪽 7리에 금성 산(金城山)과 조문국(韶文國) 옛터가 있다.

박재가 관심을 가진 조문국(韶文國)의 조(韶)자는 지금 소(김, zhào,shào) 로 표기하지만 발음은 '조문국(김文國)'으로 통용한다.

3차. 강홍중 『동사록』 1624년 9월 6일

주인 원 이경민(李景閔)과 청송부사가 보러 왔다. 식후에 출발하여 상사·종사와 함께 지나는 길에 이관보(李寬甫) 영공댁을 들르니, 이장(而 壯)도 또한 한자리에 있었다. 간략한 술상이 나왔는데, 술과 안주가 아 름답고 정의가 은근하여 잔을 주고받는 사이에 만취가 됨을 몰랐다. 청 로역(靑路驛)에서 점심을 먹었는데, 인동부사 우상중(禹尙中)이 지대차 와 있었다.

7차. 홍우재 『동사록』 1682년 5월 18일

청로역(靑路驛)에서 점심 먹었는데 영덕·지례(知禮)·군위 등의 고을 에서 지대했다. 군위에서 종행인을 제공했다.

8차. 임수간 『동사일기』 1711년 5월 27일

의성(義城)을 떠나 청로역(靑路驛)에서 점심을 먹었다. 진보(眞寶) 이증 휘(李增輝)가 나와 대기하다가 보러 왔다.

장수찰방역

1. 우곡역과 의흥현

우곡역은 의흥현의 남쪽 10리에 있다. 대마 2필, 중마 2필, 복마(卜馬) 10필, 역리(驛吏) 5명, 역노(驛奴) 5명이 있었다. 의흥현은 지금 의흥면이 되어 군위군의 서쪽 구석이 되었다. 현에서 서쪽으로 야트막한 구릉이 있는데 그 언덕 너머에 우곡역이 있었고 모산리(毛山里) 우곡(牛谷), 뜻 그대로 지금도 '쇠실'로 부르고 있다. 역터는 구천 일대다. 구천은 팔공산 동쪽에서 발원하여 우보에서 위천이 되어 사행천(蛇行川)으로 군위로 흘러가 상주시 중동면 우물리에서 낙동강으로 합류한다.

청로역에서 우곡역으로 : 남쪽으로 개일리를 지나 우보에 이르면 중앙선 기찻길과 28번 도로의 갈림길에 이른다. 28번도로는 의흥 향교가 남아 있는 의흥읍내로 이어져 『삼국유사』로 이름난 옥녀봉 인각사 갈래길을 지나 갑령을 넘는다. 기찻길은 모산리 쇠실[우곡역]을 지나 화본[의흥 읍내와 직결된다]-봉림 등의 역을 따라 당시에 이미 사라진 원터마을 부산리를 거쳐 장수찰방역으로 들어오게 된다.

3차. 강홍중 『동사록』 1624년 9월 6일

밤이 깊어 의흥(義興)에 덩도하니, 군위현감 조경기(趙慶起)가 지대차 오고, 주인 원 안대기(安大杞)가 보러 왔다.

4차. 김세렴 『해사록』 1636년 8월 28일

장령 신달도(申達道)의 아들 두 사람이 보러 왔다. 상사와 함께 신직강을 찾아보았다. 청로참(靑路站)에 닿으니 인동부사 신경함(辛慶涵)이 와서 기다렸다. 여헌선생(旅軒先生; 장현광(張顯光))이 외손 박황(朴榥)을 보내어 행역(行役)을 위문하며, 문하(門下)의 여러 사람들이 글을 많이 보냈으므로 곧 감사하다는 글을 써 보냈다.

윤애신(尹愛信)이 억노(億奴)와 더불어 인동으로 향하였다. 저녁에 의흥(義興)에 닿으니, 현감 홍재형(洪再亨)·군위현감 신기한(申起漢)이 나와 맞았다. 사복시 양마(司僕寺養馬) 김세춘(金世春) 등이 비변사(備邊司)의 공사(公事) 및 총이말[驄馬]·워라말[華馬] 각 1필을 가지고 서울로부터 이르렀다.

이에 앞서 대마도주(對馬島主)가 워라말을 간절히 요청하였는데, 묘당(廟堂)에서 모두 주는 것이 온편하다고 하였으나 상이 윤허하지 않았었다. 이에 이르러 대마도주 평성춘(平成春)이 통신사를 맞이하러 나왔음을 핑계로 간절히 요구하니, 동래부사가 상께 아뢰어 비로소 윤허를 얻었다. 역관들이 말하기를,

"총이말이 흰빛에 가까운 것은 왜인(倭人)들이 크게 꺼립니다." 하였다.

7차. 홍우재『동사록』1682년 5월 18일

낮에 의흥(義興)에 이르러 유숙했다. 청송·비안(比安)·본현 등 고을에서 지대했는데, 비안에서 종행인을 제공했다. 음식이 매우 정결했고 모든 일에 공손했다. 영덕의 사람편에 정 판서(鄭判書) 앞으로 편지를 보내고 겸하여 필묵과 약물(藥物)을 드렸다. 정 판서는 즉 정익(鄭榏)으로, 귀양살이 하고 있었다.

11차. 조엄『해사일기』1763년 8월 15일

새벽에 세 사신 및 일행들과 함께 관복(冠服)을 갖추고 망궐례(望闕禮)를 행하였다. 낮에 의흥현(義興縣)에서 쉬는데, 그 고을 원 김상무(金相茂)와 성주목사 한덕일(韓德一)이 들어와 뵈었다.

11차. 김인겸「일동장유가」

사십 리 의흥(義興) 가서 동헌(東軒)으로 바로 가니
구정(舊情)이라 반겨 하네.
장기판 내어 놓고 삼국(三局)을 마친 후에,
사행(使行)이 온다거늘 사처로 나오니라.

〈그림 63〉 우곡역터. 구천은 북으로 흘러 우보에서 위천과 합류한다. 그 흐름이 낙동강으로
모아진다는 것이 신기하다. 앞산 잘룩한 곳을 넘어 10리에 의흥현이 있다.

2. 장수찰방역과 사행로 부활의 신호탄

장수찰방역은 영천시 신녕면 매양리 351번지 일대로, 이미 알려진 찰
방우물터와 가까이 있고, 신녕천(고지도에는 西川)과 인접해 있다. 남으로
영천 청통역 40리, 북으로 지나온 우곡역과 30리다. 『여지도서』 역원조
(驛院條)에 대마 2필, 중마 2필, 복마(짐 싣는 말) 10필과 역리(驛吏) 200명,
남노 170명, 여노 86명이 기록되어 있다. 찰방의 속역은 청통(淸通)·아화
(阿火)·모량(毛良)·사리(沙里)·압량(押梁)·우곡(牛谷)·부평(富平)·청경
(淸景)·구어(仇於)·화양(華陽)·의곡(義谷)·인비(仁庇)·경역(鏡驛)·조역
(朝驛) 등 14곳이다.

특이한 것은 『여지도서』에 위의 역원조(驛院條) 기사 외의 관직조(官職

條)에 장수찰방은 음(蔭) 6품으로 역리(驛吏) 30명, 지인(知印) 20명, 사령 (使令) 10명, 역노(驛奴) 30명, 역비(驛婢) 19명이 배속된 것은 안기찰방역 과 동일한 것으로, 역마 관리 이외에 병조의 군사, 치안 등의 업무 때문이 아닌가 한다. 『세종실록지리지(世宗實錄地理志)』에 장수도승소관역(長水 道丞所管驛)은 16으로 청통(清通), 영천신역(永川新驛), 아화(阿火), 모량(毛 良), 사리(沙里), 경역(鏡驛), 조역(朝驛), 인비(仁庇), 의곡(義谷), 육역(六驛), 압량(押梁), 흥해신역(興海新驛), 대송(大松), 송라(松羅), 장기신역(長鬐新 驛), 하양신역(河陽新驛)이었던 것이 1462년에 구조조정(構造調整)을 한 뒤 영조대(英祖代)의 『여지도서(輿地圖書)』를 거쳐 대한제국까지 이어진 것 으로 보인다.

통신사행로와 관계된 곳은 의흥의 우곡(牛谷), 신녕의 장수(長水), 영천 의 청통(清通), 경주의 아화(阿火) · 모량(毛良) · 조역(朝驛) · 구어(仇於), 울 산의 부평(富平) 등 무려 8곳에 이른다.

〈그림 64〉 한 곳에 모인 선정비 가운데 6기의 찰방 선정비가 있다. 이들 찰방비로 주민들은 이곳에 역이 있었다는 근거로 관을 움직여 마을역사를 바로잡는 첫 걸음을 떼게 되었다. [사진 : 이상기]

〈그림 65〉 비천대마-마을 주민과 함께 깨어나는 통신사 장수찰방역 우물 '거리의 인문학'. 벽면에는 통신사행렬도가 그려지고 2015년 봄 통신사행렬이 이 자리를 지나 찰방비를 보고 승마장에서 마상재를 마친 뒤 조양각의 전별연으로 이어졌다. [사진제공 : 영천시]

〈그림 66〉 찰방마을의 발전가능성은 민관의 협조가 찰방마을을 부활시켜 국제친선으로
확대되고 걷기와 전별연과 농악에 마상재, 태권도시범 등 종합예술산업으로
확대될 가능성을 보이고 있다. [사진 : 이상기]

〈그림 67〉 죽서루의 정몽주 시 [사진 및 자료제공 : 영천시]

〈그림 67〉은 포은이 시를 남긴 죽서루 자리의 벽화이다. [文忠公鄭夢周 長壽驛詩 白雲在靑山 遊子去鄕國 歲暮雪霜寒 胡爲遠行役 驛亭中夜起 鷄鳴聲喔喔 明日赴前程 悠然懷抱惡 故人日已遠 回首淚盈掬]

의흥－신녕 : 의흥(義興) 동헌(東軒)에서 떠난 통신사는 79번 도로를 따라 위천을 건너 이지동(梨枝洞, 梨谷洞, 또는 이지리)를 지나 화본지에 이르면 서쪽으로 문덕동(文德洞)과 모산동(毛山洞, 浦南洞)이 보이는데 이곳이 우곡역(牛谷驛)이다.

여기서부터 구천의 상류로 거슬러가면서 화본동(花本洞, 1938년에 중앙선철도 화본역이 생김)－산성면사무소를 지나 908번 도로로 중앙선철도 봉림역을 지나면 미륵사와 화서동(華西洞, 화서리)가 나오는데 버스정류장에서 우회전하여 도근동(道斤洞)－도근지를 지나 주막이 있었던 부산리의 신계동(新溪洞), 남원동(南院洞)에서 신녕천을 건너 이동(梨洞)을 지나면 성덕대학[이곳에 溫泉이라는 지명이 광복 이전 지형도에 보인다]을 건너다 보면서 왕산동(旺山洞)－매양동(梅陽洞)의 별관(別館)에 이르게 되는데 이곳이 곧 장수찰방역이다.

의흥에서 28번 도로로 매성리를 지나 갑현을 넘는 길보다는 고개를 우회하는 이 길이 고도(高度)나 역(驛)과 원(院)의 접근성 등 설득력이 있다. 장수역(長水驛)은 신녕 현감의 본관(本館)보다 장수찰방의 별관이 더 크다고 전해오는 말처럼, 광복 이전 지형도도 그런 모습이다.

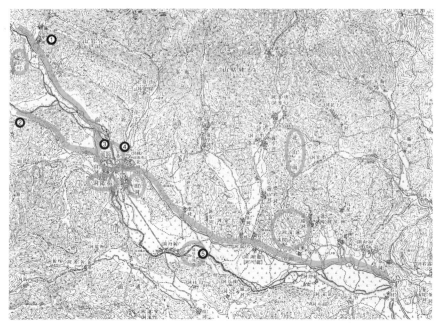

〈그림 68〉 장수찰방역으로 길 왼쪽이 별관(別館)인 ③찰방역이고, 길 오른쪽 위가 ④본관(本館), 아래 ⑤완전동(莞田洞)은 하관(下館)으로 장수역에 관련된 하급관리의 주거지, 광복 이전 지형도 1900년대 초.

부활하는 사행로 : 1811년 마지막 사행을 끝으로 한적해진 이 사행로(使行路)가 200년 만에 다시 활기를 띤 것은 찰방마을 주민과 영천시청의 열의 때문이었다. 다른 역마을들과 달리 이곳 매양리 주민들은 공덕비를 면사무소 마당에 갈무리하고 찰방우물의 역사를 구전해 오던 차 시청문화과에서 조선통신사에 관심을 두고 부산과 왕래하면서 역마을의 정비사업에 이르게 되었다. 통신사의 비조 포은(圃隱)의 죽서루와 2차 통신사 오윤겸의 환벽정 시(詩)의 현장을 복구하고 마을 주민과 함께 벽화를 제작하고 찰방마을을 정비하여 연세대학교 인문학연구소의 거리의 인문학을 유치

하는 등 고증과 복원을 병행했다. 드디어 2015년 대한민국 문화의 달 주관 행사를 영천시가 조선통신사를 주제로 유치힘으로써 사행로의 부활에 획기적인 금을 긋게 되었다. 때마침 한일우정걷기의 일본사행단이 이곳을 방문하여 통상사행렬과 전별연과 마상재를 시연하고 그날의 여정을 밟아 함께 조양각까지 행진했다. 부산과 대마도의 국제행사가 사행로 깊숙이 한걸음 더 내딛게 된 것이었다. 지금 이 길은 마을사람들이 지켜온 장수도, 찰방마을길이라는 이름이 되살아나 주소로 사용되고 있다.

신녕면 매양리 351번지 일대가 역지라는 고증과 찰방비 정비, 시작(詩作)의 현장인 환벽정과 죽서루의 확인 및 정비, 찰방우물의 복원과 마을 주민과 함께한 인문학강의, 옛길 위에 그려진 그림이야기-벽화제작과 사행로 따라걷기 행사와 예술공연 및 그림전시회 등이 이미 추진되었고 또 앞으로 계속될 조선통신사 사행로의 활성화 그림이다.

조선통신에 앞서 고려말 일본에 다녀온 이곳 출신 정몽주(鄭夢周)의 장수역(長水驛)에서 읊은 시(詩)는 아래와 같다.

> 흰 구름은 푸른 산에 있는데, 나그네는 고향을 떠나네. 해 저물어 눈과 서리 찬데, 어찌하여 먼 길을 가는가. 역 정자에서 밤중에 일어나니, 닭 우는 소리 크게 들리네. 내일 아침 앞길 떠나면, 유연(悠然)한 회포 금치 못하리. 친구들은 이미 날로 멀어지니 머리를 돌리면 눈물만 흐르네.

1차. 경섬 『해사록』 1607년 정월 28일

군위현을 떠나 소계역(김溪驛) 냇가에서 점심을 먹었는데, 인동부사 유승서(柳承瑞)가 출참(出站)하였다. 신시(申時-오후 4시경)에 신녕현(新寧

縣)에 들어갔더니, 현감 정장(鄭樟)이 차사원(差使員)으로 서울에 올라갔고, 청송부사 이영도(李泳道)가 병정지대관(竝定支待官)으로 현에 당도해 있기에 계당(溪堂)에서 조용히 얘기를 나누었다. 들으니, 상사와 종사는 오늘 의성에 도착했다 하였다.

1차. 장희춘 『해동기(海東記)』 1607년 정월 29일

의흥(義興)을 출발하여 신녕현(新寧縣) 객관(客館)에 당도했는데 유구헌(流構軒) 가까이에 있었다. 유구헌은 기암(奇巖)을 마주하였는데 기암 위에는 오죽(烏竹)이 무성하였다. 대나무 아래에는 넓은 바위가 있었는데, 10여 명 정도가 앉을 수 있었고 매우 정갈하였다. 송명숙(宋明叔)과 함께 정사를 따라 나무를 부여잡고 벼랑을 타고 올라가 앉아 정담을 나누었다. 잠시 후 정사가 홀연 아름다운 풍광에 대한 감흥을 말하며 한편으로 행역(行役)의 고단함을 깊이 탄식하였다.

신녕 영천의 통신사 사랑은 각별하다. 32곳의 역참 가운데 충주-안동과 더불어 나라에서 베푸는 전별연과 마상재뿐 아니라, 『영천과 조선통신사 자료총서』가 두 해째 발간되고 있다. 1권 허경진의 『영천과 조선통신사』(보고사, 2014)에 이어 2권에는 구지현이 영천 관련 기록 45편을 편집하여 『조선통신사 사행록에 나타난 영천』(보고사, 2015)을 출판했다. 자세한 것은 마땅히 이 책을 참고하는 것이 좋을 것이다.

〈그림 69〉 2015문화의 달 행사 조선통신사 군관 [사진제공 : 영천시]

2차. 박재 『동사일기』 1617년 6월 15일

진시(辰時)에 출발하였다. 오시(午時)가 끝날 무렵에 신령(新寧)에 들어 갔다. 의흥에서 여기까지 43리이다. 상사는 서헌(西軒)으로 들어가고 나는 동헌(東軒)에 자리 잡았는데, 서헌에 천석죽림(泉石竹林)의 경치가 있기 때문이었다. 상사의 지대는 본현 현감 권위(權暐)가, 부사의 지대는 신안현감 김중청(金中淸)이 맡았다. 부사 일행의 하인이 비가 오기에 대문 안에 가교(駕轎)를 들여 놓았는데, 감영의 아전들이 대문에서 비를 피하고자 하여 역졸(驛卒)을 위협해 가교를 내놓도록 하였으나 역졸이 응하지 않았다. 감영의 아전들이 상사에게 들어가 하소연하니 상사가 가교를 옮기라고 명하였다. 아전들이 역졸이 양마(養馬)[1]에게 나무를 징수했다고 무고하기에, 종사(從事)에게 들어가 아뢰었다. 그러자 종사가 간교한 아전들을 엄히 형추(刑推)하였다. 저물녘에 신안(新安)과 신령(新寧)의 두 수령이 삼사(三使)에게 술을 올리고자 하였는데, 간절히 청하기에 함께 참석하였다.

3차. 강홍중 『동사록』 1624년 9월 7일

조반 후에 상사와 더불어 떠났다. 종사는 종[奴]의 병으로 인하여 홀로 머물러 있었다. 저녁에 신녕(新寧)에 당도하니 성주목사 강복성(康復誠)은 병으로 오지 못하고, 다만 감관(監官)을 시켜 나와 기다리게 하였다. 상사와 더불어 서헌(西軒)에 오르니, 작은 시냇물이 앞을 두르고 처마는 날아갈 듯한데, 만 포기 무성한 대[脩篁]는 숲을 이루어 소쇄(瀟灑)한 운치가 자못 감상할 만하였다. 주인 원 이유겸(李有謙)을 불러 술잔을 들며 담화를 나눴다.

4차. 김세렴 『해사록』 1636년 8월 29일

이마(理馬) 등이 돌아갔다. 집으로 보낼 글을 썼다. 아침 먹은 뒤에 출발하여 낮에 신녕(新寧)에 닿으니, 현감은 차사원으로서 서울로 올라가고, 군위현감이 겸관(兼官)으로 와서 기다렸다. 고령현감 이기선(李起先)도 차출되어 서울로 올라가고 현리(縣吏)만 보내어 이바지하였다. 서헌(西軒)에 물과 대나무가 빼어났는데, 벽 위에 읊조린 시(詩)가 매우 많

---

1) 양마(養馬) : 양마(養馬)는 사복시(司僕寺)의 하급 관리로서 직접 말을 관리하는 책임을 맡았다. 말을 사육하고 관리하는 중책을 맡고 있었기 때문에 관원들의 예(例)에 따라 권징(勸懲)하는 규정이 있었다.

았다. 널다리가 개울에 걸쳐 있는데 이름하여 '선승교(選勝橋)'라 하였다. 긴 대나무 수백 줄기가 물과 비탈에 그늘져 있어서 맑고 뛰어난 경치가 볼만하였다. 상사와 돌벼랑에 올랐다가 저녁에 돌아왔다.

6차. 조형 『부상일기(扶桑日記)』 1655년 5월 5일

아침 일찍 의흥을 떠나 신녕(新寧)에서 점심을 먹었다. 대구부사 이정(李淀)이 참에 나왔으며, 주수 김정(金埥)이 와서 뵈었다. 임천(林川)의 노비 이금(里金)도 와서 문후한 지 여러 날 되었다. 저녁에는 영천(永川)에서 숙박하였다. 본도(本道)감사 남훤(南翧)이 와서 문후하니 그와 더불어 술자리를 갖고 이야기를 나누다 밤이 깊어서야 파했다. 참관인 청도(清道) 수령 심장세(沈長世), 고령(高靈) 수령 박세기(朴世基), 주수 이구(李昫)가 들어와 뵈었는데 장수찰방 황택(黃澤)이 배행(陪行)하였다.

5월 6일

식후에 영천을 떠나 모량(毛良)에서 점심을 먹었다. 경산현감 이휘조(李徽祚)가 참에 나왔다. 저녁에는 경주(慶州)에서 머물러 잤다. 주목(主牧) 정양필(鄭良弼), 흥해(興海) 수령 이여택(李汝澤)이 밤에 와서 뵙고 술자리를 베풀었으나 매우 지치고 피곤해서 굳게 사양하고 자리를 파했다.

7차. 김지남 『동사일록』 1682년 5월 19일

아침밥을 먹고 떠나서 신녕(新寧)에 도착하여 잤다. 이날 40리를 갔다.

7차. 홍우재 『동사록』 1682년 5월 19일

신녕(新寧)에서 점심 먹고 이어 유숙했었는데, 개령(開寧)·칠곡에서 지대했다. 칠곡에서 종행인을 제공했다. 개령현령 남치훈(南致薰)이 쌀과 콩 각각 5말씩 제공했다.

그들[倭人]이 사행이 빨리 오기를 재촉한다고 동래에서 기별이 급히 왔다.

8차. 임수간 『동사일기』 1711년 5월 28일

40리를 가 신령(新寧)에서 잤는데, 서헌(西軒) 뜰 가에 시내가 흐르고 시냇가에는 수죽(脩竹)이 무성하며, 그 중간에 조그마한 정자가 암학(巖壑)에 걸쳐 있어 매우 아늑한 정취가 흘렀다. 정사와 같이 서헌에 앉아 굽어보기도 하고 쳐다보기도 하면서 담론하고 읊조려 문득 객고를 잊었다.

9차. 홍치중 『해사일록』 1719년 4월 23일

여겸(汝謙)을 찾아가 인사하고 일찍이 출발하여 신령에 이르렀다. 고을 수령 김윤호(金胤豪)가 나와서 맞이해 주었다. 고령(高靈) 수령 이세홍(李世鴻), 거창(居昌) 수령 권경(權姰), 함양(咸陽) 군수 족형(族兄), 칠곡(柒谷) 수령 장효원(張孝源)이 모두 지대하려고 왔기에 만나 보았다. 부사와 종사 두 동료와 함께 환벽정(環碧亭)에 올라가 방백(方伯)이 행차하기를 기다렸다. 이는 노천(老泉)이 송별 잔치를 열어주려고 하는 모임이었다. 그 때문에 구숙(久叔)이 문소(聞韶)에서부터 쫓아와서 정자에 올라 앉아 한가롭게 이야기를 나누었다. 조금 늦어서 노천(老泉)이 왔다. 밤이 들도록 놀다가 끝났다. 이날은 40리를 갔다.

10차. 홍경해 『수사일록』 1747년 12월 10일

의흥(義興)에서 점심을 먹고 신녕(新寧)에서 머물렀다. 총 90리를 갔다. (저녁에 신녕에 이르러 환벽정(環碧亭)에 올랐다. 환벽정은 객사(客舍) 서쪽에 있다.)

11차. 조엄 『해사일기』 1763년 8월 15일

저녁에 신녕현에 이르니, 그 고을 원 서회수(徐晦修)와 군위현감 임용(任瑢)·성현찰방 임희우(任希雨)·지례현감 송부연(宋溥淵)이 보러 왔다. 순영(巡營)의 장교(將校)와 이서(吏胥) 50~60명이 보러 왔다. 이날은 90리를 갔다.

〈그림 70〉 환벽정 [사진제공 : 영천시]

○2차 정사 오윤겸은 신녕 죽각에서 부사의 박재(朴滓)의 운에 차운함 [新寧竹閣次副使韻]

옛사람이 죽각이라 이름 지은 것　　　　　古人名竹閣

오늘 보니 헛말이 아니구려　　　　　　　今日見非虛

고운 잎은 파랗게 어우러지고　　　　　　嫩葉翠交後

갓 돋은 새 줄기는 옥이 빼어난 양　　　　新竿玉秀初

하룻밤 속된 생각 맑게 해 주니　　　　　能淸一夜意

10년 글 읽음보다 오히려 나아　　　　　較勝十年書

여월망정 차군(此君) 없이 어찌하리　　　可瘦寧無此

집을 옮겨 여기서 살고 싶어라　　　　　移家便欲居

11차. 김인겸 「일동장유가」

신녕(新寧)으로 바로 오니,

지례현감 송맥백이 지대(支待)하러 왔다거늘,

바로 그리 찾아가니 반겨도 반겨할싸.

아침저녁으로 지응(支應) 범백(凡百) 다 내게 맡기면서,

김진사(金進士) 이리 온 후 내 무슨 근심하리.

많이 드나 적게 드나 일만 아니 나게 하소.

그러면 지례현감 내 소임(所任) 다 상환(相換)하면,

일 나나 아니 나나 내 담당하여 봄세.

저도 웃고 나도 웃고 한 데서 자자하네.

3. 청통역과 조양각의 마상재와 전별연

오수동 청통역은 이형상(李衡祥)의 성고구곡(城皐九曲)에 청통역(清通驛)[2]이라는 이름이 분명하지만, 그 역(驛)이 바라보인다는 청통사(清通社)의 위치를 알 수 없어 이 방법으로는 청통역을 찾을 수 없다. 1872년에 그려진 영천군전도에 청통역이 초가(草家)와 함께 보인다. 지적원도(地籍原圖)를 살펴보면 영천시 오수동 164번지 신녕천변 일대가 분명하다.

북쪽으로 신녕천을 거슬러 장수역이 40리, 남쪽으로 경주 아화역 30리로 영양교로 신녕천을 건너 서문오거리에서 동쪽으로 직진하면 바로 조양각이 보이고, 지금 보건소가 된 관아가 길 건너에 있었다. 『여지도서』에 역의 규모가 생략되었다.

신녕 장수역 – 오수동 청통역 – 조양각 : 신녕에서 영천으로 완전동(莞田洞)을 지나 신녕 중앙선 기차역을 건너 919번 옛 도로를 따라가면 화산면(花山面)의 신덕동(新德洞)–신안동(新安洞)–대안동(大安洞)인데, 신녕천 강 건너에는 신단동(新丹洞)에 봉수대지가 표시되어 있고 「대동여지도(大東輿地圖)」에는 그 맞은편에 양야원(楊也院)이 보인다. 이어서 대평(大坪)–의고동(義皐洞)–부룡동(夫龍洞)–암저(岩底)–용호동(龍湖洞)–용천동(龍川洞)–연계동(連溪洞)–원계동(院溪洞)–용암(龍岩)–율전(栗田)–용평동(龍坪洞)–유정동(柳亭洞)–곡산동(谷山洞)–당곡동(堂谷洞)–석촌동(石村洞), 그리고 저수지 옆에 부동(釜洞, 釜堤洞)을 지나며 청통면(清通面)과 넘나들게 된다. 용연동(龍淵洞)–화산면(花山面, 龍潭)–호당동(虎堂洞, 虎嶺洞)–하대전동(下大田洞)에 이르면 천북(北川, 현 고현천)과 서천(西川, 현 신녕천)이

---

2) 九曲煙塵地勢然。後川形勝勝前川。清通驛裡爲爲事。半是人間馬上天。

어우러지는데 이곳에 사모산(師母山, 現 三母山)이 있고, 화룡동(化龍洞)을 지나 오수동(五樹洞, 청통역)을 강 건너로 바라보며 성내동(城內洞) 쪽으로 영천의 동헌과 조양각(朝陽閣)을 향해 들어오게 된다. 청통역은 군의 서쪽 3리에 있다 했으니 약 1.2km다. 지금 서문오거리라는 지명이 있는데, 고지도의 길 모양도 현재의 도로와 매우 흡사하다.

영천(永川)의 고지도(1872년도 永川郡全圖와 1831년)에는 서쪽으로만 성벽(城壁)이 그려져 있는데, 영천의 동북은 산이요 남천(南川, 금호강)은 천연(天然)의 해자(垓字)가 된 지세(地勢)를 이용한 조상의 슬기가 묻어나고 있다. 그림에는 동서남북의 문(門)이 있고, 지금도 유명한 조양각, 호연정, 객사, 향교와 함께 관아가 그려져 있는데, 그 자리를 찾아 표지석을 세워두어야 할 것이다.

1차. 경섬 『해사록』 1607년 정월 29일

신녕현을 떠나 오시(午時)에 영천군(永川郡)에 도착하였다. 주수(主倅) 황여일(黃汝一)·지응관(支應官) 고령현감 신수기(申守淇)·대구판관 김해(金憲)와 모여 얘기하였다. 저녁에 본도의 방백(方伯) 유순지(柳詢之)·도사 황근중(黃謹中)이 본군에 들어왔다. 방백이 있는 처소에 갔다가 거기서 도사·주수와 함께 방에서 술자리를 베풀었다. 밤이 깊었는데 몹시 취해 부축을 받으며 처소로 돌아왔다. 성현찰방(경북 청도군) 윤기삼(尹起三)이 와서 얘기를 나누었다.

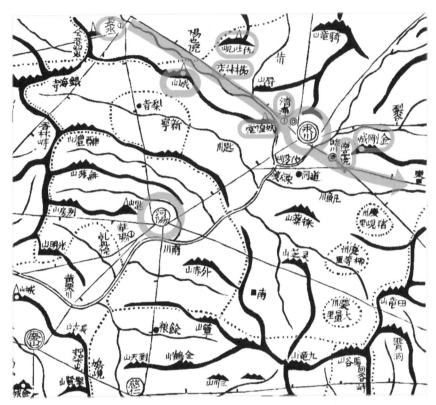

〈그림 71〉 장수찰방역-성산, 구토현, 성황당의 봉수 표시가 보인다. 양야원과 즐림점이 이 길목에
길손이 많았음을 보여준다. 장수에서 청통까지 물이 흐르는데 고지도에는 서천(西川), 현지
도에는 신녕천이다. 영천 앞으로는 남천(금호강)이 흐르고 남정원에 이르면 이제 경주로
가는 길이다.

2월 1일

영천군에 머물렀다. 오시에 상사가 종사와 더불어 신녕에서 본군에
도착했기로 즉시 가서 만나보고, 이어 방백과 모여 술을 나누었는데,
밤에야 끝났다. 청송부사가 연향관(宴享官)으로 왔다.

2월 2일

영천에 머물렀다. 방백이 연항례(宴享禮)를 성대히 베풀었는데, 도사
와 청송·영천·대구 세 고을 원이 들어와 참석하였다.

1차. 장희춘『해동기』 1607년 2월 1일

신녕(新寧)을 출발하여 영천군(永川郡)에 당도하였다. 정사·종사관과
부사가 만났다. 관찰사[道伯] 유상공(柳相公)이 정사의 객관에 당도하였
다. 종행(從行)으로 하여금 각 관의 기악(妓樂)을 명원루(明遠樓)에 모이
게 하여 성대한 잔치를 베풀었다. 밤이 깊은 후에 잔치가 파하였다.

〈그림 72〉 전별연을 베풀거나 마상재가 시연된 조양각 [사진제공 : 영천시]

2차. 박재 『동사일기』 1617년 6월 16일

종사가 먼저 출발하였고, 상사와 부사가 이어서 길을 나섰다. 진시(辰時) 말엽에 비가 흩뿌리다가 다시 개었다. 오시(午時)가 끝날 무렵 영천(永川)에 도착했는데, 신흥과의 거리는 50리이다. 상사는 객사로 들어갔고, 부사는 서쪽 별관으로 들어갔다. 상사의 지대는 본군(本郡) 수령 남발(南撥)이, 부사의 지대는 영덕현감 이정(李挺)이 맡았는데, 대접이 매우 훌륭했다. 상사의 인마차사원(人馬差使員)인 장수찰방, 부사 일행의 인마차사원(人馬差使員)인 송라찰방 김덕일(金德一), 도차사원(都差使員) 자여찰방 송영업(宋榮業)이 모두 와서 안부를 여쭈었다. 이날 밤에 비가 내렸다. 송라 병방(松羅兵房)에서 군관(軍官) 신경기(申景沂)에게 비단 1필을 뇌물로 주어 역마(驛馬)를 꾀하고자 하였다. 이에 신경기가 종사에게 고하여 그 사람을 형추(刑推)하였다.

3차. 강홍중 『동사록』 1624년 9월 8일

조반 후 출발하여 포시(晡詩-오후 4시경)에 영천(永川)에 당도하니, 군수(郡守) 이돈(李墩)은 병으로 휴가 중이라 나오지 않고, 대구부사 한명욱(韓明勖)이 지대차 왔다. 조전(曺輪)이 보러 왔다.

9월 9일

아침에 흐림. 한욱재(韓勖哉)가 술자리를 베풀어 상사·종사와 더불어 모두 모였다. 신녕현감이 영천 겸관(永川兼官)으로 또한 참석하였는데, 여러 기녀(妓女)들이 앞에 나열하고 풍악을 울리며 잔을 돌려 권하므로, 마음껏 마시어 만취가 되었다.

〈그림 73〉 금호강을 건너는 조선통신사 행렬. 2015년 대한민국문화의 달 영천 행사
[사진제공 : 영천시]

4차. 김세렴 『해사록』 1636년 8월 30일

일찍 출발하여 오전에 영평(永平)에 도착하였다. 군수 한덕급(韓德及)·
합천현감 김효건(金孝建)·송라찰방 이중광(李重光)·사근찰방 정사무(鄭
思武)·성현찰방 김감(金鑑)이 맞이하였다. 외사촌 아우 허무(許)가 매원(梅
院)에서 이르러 이미 6일을 머물러 있었다. 현풍(玄風)의 선비 박민수(朴敏
修)·박동형(朴東衡)·조함세(趙咸世)·곽의창(郭宜昌)·곽혜(郭潓)가 이르고,
생원 이도장(李道章)이 성산(星山)에서 이르러 이야기를 나누었다. 상사와
함께 조양각(朝陽閣)에 올라가서, 함께 가는 마상재(馬上才) 두 사람에게
성 밖 냇가에서 달리게 하니, 섰다가 누웠다가 거꾸로 섰다가 옆으로

붙었다가 하여 날쌔기가 형용할 수 없었는데, 구경꾼이 담을 두르듯이 많았다. 종사관이 하양(河陽)에 도착하여 작은 종기를 앓는다기에, 역관 최의길(崔義吉)이 침놓는 법을 알므로 즉시 달려가게 하였다. 밤에 여러 손님들과 함께 잤다.

9월 1일

영천(永川)의 선비 박돈(朴暾) 등 수십 인이 와서 보고, 이어 조지산(曹 芝山; 지산은 호. 이름은 호익(好益))의 비문(碑文)을 지어달라고 요청하였다. 내가 사양하다 못하여 사행의 일을 끝내고 초안하겠다고 약속하니, 여러 선비들이 드디어 『포은선생집(圃隱先生集)』을 보내 주었다. 현풍의 여러 손님들이 모두 돌아가고, 외사촌 아우는 같이 갔다.

5차. 『계미동사일기(癸未東槎日記)』 1643년 3월 5일

영천(永川)에서 잤다. 상사(上使)가 조양각(朝陽閣)에 올라 군관(軍官)들을 시켜 활을 쏘아 과녁을 맞추게 했다.

5차. 신유 1643년

○ 영양관(永陽館)에서 신독우(申督郵)를 작별하며

영양성 가에 동서로 헤어지는 길손	永陽城畔客東西
수양버들 늘어진 가지만 옛 둑을 스치네	楊柳垂絲拂古堤
늙은 말은 아마도 이별의 뜻을 아는 듯	老馬似知離別意
사람을 등지고 울고 가며 흰 발굽을 머뭇대네	背人嘶去蹋霜蹄

영양관은 영천의 객사로 안동 안기(安奇) 역마(驛馬)가 갈려 갔다는 기록도 일치한다. 了의 벗 신독우기 안동에서부터 이곳까지 동행하며 이별을 아쉬워하자 시를 지어주었는데, 독우(督郵)는 역마(驛馬)와 우편(郵便)을 맡은 찰방(察訪)을 가리킨다.

〈그림 74〉 마상재는 점차 영천에서 조선통신사의 최종집결지 전별연 겸 단합대회 비슷한 성격을 갖게 되었다. 통신사들은 동경에서 벌어질 잔치의 예행연습을 하는 기분이었을 것이다. [사진제공 : 영천시]

6차. 남용익 『부상록』 1655년

(4월) 23일에 죽산에서 먼저 출발하여 빨리 몰아서 26일에 어버이 계신 고을 군위(軍威)에 이르렀다. 눈병이 매우 중하여 여러 날 치료하고 5월 15일에 비로소 나아서 어버이께 하직하고 전진하였다. 이때에 정사와 부사는 먼저 부산에 도착하여 머문 지가 이미 오래였다. 16일에 칠곡

(漆谷)땅 신원(薪院)에서 잤다. 17일에 신녕(新寧)에서 잤는데 안찰사(按察使) 남선(南銑)이 와서 전송하였다. 18일에 경주에서 잤다. 19일은 머물고 20일에는 밀양(密陽)땅 용당(龍堂)에서 잤다.

행로에 차질을 빚은 남용익은 조양각에 시를 남기고 경주로 떠났다.

○ 영천(永川) 객관(客館)에서 판상(板上)에 걸린 포은(圃隱) 선생의 시를 차운(次韻)하여 본 고을 군수(郡守) 후(昫)에게 줌

높은 다락을 때려 부순 지 몇 해 만인가	高樓槌碎幾年回
눈에 가득한 가시밭이 이제야 열려졌네	滿目荊榛日夕開
이 땅이 어진 원을 기다려 명승지가 되고	此地終須良宰勝
나의 걸음이 또 낙성에 닿아 왔네	吾行又趂落成來
아득한 바다 섬 뗏목으로 갈 천릿길	滄茫海島槎千里
질탕한 거문고와 노랫소리에 술이 한 잔	爛熳琴歌酒一盃
아침 햇빛 새 지붕에 비추는 것 사랑스러워	爲愛朝陽射新霤
가는 말이 떠나면서 다시 머뭇거리네	征輈臨發更遲徊

영천군수가 객관을 중창(重刱)하고 작은 잔치를 차렸으므로 1-2구에 그 사연을 표현하였다.

7차. 김지남 『동사일록』 1682년 5월 20일

아침밥을 먹은 후에 먼저 떠나서 영천에 도착하여 잤다. 이날 또 역마를 갈아탔다. 본도(本道) 방백(方伯)이 아홉 군(郡)으로 하여금 각각 세 사행(使

行)에게 전별 잔치를 차리도록 하여 아홉 군의 풍물(風物)이 모두 여기에 모였다. 정사의 일행에겐 합천·삼가(三嘉)에서 접대하는 것으로서 음식이 정결하고 또 풍부하다. 삼사와 방백은 객사 동헌에 잔치를 열었는데 앉을 자리가 비좁기 때문에 잔치상을 일행의 사처[下處]로 나누어 보내고, 겸해서 위로하는 말을 보냈다. 각 관원과 노자들의 곳으로도 잔치상을 보내었다. 이것은 만리 바닷길을 가는 것을 정중히 대접하기 때문이다.

몇 차례 술잔이 돈 뒤에 방백은 마상재를 보기를 청했다. 삼사와 방백이 모두 각각 교자를 타고 풍악과 가무를 앞세워 조양각(朝陽閣)으로 자리를 옮겼다. 오순백(吳順白)·형시정(邢時挺)에게 여러 가지로 말 위에서 하는 재주를 보이게 했더니, 누각 앞 넓은 들판에는 구경꾼이 저자와 같았다. 이것이 바로 객회(客懷)를 풀어 주는 것이다. 이날 40리를 갔다.

7차. 홍우재 『동사록』 1682년 5월 20일

신녕으로부터 일찍 영천(永川)을 향하여 출발했다. 영천에 이르러 점심 먹고 유숙했는데 고령과 본군에서 지대했다. 본군에서 종행인을 제공했다. 순사(巡使, 관찰사) 이수언(李秀彦)가 맞이했는데, 삼사가 관찰사와 더불어 조양관(朝陽關)에 모여앉아 오순백과 형시정(邢時廷)을 시켜 남천(南川)가에서 마상재(馬上才)를 시험케 했다. 이를 보려는 자들이 모래사장에 분주하게 구경하러 쫓아와 보았다. 순상(巡相)이 함양·산음(山陰)·합천·삼가(三嘉)·안음(安陰)·거창 등의 지방관으로 하여금 사사로이 전별연(餞別宴)을 마련토록 했다. 행중(行中)에 연회상을 차려 보냈다. 파발(擺撥) 편에 집안에 편지를 보냈다. 청도에 귀양 와 있는 친구 방필제 여안(方必濟汝安)의 편지를 받아 보았다.

〈그림 75〉 2015년 서울에서 동경까지 1200km 조선통신사길을 도보로 답사한 한일우정걷기 일본회원들이 문화의 달 통신사행렬에 다시 참가해 영천 시민과 함께 걷고 있다. (2015년 10월)

○ 세 행차[三行]가 말을 바꾸어 탔다. 소촌역(召村驛)에서 파발마를 내고 종행인을 보내었다. 예천 통명 역졸(通明驛卒) 권자중(權自重)·권명축(權明丑)과 옹천역(瓮泉驛)의 김엇봉(金旕奉)·평원역(平原驛)의 김이금(金二金) 등이 나를 배종(陪從)한 지 이레째인데, 그 극진한 정성이 보이므로 특별히 여기에 기록해 놓는다.

8차. 임수간 『동사일기』 1711년 5월 29일

영천(永川)에서 잤다. 순사(巡使, 관찰사) 유명홍(兪命)이 내회하여 조양각(朝陽閣)에 전별 잔치를 베풀었다. 이어 마상재(馬上才)를 보면서 즐거

움을 만끽하고 헤어졌다.

9차. 홍치중『해사일록』1719년 4월 24일

방백(方伯)이 아침에 잔치 자리를 베풀어 주었다. 월성(月城)과 화산(花山)과 문소(聞韶)의 관기(官妓)들이 음악을 베풀었는데 잠시 만에 끝났다. 이어 길 떠나는 종사를 보내고 하양(河陽)길로 갔다가 부사와 더불어 영천에서 잤다. 고을 수령 이첨백(李瞻伯)이 왔기에 만나보았다. 조금 늦은 시간에 조양각(朝陽閣)에 올라가 마상재(馬上才)를 구경하였다. 이날은 40리를 갔다.

4월 25일

부사를 먼저 경주로 보냈다. 베개와 이불을 조양각(朝陽閣)으로 옮겼다.

10차. 홍경해『수사일기』1747년 12월 12일

영천에 머물렀다. 감사(監司) 남태량(南泰良)이 전례에 따라 조양각(朝陽閣)[3]에서 전별 잔치를 마련해 주었다. (조양각은 객사 동쪽에 있다.)

---

3) 조양각(朝陽閣) : 경북 영천시에 있는 누각으로 금호강 벼랑 위에 자리 잡고 있다. 고려 공민왕 12년(1363)에 당시 부사였던 이용(李容)이 세운 것이다. 그 뒤 임진왜란 때 불에 타 버리고, 지금의 건물은 1638년(인조 16)에 다시 세운 것이다. 누각 안에는 포은(圃隱) 정몽주의「청계석벽(淸溪石壁)」등 시 70여 점이 전해지고 있으며, 명원루(明遠樓) 또는 서세루(瑞世樓)라고도 한다.

11차. 조엄 『해사일기』 1763년 8월 16일

　도백(道伯) 김상철(金相喆)이 보러 오고, 이어 전별연을 조양각(朝陽閣) 위에다 차렸으니 전례이다. 내가 비록 상중(喪中)이나 가지 않을 수 없었지만, 그 때문에 풍악을 울리고 상을 받을 때엔 방안으로 피해 들어갔다. 반나절을 감사와 세 사신이 이야기를 나누었다. 대개 이는 영남의 성대한 모임이므로 구경하는 사람이 거의 만으로 헤아렸다. 그 고을 원 윤득성(尹得聖)·칠곡부사 김상훈(金相勛)·함양부사 이수홍(李壽弘)·청도군수 이수(李□)·개령현감 박사형(朴師亨)·장수찰방 이명진(李命鎭)·소촌찰방 박사복(朴師宓)·송라찰방 남범수(南凡秀)·안동부사가 따라왔다. 경주부윤 이해중(李海重)이 보러 왔다.

　이날은 40리를 갔다.

11차. 김인겸 「일동장유가」

　청신(淸晨)에 말마(秣馬)하여 영천(永川)으로 바로 가니
　읍지(邑地)도 웅장하고 안세[眼界]도 광활(廣闊)하다.
　여기는 대도회(大都會)라 전례(典禮)로 연향(宴享)하매,
　감사(監司)도 친히 오고 열읍(列邑)이 많이 왔네.
　조양각(朝陽閣) 높은 집에 포석(鋪席)을 장히 하고,
　순사(巡使)와 삼 사신(三使臣)이 다 주워 올라앉아,
　그 버거 사 문사(四文士)를 차례로 좌정(坐定)하고,
　풍류(風流)를 치오면서 잔상(盞床)을 드리오니,
　찬품(饌品)도 거룩하고 기구도 하도할샤.
　군관(軍官)과 원역(員役)들은 이 연석(宴席)에 못 든다고,

연상(宴床)을 각각 받고 딴 좌(坐)에 앉았구나.

눈앞의 너른 들에 혁통처럼 길을 닦아,

볼품 좋은 닫는 말게 마상재(馬上才)를 시험하니,

그 중에 박성적이 좌우 칠보 날게 하고,

송장거리 등니장신 일등으로 하는구나.

사방에 관망(觀望)할 이 양식 쌓고 두루 모다,

좌우에 미만(彌滿)하니 몇 만인 줄 모르쾌라.

창녕(昌寧)의 관속(官屬)들이 왔다가 나를 보고,

반겨하고 뛰노는 상(像) 그려 두고 보고지고.

경주부윤 송라 찰방 낱낱이 반갑고야.

육십리 묘장원에 연일 지대(延日支待) 나왔구나.

김인겸은 한양에서 동래까지 가는 길에 영천 마상재 시연을 가장 자세하고 흥미롭게 묘사하였다. 경남 진주시 문산읍 소문리의 소촌찰방, 포항시 청하면 덕천리의 송라찰방, 경북 청도군 성현찰방 등 인근의 찰방이 영천의 장수도찰방과 함께 모두 모인 것이 두드러진다. 영천에서 안기역의 말을 교체한 것도 이유겠지만 당연히 불어난 사행원역들의 역마와 역졸을 동원하기 위한 인마차사원으로 총출동했을 것이다.

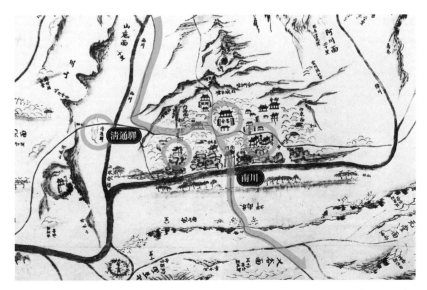

〈그림 76〉 왼쪽 청통역(淸通驛)에서 북쪽으로 신녕천을 거슬러 장수역이 40리 남쪽으로 경주 아화역 30리로 영양교로 신녕천을 건너 서문오거리에서 동쪽으로 직진하면 바로 조양 각이 보이고 지금 보건소가 된 관아가 길 건너다. 통신사는 남문을 나서 남천을 건너고 주남평을 지나 대곡면으로 경주 가는 길을 잡았다. 객사 이름이 영양관, 금호강에는 나무다리가 놓였는데 최근 그 엽서 사진이 용화사에 의해 수집되었다.

4. 아화역 중화

경주부에는 통신사행로에 아화 – 모량 – 조역 – 구어역 등 네 개의 역이 울산 병영의 부평역으로 이어지는데 모두 신녕의 장수찰방역에 속한다. 경주부는 문관 종2품의 부윤이 있었고 영조대의 인구는 67,891인으로 집계되어 안동과 거의 비슷하다. 영천에서 출발하여 아화역에서 점심, 경주부에서 묵고 봉황대를 지나 구어역에서 점심을 하고 울산의 부평역이 있는 병영에서 숙박하는 것이 통례였다.

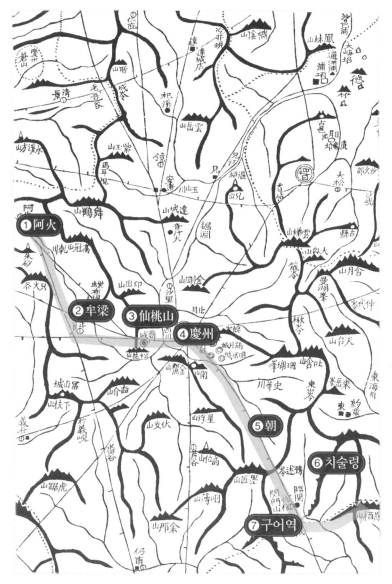

〈그림 77〉 아화-모량의 역참이 보이고 선도산이 보이는데 이곳에 법흥 진지 무열왕릉이 있고 서천 송화산자락에 김각간(金角干, 金庾信)묘가 있다. 월성을 지나 치술령 아래 구어역이 있고 고성에 점선이 있는데 울산 경계다.

아화역(阿火驛)은 지나온 영천 청통역에서 30리, 경주부에서는 서북 55리로 대마 2필, 중마 2필, 복마(卜馬) 10필, 역리(驛吏) 14명, 노(奴) 18명, 비(婢) 19명 규모였다.

아화에서 경주부로 : 영천 북안면 도천리 고지삼거리에서 921번 도로를 버리고 좌회전 내서로에 들어서면 왼쪽에 만불사의 금빛 여래상이 낙동정맥의 등대처럼 보인다. 이곳이 영천시와 경계다. 아화역에서는 일직선으로 중앙선 철로와 나란히 아화초등학교를 지나 내려가면 건천기차역과 금척리 고분군을 만나게 된다. 이곳 모량리 모량초등학교 부근이 대천가의 모량역참으로 추정된다. 선도산이 보이는데 이곳에 법흥왕, 진지왕, 무열왕의 능이 있고 이곳에서 서천 남천과 어우러진 형산강이 되는데 송화산자락에 김각간(金庾信) 묘가 있다. 영천의 금호강이 서쪽으로 대구에서 낙동강이 되는데 형산강은 동쪽 포항에서 동해로 흘러든다.

1차. 경섬『해사록』1607년 2월 3일

아침에 방백이 있는 처소에 모여 술자리를 베풀었는데, 몹시 취하였다. 오시에 떠나 아불역(阿佛驛)에서 점심을 먹었는데, 청도군수 김구정(金九鼎)이 출참(出站)하였다. 송운(松雲) 스님이 사미(沙彌)를 시켜 별장(別章)을 뒤따라 보내왔다.

2차. 박재『동사일기』1617년 6월 17일

판서 선조께 제사를 올리는 일로 동틀 무렵 말을 타고 상사보다 먼저 출발했다. 앞 내를 건너고 시골길을 따라 유령(柳嶺)을 넘어 원곡(原谷)

에 도착했다. 의흥현에서 여기까지는 25, 6리이다. 산세가 웅장한 건좌
손향(乾坐巽向)의 땅에 비석이 그대로 남아 있었다. 유학(幼學) 정완윤(鄭
完胤)과 첨지 정희윤(鄭希胤), 희윤의 아들 현도(顯道), 헌도(憲道), 미도
(味道) 등이 와서 제사에 참석했다. 송라찰방과 영덕현감이 모두 그들을
따라 왔는데, 제물은 영덕에서 준비한 것이었다. 〈사적인 제례로 잠시
행로를 우회하고 공식 사행로로 접어들어 아화역으로 들어섰다.〉 동쪽
으로 6, 7리를 가서 아화역(阿火驛)에서 점심을 먹었다. 상사와 종사관
은 먼저 떠나고 없었다. 상사의 지대는 청도군수 임효달(任孝達)이 맡았
고, 부사 일행의 지대는 하양현감 채형(蔡亨)이 맡았다. 전 도사 정담(鄭
湛)이 와서 만났는데, 원곡묘 근처에 투장(偸葬)한 자였기 때문이다. 배
행 차사원 신령현감 권위(權暐)가 인사하고 돌아갔다.

미시에 경주(慶州)에 도착했다. 아화역에서 여기까지 50리이다. 상사
의 지대는 본부(本府)의 부사(府使)가 맡았다. 대원군(帶原君) 윤효전(尹孝
全)과 판관 허경(許鏡)이 이때 아직 임소에 도착하지 않았다. 부사의 지
대를 맡은 경산현감(慶山縣監) 이변(李忭)과 종사의 지대를 맡은 흥해군
수 정호관(丁好寬)이 모두 와서 안부를 물었다.

3차. 강홍중 『동사록』 1624년 9월 9일

아불(阿佛-아화의 이두표기)에서 점심 먹었는데, 청도군수(郡守) 최시량
(崔始量)과 하양현감 이의잠(李宜潛)이 지대차 나왔다. 조전(曹輪)·조인(曹
軔)·정담(鄭湛)·박돈(朴墩)이 술을 가지고 찾아왔는데, 정(鄭)·박(朴) 두
사람은 모두 지산서원(芝山書院)의 선비로서 지산(芝山) 조호익(曺好益)에
게 수업(受業)한 자였다.

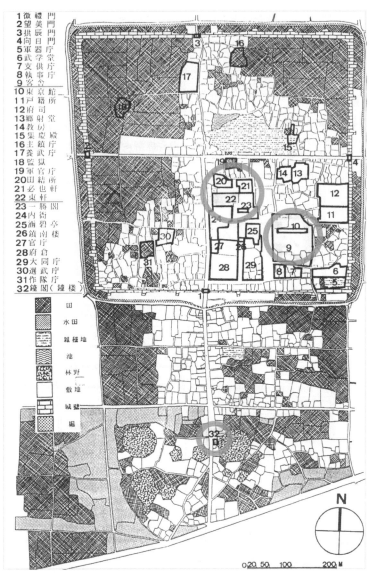

〈그림 78〉 충주의 객사, 문경의 관산지문에 이어 신녕과 울산은 각각 초등학교가 되었고 영천은 사진으로 남아있으며 경주는 22번 동헌에 이어 10번과 9번에 객사와 동평관과 함께 남아 있다. 통신사행에 국서는 맨 머리에 있었으므로 이를 위해서라도 객사의 자리도 함께 조사되어야 할 것이다. 32번이 종각 〈한삼건〉.

4차. 김세렴『해사록』1636년 9월 1일

비를 무릅쓰고 떠나, 아화역(阿火驛)에서 점심을 드는데 청도군수 이 갱생(李更生)이 마중 나왔다. 청하현감 송희진(宋希進)은 아직 부임하지 않고 현인(縣人)만 와서 이바지하였다.

5. 모량역과 경주도호부

모량역(牟梁驛)은 경주부 서쪽 23리에 있는데, 북쪽 아화(阿火)에서 22리 떨어져 있었다. 대마 2필, 중마 2필, 복마(卜馬) 14필, 역리(驛吏) 15명, 노(奴) 20명, 비(婢) 1명이 있었다.

5차.『계미동사일기』1643년 3월 6일

흐리고 비가 조금 내렸다. 모량(毛良)에서 점심 먹고, 경주(慶州)에서 잤다.

7차. 홍우재『동사록』1682년 5월 21일

모량역(毛良驛)에서 점심 먹었다. 대구·자인(慈仁)·청하(淸河)에서 지대했는데, 청하에서 종행인을 보내주었다. 음식이 정결하고 극히 공손을 다하였다.

봉황대에서 경주를 거쳐 울산 병영으로 : 경주문화원에서 세 블록쯤 남진하면 봉황대가 나온다. 통신사들은 이곳에서 남산타워처럼 경주를 조망했다. 그리고 첨성대를 지나 대릉원을 지나고 박물관 뒷편에서 고운교를 지나 남산 기슭의 남천의 흐름을 거슬러 올라가면 조양동-조역 자리가 나온다. 7번 도로를 따라 간다면 신문왕릉을 지나 효소왕릉, 성덕왕릉귀부(경주시 조양동 666)에서 논길로 들어서서 조양동 삼층석탑(경북 경주시 조양동 851-5)을 찾으면 이곳이 조역이다. 논길에 묻혀서 7번 도로를 이용하는 것이 편하겠지만 계속 그 남천의 흐름을 따라갈 수 있다면 지금의 구어중소기업공단이 나오는데 이곳이 구어역이다. 이 역의 동쪽은 관문성, 서쪽은 치술령인데 경남북의 경계라기보다는 경주신라와 가야의 경계라고 볼 수 도 있다. 경주의 국제적 해상관문으로 울산만한 입지가 없기 때문이다.

1차. 경섬『해사록』1607년 2월 3일

경주부에 들어가니, 그때 밤이 깊었는데, 부윤(府尹) 허상(許鐺)은 병이 위독하여 나오지 못하고 판관 박상(朴瑺)만이 홀로 지대(支待)하였다.

2월 4일

이산현감 허함(許涵)은 부윤의 아들인데, 충청도 잡물 차사원(雜物差使員)으로 부산(釜山)으로 가는 길에 본부에 도착하였다가, 부윤의 병 때문에 그대로 머물러 있는 중이었다. 서로 만나보고 잠시 얘기를 나누었다. 오후에 봉황대(鳳凰臺)에 올라 구경한 다음 간단히 술을 마시고 돌아왔다.

〈그림 79〉 경주박물관 공사중 발견된 마차바퀴 자국이 선명한 옛길. 그 길 위에 박물관 별관이 지어졌는데 이 옆으로 남천이 흐르고 그 흐름을 따라 옛길이 울산으로 이어졌었다.

2차. 박재『동사일기』 1617년 6월 18일

군관들과 백율사(伯栗寺)를 보러갔다. 절은 경주부 북쪽 5리에 있는데 별로 볼 것이 없다. 다만 절 뒤의 어린 소나무 한 그루가 이미 잘려나갔는데 다시 새 가지가 나는 것이 기이했다. 오후의 연향 때에 동벽의 자리는 지난번과 같았고, 부윤(府尹)과 흥해현감은 서벽에 앉았다. 연향 음식은 안동만 못했지만 기악은 더 나았고, 아백황(牙白黃)을 추었다. 제랑(諸郎)들이 또 채익(彩鷁) 한 척을 관아에 가져다 두고 어린 기생들에게 노 젓는 흉내를 내게 하였고, 여러 기생들이 다 같이 탕장곡(盪漿曲)을 부르는데 그 소리가 탄식하는 듯했다. 칠작례(七酌禮)를 행한 후, 부윤이 편하게 앉아 마시기를 청했다. 군관과 역관들 또한 주량에 따라 마시고, 두 사람이 마주보고 춤추게 했다.

잔치 후에 연이어 가마를 타고 봉황대(鳳凰臺)에 오르니, 날이 이미 어두워져 있었다. 세 줄로 기생들이 늘어서 있었고 온갖 횃불이 밝게 빛났으며, 노랫소리는 구름도 멈출 듯 아름답고 긴 피리소리는 맑았다. 거의 이경(二更)이 되어서 기생들에게 가무를 청하게 하고 돌아왔다.

3차. 강홍중 『동사록』 1624년 9월 9일

저녁에 경주(慶州)에 다다르니, 부윤(府尹) 이정신(李廷臣) 영공이 보러 왔다. 청하현감 유사경(柳思璟)·영덕현령 한여흡(韓汝潝)·경산현령 민여흡(閔汝欽)·흥해군수 홍우보(洪雨寶) 등이 혹은 지대차, 혹은 연수(宴需)의 보조차 왔다. 장수찰방 이대규(李大圭)·자여찰방 이정남(李挺南)은 영천(永川)에서 배행(陪行)하고, 안기(安奇)·김천(金泉)·창락(昌樂) 등 찰방은 물러갔다. 일행의 인마(人馬)는 이곳에서 모두 교체하였다. 저녁에 판관(判官) 안신(安伸)이 보러 왔다.

9월 10일

조반 후에 상사·종사와 함께 봉황대(鳳凰臺)에 나가 구경하였다. 봉황대는 성밖 5리쯤에 있으니, 곧 산을 인력으로 만들어 대(臺)를 세운 것이다. 비록 그리 높지는 않으나 앞에 큰 평야(平野)가 있어 안계(眼界)가 훤하게 멀리 트이었다. 이를테면 월성(月城)·첨성대(瞻星臺)·금장대(金藏臺)·김유신묘(金庾信墓)가 모두 한눈에 바라보이니, 옛 일을 생각하매 감회가 새로워져 또한 그윽한 정서를 펼 수 있다. 봉덕사(鳳德寺)의 종이

대 아래에 있는데, 이는 신라 구도(舊都)의 물건으로 또한 고적이다. 나라에 큰 일이 있어 군사를 출동할 때에는 이 종을 쳤다고 한다. 부윤(府尹)과 흥해(興海)·영덕(盈德) 수령이 모두 모여 바야흐로 주연(酒宴)을 베풀고 기악(妓樂)을 연주하는데 비바람이 휘몰아치므로 모두 거두어 관사로 돌아왔다. 생원 최동언(崔東彦)이 보러 왔다.

〈그림 80〉 경주 분황사지

9월 11일

경주에서 머물렀다. 연향을 받았는데, 부윤(府尹)과 흥해(興海) 수령도 같이 참석하였다.

9월 12일

경주에서 머물렀다. 조반 후에 종사와 더불어 대청에서 활을 쏘고 있는데, 상사가 뒤쫓아 이르러 일행 군관을 두 패로 나누어 활을 쏘게 하고 승부에 의하여 상벌을 시행하였다. 저물녘에 흥해(興海) 수령이 별도로 전별연을 베풀었는데, 부윤도 참석하여 밤이 깊도록 마셨다.

4차. 김세렴 『해사록』 1636년 9월 1일

오후에 큰비가 왔다. 50리를 가서 저녁에 경주(慶州)에 도착하였는데, 부윤(府尹) 민기(閔機)·흥해군수 홍호(洪鎬)가 비 때문에 예를 행하지 못하였다. 내 병이 발작하였다. 종사관은 영천에서 묵는다고 하였다.

9월 2일

최의길(崔義吉)이 아침에 영천에서 이르렀다. 종사관의 앓는 종기는 쑥뜸을 떠서 조금 나았으나, 사행(使行)을 위하여 먼저 떠나지 못하므로 달려가서 머무르도록 청하게 하였다. 이날 경주에 머물렀는데, 부윤이 작은 술자리를 베풀었다. 저녁에 상사가 동헌에서 부윤을 뵈었다. 종사관이 저물어서야 이르러 이야기를 나누다가 밤이 깊어서 각기 묵는 곳으로 돌아갔다.

종사관이 의원들이 약을 보내지 않았으며, 역관이 고목(告目)하지 않은 죄를 논하려고 백사립(白士立)·한언협(韓彦協)·한상국(韓相國)을 마당에 끌어들여 곤장을 치려다가 그만두었다.

9월 3일

경주를 떠나 봉황대(鳳凰臺)에 올라갔다. 봉황대는 홍살문 밖에 있는데 높이가 수십 길이다. 흙을 쌓아 만든 것이라 하는데, 이런 것이 성남쪽에 거의 열이나 벌여 있어, 옛 도읍은 반드시 대의 남쪽에 있었음을 상상하게 된다. 반월성(半月城)이 남쪽에 있고, 김유신(金庾信)의 묘가 서쪽에 있고, 포석정(鮑石亭)·첨성대(瞻星臺)·금장대(金藏臺)가 모두 아득히 바라보인다.

신라가 나라를 세운 지 천 년이 되었는데, 삼한(三韓)을 통합하고 한때의 문헌이 찬연하여 볼만하였으나, 너무도 부지런히 부처를 섬겨, 절이 여염에 두루 찼으니, 어찌 애석하지 아니한가. 계림금궤의 설[鷄林金櫃之說]이 비록 국사(國史)에서 나왔으나 야인(野人)의 말이라 상고할 수 없다. 지금 나라 안의 김 성(金姓)이 거의 신라의 후예이고, 김부(金傅; 신라의 마지막 임금 경순왕(敬順王)의 이름)가 비록 항복하여 고려왕이 합병하였으나, 그 외손(外孫) 완안 아골타(完顔阿骨打)는 곧 권행(權幸; 안동 권씨(安東權氏)의 시조)의 후예인데, 중국을 분할하여 다스리고 백 년 동안 대를 이었으니, 어찌 신명(神明)의 후예라고 말하지 않겠는가.

최고운(崔孤雲)의 상서장(上書庄)이 있던 곳을 물으니, 대답하지 못했다.

5차. 계미동사일기 1643년 3월 큰 7일(경자)

맑음. 경주에서 머물렀다.

初七日庚子 晴。留慶州。

5차. 부사 조경 1643년 [趙龍洲東槎錄]

○ 삼월 칠일에 경주(慶州)에 머무르며

계림 나라 해동 구석진 곳에 숨어 있어서	鷄林國隱海東偏
삼성이 천 년 동안 역사가 오래였네	三姓千年事可傳
한·당을 지나오면서 사신을 보내었고	出入漢唐銜聘价
나·제와 겨루면서 무기가 번쩍였네	頡頑羅濟耀戈鋋
흥했음은 재걸들이 임금께 충성한 때문	興由才傑咸歸駕
패하기는 사치하여 변방을 허술히 한 탓	敗在奢華不捍邊
포석정 앞에 잠깐 말을 멈추고 서니	鮑石亭前少住馬
낡은 나무에 꽃도 없고 뻐꾹새만 울더라	無花老樹有啼鵑

통신사들은 겉보기에 충주와 안동, 영천에서 연회를 하고 여러 고을의 인물과 교류하며 태연히 부산과 가까워지고 있지만 마음은 '왕명'으로 무거움을 더해 가고 있었다. 임진란의 불상사는 한마디로 정보 부재로 인한 컨트롤 타워의 난맥이었다. 통신사 보고의 혼선 – 신립의 일본군 북진상황 오판 – 조총에 대한 인식부족 등 모두 정보의 부족과 해석의 문제였고 제천정에서 도원수와 함께 했던 신각 장군의 사형집행 – 이순신의 백의종군 등 정보의 해석능력 결여까지 힘을 모아도 어려운 지경에 거의 자해와 자멸의 길에 들어섰던 것이었다. 여기까지 걸어오면서 정보(情報)의 인프라인 봉수(烽燧)와 우역제도(郵驛制度)에 눈을 돌려보면 북에서 병자와 정묘의 난을 겪고도 외세에 의지해 국방을 도모한 외교와 병무라인의 협소한 시각이 안타깝다. 그래도 선조는 40년 가까이 산전수전을 겪은 결과 궁궐은 불타고 정릉동 행궁에 거처하면서

신하들과 불을 밝히고 국사를 논의한 흔적이 『선조실록』 39년 2월 12일 기사에 실려 있다.

> 심희수가 아뢰기를,
> "우리나라의 경우 어떤 장수가 평행장(平行長)이 평양에서 패전하였듯이 패전하였다면 어찌 살아날 길이 있었겠습니까."
> 하자, 상이 이르기를,
> "우리나라의 경우라면 온 나라가 소란해져 대간(臺諫)이 계사(啓辭)를 올렸을 것이지만 저들은 태연히 꼼짝도 않았다. 그들은 다만 성미가 급할 따름이다. 만약 글을 알았다면 더욱 형언할 수 없는 사람이 되었을 것이다. 평소 동평관(東平館)에 사시로 머무르는 왜인이 2백 년 이래로 그 수가 적잖이 많았지만 자기 나라의 일은 전혀 말하지 않고 그저 아무 말 없이 매매만 하고 갔을 뿐이다. 우리나라 사람이 동평관에 머물렀다면 하루가 못되어 우리나라 일을 모두 말하였을 것이다."
> 하였다. 홍식이 아뢰었다
> "적정을 정탐하는 것이 …."

7차. 김지남 『동사일록』 1682년 5월 21일

아침밥을 먹은 뒤에 떠나서 모량참(毛良站)에서 점심을 먹고 경주에 도착하여 잤다. 이곳이 바로 신라의 옛 도읍터인데, 사람들이 번화하고 유풍(遺風)도 많았으며, 성곽은 예와 같고 산천이 수려하니 참으로 영남의 웅부(雄府)였다. 나그네가 찾을 만한 고적(古蹟)이었다.

이 고을 원이 따로 전별하는 잔치를 열었는데, 역시 어제와 같았다. 이날 75리를 갔다.

5월 22일

경주에 머물렀다. 안백륜(安伯倫)이 병으로 뒤에 떨어졌다가 이제야 도착했다. 이 편에 일행들은 모두 집에서 보낸 편지를 받았다. 그런데 내 집에서만 편지가 없으니 서운한 느낌을 참으로 견딜 수 없다. 옛말에, '집 편지가 만금(萬金)을 당한다.' 한 말이 바로 이것을 두고 한 말일 게다.

7차. 홍우재『동사록』1682년 5월 21일

낮에 경주부에 이르러 유숙했는데, 경산과 본부(本府)에서 지대했다. 본부에서 종행인을 제공했다. 소통사(小通事) 이올미(李乭味)가 와서 김애천(金愛天)의 부음(訃音)을 전하였다. 듣고 놀라 애석해 마지않았다. 내가 믿을 만한 사람이라고는 오직 이 한 사나이뿐이었으니, 인정상 참혹하여 한 끼를 소식(蔬食)하였다.

부산의 훈도(訓導)가 왜인들이 편지를 보내어 빨리 오기를 재촉한다고 사람을 보내어 알리므로, 양사(兩使)가 더위 때문에 몹시 고통을 당하여 빨리 갈 수 없다는 뜻으로 답장을 써서 보냈다. 판사(判事) 안신휘(安愼徽)가 뒤따라 왔다. 병이 나서 뒤에 처져 있었던 까닭이다. 계축년(1673)의 접위 때에 배종리(陪從吏)였던 박처립(朴處立)이 와서 뵈었다.

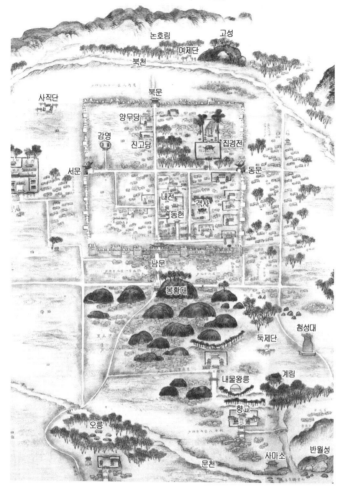

경주읍내전도(1798년)

논호림 고성
여제단
북천

사직단 북문
양무당
감영 집경전
진고당
서문 동문
내전 객사
동헌
남문
봉황대
첨성대
독제단
내물왕릉 계림
오릉 향교
사마소 반월성
문천

〈그림 81〉 신라왕궁의 위치는 분명치 않으나 축소된 규모의 조선조 읍성은 분명
하다. 장안의 당대 성터 대신 지금 명대의 성이 관광객을 맞이하듯
이곳도 조선조의 읍성이 아직 복원되지는 않았지만 …. 1798년의 경
주읍성도에 동헌과 객사가 뚜렷하다. 통신사들은 봉황대를 지나 첨성
대쪽으로 울산 가는 길을 잡았다.

8차. 임수간 『동사일기』 1711년 5월 30일

모량역(毛良驛)에서 점심을 먹었다. 자인(慈仁) 원이 나와 대기하다가 보러 왔다.

종일 비를 무릅쓰고 갔는데 경주(慶州) 앞내[前川]가 불어 다리가 거의 끊어질 뻔했다. 간신히 물을 건너 경주에서 자면서 남훈숙 영(南薰叔 令 영은 상대방의 경칭)을 보았는데 영외(嶺外)에서 만나 마냥 반가웠다. 하양(河陽) 김극겸(金克謙)이 나와 대기하다가 보러 왔다. 읍이 잔폐하고 읍민이 잔미하여 공궤(供饋)가 형식도 갖추지 못하여서 하졸(下卒)들은 태반이 음식을 먹지 못했다.

6월 1일

경주에 묵으면서 군관들에게 활쏘기를 시켰다. 늦은 뒤에 주인이 풍악과 전송 잔치를 베풀어 봉황대(鳳凰臺)에 올랐다가 밤이 깊어서야 돌아왔다.

6월 2일

경주(慶州)를 출발하면서 다시 봉황대에 오른 다음, 첨성대(瞻星臺)를 거쳐 구어역(仇於驛)에서 점심을 먹었는데, 자인(慈仁) 정몽해(鄭夢海)가 나와 대기하다가 보러 왔다. 좌병영(左兵營)을 지나다가 북문루(北門樓)에 올랐는데, 병사(兵使) 이하정(李夏禎)이 보러 왔다. 저녁에는 울산(蔚山)에서 잤다. 장기(長鬐)에서 나와 대기하다가 보러 왔고, 고을 원도 와 보았다.

11차. 조엄 『해사일기』 1763년 8월 17일

낮에 모량역(毛良驛)에서 쉬는데, 영일현감 조경보(趙慶輔)·하양현감 이귀영(李龜永)·청도군수 이수(李)가 보러 왔다.

저녁에 경주에 들어가니, 고을 원 이해중(李海重)이 안동(安東) 시관(試官)이 되어 고을에 있지 않으므로, 섭섭하였다. 영장(營將) 홍관해(洪觀海)가 들어와 뵈었다. 이날은 80리를 갔다.

11차. 김인겸 「일동장유가」

김각간 묘(金角干墓)를 지나 동경(東京)으로 말을 놓아
동헌(東軒)으로 바로 가니, 윤(尹) 유백 김참봉(金參奉)이
책방에 와 있다가 꿈인가 의심하네.
경주는 고국(古國)이라 신라(新羅) 풍속(風俗) 그저 있다.
첨성대(瞻星臺) 봉화대(烽火臺)는 의구(依舊)히 남아 있고,
반월성(半月城) 포석정(鮑石亭)은 거친 내만 끼었어라.
오릉(五陵)의 우는 새는 망국한(亡國恨)을 네 아는다.
초혼(初昏)에 사방(使房)에 가 세 곳으로 문후(問候)하고 …

6. 조역과 봉황대

조역(朝驛)은 경주부에서 동으로 25리인데, 그 동쪽 25리에 구어역이 있었다. 대마 2필, 중마 2필, 복마(卜馬) 7필, 역리(驛吏) 11명, 노(奴) 9명, 비(婢) 15명이 있었다. 아침에 경주부를 떠나면 모두 조역은 지나치고,

구어역에서 점심을 먹은 뒤에 울산 부평역 병영에 숙소를 정했다.

7. 구어역과 치술령

구어역(仇抒驛)은 경주부에서 동쪽 48리인데, 동쪽으로 울산 부평역이 30리이다. 중마 2필, 복마(卜馬) 7필, 역리(驛吏) 14명, 노(奴) 8명, 비(婢) 6명이 있는 작은 역이다.

구어역 인근에 치술령(鵄述嶺)이 있고 왜(倭)와 구연(舊緣)이 있다. 관문성(關門城)이 가까이 있는데 가야와 신라의 경계이기도 하다.

1차. 경섬『해사록』1607년 2월 5일

아침에 경주를 떠나 신원(新院)에서 점심을 먹었다. 창녕현감 이규빈(李奎賓)이 출참(出站)하였기에 함께 술자리를 베풀었다가 취한 뒤에 작별하였다.

2차. 박재『동사일기』1617년 6월 19일

아침 7시경 길에 올라 구어역(鳩虛驛, 구어를 이렇게 표기한 것 같다.)에서 점심을 먹었는데, 경주부에서 48리다. 신시(申時, 오후 5시경)에 좌병영(左兵營)에 들어갔는데 구어역에서 40리이다.

88리라면 약 35km인데 점심시간을 약 2시간 생각하고 이동에 8시간 걸렸다면 1시간에 10리를 간다는 속설 그대로인데 …, 다른 구간을 보면 역졸들이 거의 말과 함께 달려간 정황도 보인다.

3차. 강홍중 『동사록』 1624년 9월 13일

해가 돋은 후 일행이 모두 출발하여 동정(東亭)에 당도하니, 부윤과 흥해군수가 먼저 와서 전별연을 베풀고 기악(妓樂)을 울리며 술을 권하여 나도 모르게 만취가 되었다. 이곳은 옛날 최고운(崔孤雲)이 살던 구기(舊基)로, 얼마 전에 기자헌(奇自獻)이 집을 신축하고 영구히 거주할 계획을 하였는데, 지난봄 극형(極刑; 사형)을 받은 후에 관가(官家)에 몰수되어 손을 전별하는 장소가 되었다 한다. 구어참(仇魚站)에서 점심을 먹었는데, 영덕(盈德)·청하(淸河)의 수령이 지대차 나와 있었다.

4차. 김세렴 『해사록』 1636년 9월 3일

한참 있다가 출발하여 낮에 구어역(仇於驛)에 닿으니, 현풍현감 유여해(兪汝諧)·장기현감 양응함(梁應涵)이 와서 기다렸다. 현풍의 하리(下吏) 김흥룡(金興龍) 등 수십 인과 관비(官婢) 설매(雪梅) 등 수십 인이 와서 뵙고, 술과 안주를 대접했다.

이에 앞서 상사가, '현풍현감이 일본으로 데리고 갈 아이를 보내지 않으니, 이는 우리 사행을 우습게 여기는 것'이라 하여, 삼공형(三公兄; 조선시대 각 고을의 호장(戶長)·이방(吏房)·수형리(首刑吏)의 세 관속)을 잡아오게 하였는데, 내가,

"현풍의 하인들이 모두 옛날 현감이 오는 것을 기뻐하는데, 아전들을 형신(刑訊)하여 실망시키는 것은 부당하며, 지금 현감은 곧 나와 직무를 교대한 사람입니다. 옛사람은 직무를 교대한 사람을 존중하였으니, 억

누르고 욕보이는 것은 부당합니다."

하니, 상사가 웃으며 나의 말을 따랐다.

8차. 임수간 6월 2일

경주(慶州)를 출발하면서 다시 봉황대에 오른 다음, 첨성대(瞻星臺)를 거쳐 구어역(仇於驛)에서 점심을 먹었는데, 자인(慈仁) 정몽해(鄭夢海)가 나와 대기하다가 보러 왔다. 좌병영(左兵營)을 지나다가 북문루(北門樓)에 올랐는데, 병사(兵使) 이하정(李夏楨)이 보러 왔다.

〈그림 82〉 울산 태화루의 처용무. 2차 통신사행의 부사 박재의 기록에 충주와 안동에서 거행했다는 처용무는 지금 유네스코 무형문화유산에 등재되어 있다. 2015한일우정걷기통신사들이 빗속에 잠시 발을 멈추고 그 공연을 눈여겨보고 있다.

11차. 김인겸 「일동장유가」 1763년

윤(尹)·김(金) 양인 상별(相別)하고 구어(仇於) 낮참 달려오니,

청하현감 지참하러 와 있다가 날 와 보네.

백희씨 내려올 제 두호(斗護)하라 하던지라.

이병방(吏兵房) 불러다가 각별히 존문(存問)하고,

낭이 주애 두 기생은 성회(盛會)에 소면(素面)이라.

차담상(茶啖床) 내어 주고 옛말 하니 반겨하네.

8. 부평역과 좌병영

길고 긴 경북구간이 끝나면 경주(慶州) 상주(尙州)의 남쪽 경상남도(慶尙南道)다.

부평역은 울산시 중구 약사동 814번지 일대라는 것은 이미 울산대 한삼건 교수가 지적해준 바 있다. 아쉽게도 『여지도서』에는 '병영성의 서쪽에 있다(富平驛在兵營城西)' 이렇게 간단한 기록밖에 없다. 2006년 봄이곳을 찾았을 때 도시개발로 이 일대는 여러 대의 포크레인이 동원되어 지형이 변하고 있었다.

그러나 뒤늦게 고고학 발굴조사를 통해 부평역촌으로 추정되는 유적을 문헌자료와 고지도 등과 함께 비교 검토한 「울산 부평역촌 일원 건물지 배치양상과 변천 연구」(황대일, 『울산학연구』 10호, 2015)라는 획기적인 논문이 발표되어 사행로 연구에 한 획을 긋게 되었다. 이 논문을 통해 지상 건물지 / 저장 및 매납용 / 화덕 시설 / 역촌의 시간적 존속 범위 / 역촌의 배치 / 역촌의 시기별 규모 변화에 이르기까지 조선기대의 역에

〈그림 83〉「울산 부평역촌 일원 건물지 배치양상과 변천 연구」일부

대한 갈증을 해소하게 되었다. 32역 가운데 유곡역의 지표조사가 있었고 이어 두 번째인 것 같다.

구어에서 병영까지 : 경주의 경계 7번 도로의 모화역 고개 넘어 관문성표지를 지나면 모조석가탑과 함께 길고 긴 경북 사행길이 마무리 된다. 7번 국도로 남하하면 동천이 따라 흐르는데 이화중학교 지나고 길따라 약수초등학교와 신천조등학교를 거쳐 신답삼거리에서 동천을 건너 동천서로로 계속 내려오면 울산공항을 동쪽에 두고 끝자락에서 삼일초등학교를 만나게 된다. 다시 직진하면 병영주민센터와 병영성에 오르

게 된다. 여기서 병영초등학교를 지나면 지금은 사라진 약사중고등학교 부근의 부평역터를 어림짐작할 수 있다.

1차. 장희춘 『해동기』 1607년 2월 5일

경주에서 아침 일찍 출발해서, 신원(新院)에서 점심을 먹은 후 울산부 (蔚山府)에 당도했다. 병사가 도착했다. 병사(兵使) 정기룡(鄭起龍) 공과 통판(通判) 송광정(宋光廷) 공이 사행(使行)을 위해 밤에 술자리를 마련했 는데 5경(五更)이 되어 파하였다.

이날 저녁 나는 정경염(鄭景恬), 송명숙(宋明叔)과 함께 도산성(島山城) 위에 올라가 두루 살펴보았다. 명나라 장수가 승전을 놓치고 청정(淸正) 이 도주하였던 일들을 생각하니 느낌이 있어 즉석에서 분연(奮然)히 시 한 수를 지어 읊조렸다.

성 위에 오르니 이런저런 생각에 시름겹고	一上城頭思轉悠
깊은 밤 원통함에 마음이 심란하네	夜深寃思鬧啾啾
적의 머리 양궐 아래 아직 걸지 못했으니	賊首未懸雙闕下
나그네 부질없이 눈물만 흘리네	謾敎行旅淚橫流

2차 통신사행의 부사 박재는 20일에는 울산에 머물러 활쏘기를 하고 21일 울산에서 새벽에 떠나 용당에서 점심 하고 동래부까지 신시(申時, 오후 5시)에 들어갔는데, 울산-용당 60리, 용당-동래 70리이니 하루에 130리를 강행군했다.

3차. 강홍중 『동사록』 1624년 9월 13일

저녁에 좌병영(左兵營)에 당도하니 날이 거의 저물었다. 울산부사(府使) 송극인(宋克訒)·연일현감 이여하(李汝賀)가 지대차 오고, 밤에는 병사(兵使) 우치적(禹致績) 영공이 주연(酒宴)을 베풀었다.

오늘은 90여 리를 왔는데, 여러 날 휘달리던 나머지라, 몸이 몹시 피곤하여 잠깐 담화하고 바로 파하였다.

4차. 김세렴 『해사록』 1636년 9월 3일

울산부사 오섬(吳暹)도 와서 기다렸고, 좌병사(左兵使) 허완(許完)이 사람을 보내어 문안하였는데, 곧 나의 외당숙이다. 병영(兵營)까지 5리 못미쳐 또 사람을 보내왔으므로 곧 병영에 들어갔다. 종사관이 뒤따라 도착하여 곧 울산으로 향하였다. 상사는 내일 바로 동래(東萊)까지 가려하나, 멀어서 도달할 수 없을 것이라 한다.

7차. 김지남 『동사일록』 1682년 5월 23일

아침밥을 먹은 뒤에 떠나서 구어참(仇於站)에서 점심을 먹고 울산에 도착하여 잤다. 집에서 온 편지를 받았다. 어머님의 병환이 갑자기 재발할까 걱정했는데, 이제야 편지를 받으니 두려움과 기쁨이 앞서서 편지를 바로 뜯어볼 수가 없었다. 정신을 진정시켜 봉함을 뜯어보고 비로소 집안이 편안한 것을 알고 나니, 저절로 춤추고 뛰는 것을 깨닫지 못했다. 좌병사 김세익(金世翊)이 또 전별하는 잔치를 베풀어, 일행 상하에게 각각 술상을 보내 주었다. 음식이 몹시 풍부하고 깨끗한 데다가 위로해 주는 말도 지극히 은근했다. 이날 70리를 갔다.

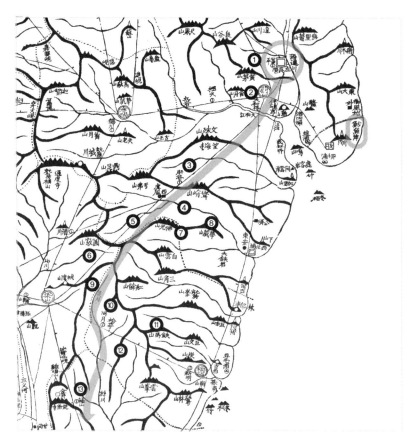

〈그림 84〉 병영 옆에 ①부평역이 붙어 있다. 지금 울산대와 월드컵 문수경기장 부근인 ②문수
산을 넘어 ③간곡역에 이르면 사행록에 빠짐없이 등장하는 ⑤용당참이 4km인데
문자 그대로 '서서 쉰다'는 참(站)이다. 길 좌우에 ⑥원적산과 ⑧화장산이 보이고
이어서 ⑩아월역과 아래 가운데에 ⑬소산역이 보이는데. 십리정 기찰이 멀지 않다.
이제 동래에 거의 다 온 셈이다.

7차. 홍우재 『동사록』 1682년 5월 23일

동래의 기별에 따라 일행이 가져가는 물건들은 차사원 장수(長水)의
역리(驛吏)인 김비(金粜)으로 하여금 감독·봉인(封印)토록 하고, 잠상(潛

商)의 길을 엄하게 막았다.

낮에 울산에 이르러 유숙했는데 장기(長鬐)와 본주(本州)에서 지대했다. 본주에서 종행을 제공했다.

병사(兵使) 김세익(金世翊)이 사사로이 전별연을 베풀었다. 행중에 상을 차려 보내왔다. 경신년(1680)에 김세익이 경상 좌수사로 있을 때 마침 내가 왜인을 접대하는 임무를 맡고 있었던 관계로 자주 만나 정이 서로 두터워 상을 보낸 외에도 특별한 접대를 하였다.

호행차왜 차비(護行差倭差備) 김익하(金翊夏)가 와서 길을 재촉하므로 즉시 갈 길을 서둘렀다. 부산의 수역소동(首譯小童) 한국안(韓國安)이 와서 뵈었고, 오후에 비가 오기 시작했다.

11차. 조엄『해사일기』1763년 8월 18일

저녁에 울산부에 들어갔다. 고을 원 홍익대(洪益大)는 내가 두 해 동안 경상도를 안찰(按察)할 때에 대구판관(大邱判官)이었다가 현재의 직임(職任)으로 승진했다. 그런데 또 영남에서 만났으니, 오랫동안 남방에 체류한다고 할 만하다. 좌병사 신광익(申光翼)·우후 이문국(李文國)이 보러 왔다. 동래의 교리(校吏) 10여 인이 뵈러 왔다. 이날은 90리를 갔다.

11차. 김인겸「일동장유가」

저는 말 갈아 타고 좌병영(左兵營) 지나가서,
울산부(蔚山府)로 바로 드니 주수(主守)도 반겨하고
이의숙 와 있다가 전도(顚倒)히 나와 보네.

황산도와 부산포

통신사들은 울산병영에서 남은 여정을 헤아린다. 40리 남쪽의 ㉙ 간곡에서 점심을 먹고 또 3-40리 ㉚ 아월에서 잔다면 다음날 ㉛ 소산역에서 점심을 먹고 ㉜ 휴산역-동래로 들어가는 것이 합리적이다. 그러나 영천에서 이미 불어날 대로 불어난 원역과 수행원 그리고 예단 등을 경주와 울산에서는 버렸지만, 이 초라한 역마을에는 낙생역의 임금님 행차처럼 '파오달'을 설치할 수도 없어 매우 군색했을 것이다.

1-2차의 행차는 동래까지 130리를 강행군했지만 3차부터는 간곡을 통과하고 중간 지점의 참(站)을 점심이나 숙소로 이용한 것이 용당이었다.

1. 간곡역(肝谷驛)과 천성산 용당참(龍堂站)

간곡역은 울주군 웅촌면 곡천리 서중마을 556번지 일대로 통신사들은 대략 7번 도로를 따라 울산대학교를 지나 언덕을 오르고 화야강을 따라 웅천초등학교를 지나 용당을 향해 나아갔다. 서울을 떠나 20여 일을 말발굽이 일으키는 먼지와 씨름하고 목적지를 눈앞에 둔 나그네의 마음은 당연히 조급할 수밖에 없다. 울산에서 동래는 대략 130里로 부평-간곡-아월-소산-휴산의 네 구역이니 하루에 세 站을 간다 해도 무리다. 그 중간에 용당에서 식사를 하는 것은 당연하고 동래의 기찰 오리정에서 기치도 정제할 겸 아예 하루 쉬고 가는 경우가 많았다. 자연히 간곡과 아월 소산은 좌병영과 동래 사이에서 소관 찰방의 지휘 아래 역마와 인원을 제공한 것으로 보인다. 현대 지도로 간곡역-용당은 4km, 용당-아월역은 10km로 용당은 간곡역세권의 참(站)으로 용원역의 숭선 참[용원역-숭선 3km]과 흡사하다.

『여지도서』에도 간곡역은 울산의 서쪽 39리에 있고 동으로 굴화역이 25리에 있다는 간단한 기록만 남아 있다. 웅촌면 곡천리 서중마을 556번지라는 역터는 한삼건 교수가 폐쇄지적도로 처음 찾아준 역이기도 하다. 『울산부읍지(蔚山府邑誌)』에 '간곡역(肝谷驛)은 울산 도호부 서쪽 39리에 있으며, 동쪽으로 굴화역과 25리 떨어져 있다.[肝谷驛 在府西三十九里 東距 堀火驛二十五里]'는 기록은 『여지도서』와 일치하고, 더하여 '대마(大馬) 1필, 중마(中馬) 2필, 복마(卜馬) 8필, 역노(驛奴) 15명이 있다.'고 하였다.

1차. 경섬 『해사록』 1607년 2월 6일

아침에 울산을 떠나 용당역(龍堂驛)에서 점심을 먹었다.

1차 뿐만 아니라, 2차 사행 박재도 용당역에서 점심을 하고 바로 동래로 향했다.

3차. 강홍중 『동사록』 1624년 9월 14일

해가 돋은 후에 길을 떠나 수십여 리를 갔다. 좌우 산협 길이 모두 단풍으로 물들고, 시냇물이 맑고 시원하여 이르는 곳마다 절승(絕勝)이었는데, 행색이 몹시 바빠 구경할 겨를도 없이 말을 채찍질하여 지나가니, 행역(行役)의 괴로움이 참으로 가련하였다. 용당(龍堂)에서 점심 먹었는데, 밀양부사 이안직(李安直)과 언양현감(縣監) 김영(金瀅)이 지대차 왔다.

4차. 김세렴 『해사록』 1636년 9월 4일

… (울산에서) 60리를 가서 용당촌에서 묵었는데, 바로 박우후(朴虞候)와 김도사(金都事)가 사는 곳이라 한다. 밀양부사 이필달(李必達)·언양현감 장원(張遠)이 와서 기다렸다.

7차. 김지남 『동사일록』 1682년 5월 24일

정사가 연일 달려온 나머지, 또 몸이 불편한 증세가 있어 여기서 머물고자 했다. 그러나 동래부사가 접위관차비(接慰官差備) 김익하(金翊夏)를 시켜서 말하기를,

"왜인들이 길을 몹시 재촉하여 거의 불화(不和)가 생길 지경입니다." 한다.

이 때문에 부득이 비를 맞고 떠나서 용당참(龍堂站)에서 점심 먹고, …

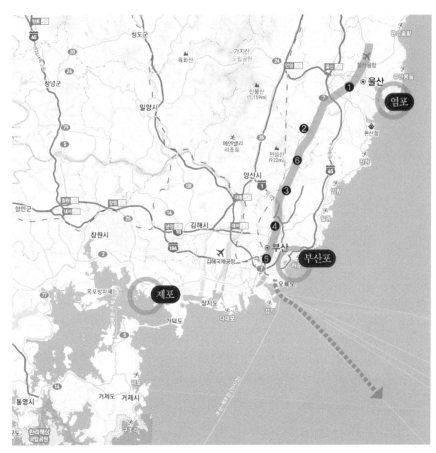

〈그림 85〉 ①울산 부평역 ②간곡역 ③아월역 ④소산역 ⑤동래 휴산역의 다섯 역의 한 가운데에 ⑥용당
참이 지금 천성산 아래 자연스럽게 형성되어 점심을 하거나 묵어가는 마을(참이나 점촌)을
형성하게 된 것은 조금 더 살펴보아야 한다. 충주, 안동, 영천, 경주 등의 도회에 속한 역촌의
길손은 도시에서 수용할 수 있지만, 단순히 말을 기르고 행역(行役)을 제공하는 역촌에는
많은 인원의 숙식을 제공하기 어려운 것은 지금도 마찬가지로 다른 나라의 경우도 크게
다르지 않다. 역촌과 주막(酒幕, 宿食)의 관계는 청파역의 이태원, 낙생역의 판교, 용안역의
숭선 등 상업인구의 이동과정은 17-18세기 경제활동을 추적하는데 도움이 될 것이다.

7차. 홍우재『동사록』1682년 5월 24일

어제부터 온 비가 개지 않았다. 울산에서 일찍 용당(龍堂)을 향해 떠나 거기서 점심을 먹었는데, 밀양·양산에서 접대했다. 밀양에서 종행인을 제공했다.

8차. 임수간『동사일기』1711년 6월 3일

아침에 울산을 떠나 진남루(鎭南樓)에 올랐다. 저녁에는 용당역(龍塘驛) 촌사(村舍)에서 잤는데, 관사가 자못 정결하고 처마에 둘린 죽림(竹林)이 매우 무성하여 상쾌함을 피부로 느낄 수 있었다.

11차. 조엄『해사일기』1763년 8월 19일

용당창(龍堂倉)에 닿았다. 양산군수 한광협(韓光協)·장기현감 권필칭(權必稱)·흥해군수 김기로(金起老)가 보러 왔다. 동래부의 교리 수십 인이 뵈러 왔다. 이날은 60리를 갔다.

11차. 김인겸「일동장유가」

느즉이 발행(發行)하여 오십리 용당(龍堂) 자고,

2. 아월역 송정리의 입석

용당에서 동래까지 대략 26km, 6-70里 길인데 광역시가 팽창하면서 울주는 대부분 울산에, 기장은 부산에 편입되어 동부경남은 두 광역시로 연결되었지만 7번 도로는 용당에서 양산시의 구석을 지나고 있다. 명곡리와 덕계를 지나면 또 기장군의 모서리가 7번 국도에 걸치는데 그곳에 월평 즉 사행로 30번째 ㉚ 아월역이 있었다. 이어 1926년 동래지도에는 수영강을 따라 송정리(送亭里, 立石里)와 두구리(杜邱里, 藪內) 등 흥미있는 지명들이 보인다. 임기천과 수영강이 합류하는 지점에서 삼동보건진료소 선두구동 주민센터로 마을길에 들어서서 고속도로 부산 TG의 부산시립공원묘지를 지나면 골프장 기슭에 하정마을이 나타는데 이곳이 31번째 ㉛ 소산역이다. 이 역을 지나면 바로 기찰마을로 통신사들이 정장을 갖추고 국서를 앞세워 동래까지 행진을 하던 길이다.

송정리(送亭里)는 글자 그대로 나그네를 보내는 정자를 연상케 하고 입석(立石)은 선사시대의 향수를 불러일으킨다. 1655년 6차 조형(趙珩)사는 5월 9일 "아침에 용당을 떠나 입석에서 말을 먹였다."라고 부상일기에 적고 있다. 300년 전의 그 선돌[立石]이 지금 송정리의 그 돌로 여겨진다.

월평역은 현에서 북쪽으로 40리에 있다. 남으로 소산이 20리 중마(中馬) 2필, 복마(卜馬) 5필, 역리(驛吏) 26명, 노(奴) 3명 규모의 작은 역이었다. 사행록에 별로 언급되지 않았다.

6차. 조형 『부상일기(扶桑日記)』 1655년 5월 9일 맑음

아침에 용당을 떠나 입석(立石)에서 말을 먹였다.

〈그림 86〉 철마 선돌 입석(立石). 부산 기장군 철마면 송정리 높이 3m96cm 폭65cm. 풍수에서는 배형국의 돛대, 옛 선여사 자리, 진(鎭)대, 수영강 상류로 올라오는 배를 매던 곳 등의 이야기가 전해온다. 조형이 이곳에서 말먹이를 준 것 같다.

3. 소산역 하정마을 – 동래 기찰

소산역은 금정구 선두구동 하정마을에 있었다. 『동국여지승람(東國興地勝覽)』 동래현 역원에 "소산역(蘇山驛)은 동래현의 북쪽 15리에 있다." 라고 되어 있다. 『동래부 읍지(東萊府邑誌)』[1832] 역원에 "소산역은 부의 북쪽 20리에 있으며, 남쪽 휴산역과의 거리는 20리이고, 동쪽 기장 고촌역과의 거리는 20리이며, 북쪽 양산 위천역과의 거리는 40리로 대마 1필, 중마 2필, 복마 7필, 역리 51명, 노비 24구."로 적혀있다.

부산 향토사학자들의 말을 빌리면 20세기 초에 그린 『부산 고지도(釜山古地圖)』의 제8폭에서 기찰을 지난 지점에서 소산역이 확인되고, 말을 탄 길손과 함께 소산역의 북쪽 멀리에 양산 경계의 사배현(沙背峴)도 확인된다고 한다. 지금 골프장과 이웃한 하정역터는 동래에서 울산과 경주, 양산과 대구로 이어지는 갈래 길에서 중요한 역로를 담당하고 있었고 무엇보다 지근거리에 검문소와 때때로 세관을 겸했던 기찰에 주목할 필요가 있다.

〈그림 87〉 하정마을 소산역터

1차. 경섬 『해사록』 1607년 2월 6일

아침에 울산을 떠나 용당역(龍堂驛)에서 점심을 먹었다. 어두워서 동래부(東萊府)에 들어갔다. 주수(主倅) 이사화(李士和)·왜사(倭使) 귤지정(橘智正)·접위관(接慰官) 김자정(金子定)과 모여 얘기를 나누었다.

3차. 강홍중 『동사록(東槎錄)』 1624년 9월 14일

··· 인마(人馬)를 빨리 재촉하여 동래(東萊)를 5리쯤 앞두고 상사(上使)이하 여러 관원이 관대[冠帶]를 갖추고 들어갔다. 부사(府使) 김치(金緻)는 방금 감사(監司)에게 병가[呈病]원을 내고 있어 나오지 못하고, 김해부사 이정신(李廷臣)이 겸관(兼官)으로 나왔다. 그리고 양산군수 박곤원(朴坤元)이 지대차 왔다. 이날은 1백 20리를 갔다.

4차. 김세렴 『해사록』 1636년 9월 5일

··· 해 늦게 떠나서 저녁에 동래(東萊)에 닿았다. 이곳은 충신 송상현(宋象賢)이 죽음으로 절개를 세운 곳이니, 충렬사(忠烈祠)가 있다. 부사(府使) 정양필(鄭良弼)·기장현감 김주우(金柱宇)가 마중 나왔다. 종사관이 언양현감이 부사(副使)에게 들어와 뵐 때에 실례가 많았으므로 죄를 다스리지 않을 수 없다 하여, 하리(下吏)를 시켜 언양현감을 잡아오게 하였다.

6차. 조형 『부상일기(扶桑日記)』 1655년 5월 9일

··· 저녁에 동래에 머물러 잤다. ··· 서울집이 평안하다는 소식을 접하고 곧 답서를 만들어서 장계가 올라가는 편에 부쳤다.

7차. 김지남 『동사일록』 1682년 5월 24일

··· (용당참(龍堂站)에서 점심 먹고) ··· 동래 못 미쳐 5리쯤 되는 손달리(孫達里)에 도착했다. 비는 그치고 바람이 인다. 주수(主倅)가 지대수령

(支待守令)과 함께 국서를 경건히 맞아 앞에서 인도하고, 사신 이하는 검은 단령을 입고 배행했다. 국서를 맞아 숙배하는 예의는 칙서를 맞을 때의 의식과 똑같다. 그러나 마침 국기일(國忌日)이기 때문에 음악은 연주하지 않았다. 이날 1백 20리를 갔다.

7차. 홍우재『동사록』1682년 5월 24일

… 선장(船將)과 소통사(小通事) 등이 와서 뵈었고, 훈도 변이표(邊爾標)가 왜인들의 말에 따라 갈 길을 재촉하므로 즉시 동래로 향했는데, 5리쯤 밖에서 동래부사가 장막(帳幕)을 치고 군사의 위엄을 갖추어 맞이했다.

국서(國書)를 용정자(龍亭子)에 옮겨 모셔놓았다. 사신 이하 흑단령(黑團領)을 입고 국서를 모시고 객사로 나아가 북쪽 벽에 봉안했다. 세 사신은 전상(殿上)의 동쪽에 줄서고 원역(員役)들은 관직의 차례에 따라 계단의 동쪽에 서고, 지방관과 접대 담당 수령들은 뜰에서 4배(四拜)를 했으며, 주관(主官)이 정사 앞으로 나아가 문상례(問上禮)를 행하고 내려가 다시 제자리에 서서 세 번 향을 피운 후 또한 네 번 절하였다. 사례(私禮)는 생략하였음.

국기일(國忌日)이므로 음악은 없었다. 상사(上使)는 동헌(東軒)에서, 부사는 서헌(西軒)에서, 종사관은 장관청(將官廳)에 거처하였는데, 이어 동래에서 유숙하였다.

본주와 기장현(機張縣)에서 접대했는데 본부에서 종행을 제공했다. 모든 대접이 하나도 볼만한 것이 없었다. 박당상(朴堂上) 및 정양의(鄭良醫)와 함께 박군숙(朴君淑)의 집에서 숙박했다.

8차. 임수간 『동사일기』 1711년 6월 4일

동래(東萊)로 향하였다. 관문(官門) 5리밖에 부사(府使) 이방언(李邦彦)이 장막을 치고 국서(國書)를 맞이했는데, 국서를 용정자(龍亭子)에 담고 의장(儀仗)을 갖추어 풍악을 올리며 앞에서 인도하고, 사신(使臣)은 관디[冠帶]를 갖추고 배행(陪行)하여 객사(客舍)로 들어갔다. 수령은 문상례(問上禮; 임금의 안부를 묻는 의식)를 행하였는데, 풍악을 올리기 전후하여 사배례(四拜禮)를 행하고 끝냈다. 정사·종사관과 함께 동헌에 앉았는데, 마침 부사가 와서 같이 담화를 나누다가 어두울 무렵에 서헌으로 가서 잤다.

6월 5일

아침에 부사를 보고 이어 정원루(靖遠樓)에 가서 종사(從事) 및 도사(都事)를 보았다. 점심 때 동헌에 모여 활쏘기를 보고 동래에 유숙했다.

11차. 조엄 『해사일기』 1763년 8월 20일

… 동래에 닿았다. 동래는 내가 정축년(1757)과 무인년에 다스리던 고장인데, 고을 사람·장교·아전·백성·중들 수백 명이 고을 경계에까지 와서 기다리다가 가마를 막아서고 말을 붙들며 앞을 다투어 가는 길을 위로하므로, 잠시 수레를 멈추고 수답(酬答)하였다. 금년 농사가 어떠냐고 물었더니, 큰 풍년은 아니지만, 지난해와 비교하여 조금 낫다고 한다. 변방 백성들이 다소 심한 곤란을 면하게 되었으니, 반가운 일이다.

잠시 십휴정(十休亭)에서 쉬고 있는데, 종사관이 벌써 이르렀다. 같이 5리 길을 가니, 부사 정만순(鄭晚淳)이 의장(儀仗)을 갖추고 국서(國書)를 길가에서 맞이하고, 이어 앞에서 인도하여 가는데, 바다를 건널 군물(軍物) 및 나졸(羅卒)과 전배(前排)를 갖추어 늘어 세웠다. 세 사신은 관복(官服)을 갖추고 원역들은 각기 그 정복을 입고 반차(班次)를 정돈하여 천천히 가서 남문에 들어서니, 좌우 길 곁에 구경하는 사람이 몇 천인지를 알 수 없었다. 국서를 객사(客舍)에 모시고 친히 부사의 연명례(延命禮)를 받았다.

좌수사 심인희(沈仁希)·부산첨사 이응혁(李應爀)이 보러 오고, 장교·관속들과 기생들에 이르기까지 모두 맞이하여 뵈었는데 다 전일에 심부름하던 자들이다. 이날은 60리를 갔다.

11차. 김인겸 「일동장유가」

내일은 습유정(拾遺亭)에 일행이 수험(搜驗)하매,
일 먼저 못 떠나서 종사상 뒤를 따라,
수험소(搜驗所)에 미쳐 오니 진애(塵埃)가 창천(漲天)하고,
삼행차(三行次) 의롱(衣籠) 짐이 뫼같이 쌓였구나.
일색(日色)이 늦었으니 이루 어이 다 볼소냐.
대삭(大索)을 많이 얻어 열십자로 봉(封)하여,
세세(細細)히 수험차(搜驗次)로 다 내어 주는구나.
이윽고 상부방(上副房)이 차례로 들어오네.

동래로 향하리라 오리정(五里亭)에 다다라서,
삼방(三房) 소속(所屬)들이 관복(官服)을 다 갖추고,
너를 벌 긴긴 길에 각각 뒤를 따랐으니,
유의(儒衣) 유복(儒服)으로 나는 참예(參預) 부질없어,

반비(半臂) 서행(徐行)하여 뒤에 오며 굿을 보니,

어지러운 생소고각(笙蕭鼓角) 산악(山嶽)을 진동하고,

무수한 부월(斧鉞) 정기(旌旗) 천일(天日)을 가리었다.

연락(連絡)한 복태(卜駄) 바리 육십 리에 닿았으니,

거동(擧動) 행차(行次) 제(除)하고 비할 데 전혀 없다.

굿 보는 남녀노소 십만(十萬)을 헤리로다.

주조문 다다라서 삼혈(三穴) 방포(放砲) 놓은 후에,

식파루(息波樓) 들이달아 벽대청에 좌기(座起)하고,

열다섯 비장(裨將)들과 열일곱 원역(員役)이며,

허다한 중하관(中下官)이 차례로 참알(參謁)한 후,

동래부사 청알(請謁)하고 각 진(陳) 변장(邊將) 군례(軍禮)한다.

동행을 잠깐 보고 사처에 와 석식(夕食)하고,

초 물리고 잠을 자니 날 새는 줄 모를러라.

요즈음 세관 검사처럼 도일(渡日)할 짐을 검사하고 오리(五里)를 남겨 놓고 퍼레이드를 하는 모습이 자세히 그려져 있다. 바다를 사이에 두고 가고 오는 짐들의 이해관계는 좀 다른 각도에서 깊이 살펴볼 문제로 남는다.

부산포-영가대와 왜관

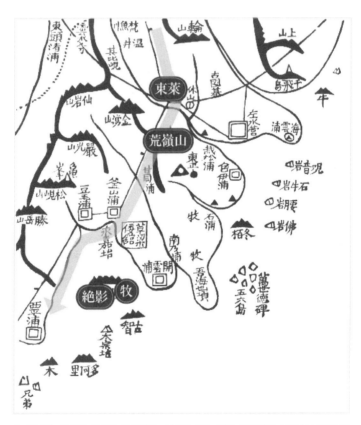

〈그림 88〉 윤산은 동래의 진산이다. 부산포 가는 길에 황령산은 서울 남산으로 가는 첫 번째 봉수다. 부산포 옆의 초량왜관은 두모포 지나 영도 앞으로 옮겨 그려야 한다. 절영(絶影)이라는 섬이 영도이고 목(牧)은 목장이 있다는 뜻. 개운포 지나 오륙도와 동백섬도 보인다.

1. 휴산역 동래읍성에서 부산포 종착역

부산역사문화대전에 의하면 휴산역은 동래구 수안동이라고 한다. 동래부에서 남으로 1리라고 하면 바로 문 앞에 있었다는 말인데 고지도에도 그런 그림이 있다. 북으로 소산역이 20리인데, 중마 2필, 복마(卜馬) 5필, 역리(驛吏) 166명, 노(奴) 34명이다. 18세기 중반에 간행된 『동래부읍지』에는 따르면 역참 시설은 1895년(고종 32)까지 존속한 것으로 보인다. 『동래부지(東萊府誌)』의 동래부 읍내면 휴산동(休山洞)이 1915년 지적원도(地籍原圖)에는 생민동(生民洞)으로 바뀌었고, 이 지역은 지금 수안동인데 휴산동이라는 지명은 조선조 휴산역에서 연유한 것으로 보인다.

결국 휴산역은 동래읍성 남문을 나와 농주산[부산동래경찰서 자리] 옆 수영으로 가는 길목[동래구 낙민동]과 동래패총 인근 낙민초등학교 일대로 보인다.

휴산역에서 북쪽 길은 동래읍 성밖 남문·서문·암문을 거쳐 명륜초등학교와 온천장 교차로로 이어진다. 동래읍성 암문에서 온천장 교차로까지 가는 길을 '큰나들이길'이라고 한 것은 동래부사가 부임할 때 늠름한 행렬이 자못 장엄하여 '큰나들'이라 하였는데 이 큰나들이의 '큰'이 '대(大)'로 바뀌어 '대낫들이'가 되었다고 한다. 이렇게 시작한 노정(路程)은 소산역을 경유하여 양산-밀양으로 이어지면 청도군-경산-대구길이고, 소산역에서 아월을 지나면 울산에 이르게 된다.

남쪽으로는 이섭교(利涉橋)를 지나 좌수영 즉 해운대 방면으로, 세병교(洗兵橋-이전 광제교)를 건너면 부산진으로 나아간다. 이곳 해안 포구에 이르러 연안 항로나 일본으로 나아갈 수도 있었다. 그리고 낙동강 하류를 건너 김해를 통해 서쪽으로도 길이 열려 있었다.

〈그림 89〉 ①울산방면 ②소산역. 동래의 진산인 ③윤산. 6,653호에 25,753명의 인구를 관리한 ④동래부. ⑤휴산역 ⑥온천천과 광제교. ⑦황령산 봉수. ⑧부산진. [동래부지도 : 규장각 소장]

마비현은 모너머 고개, 마비치 라고도 부르는데 부산진구 양정동과 전포동을 오가던 고개로 송상현 순절비 부근이다.

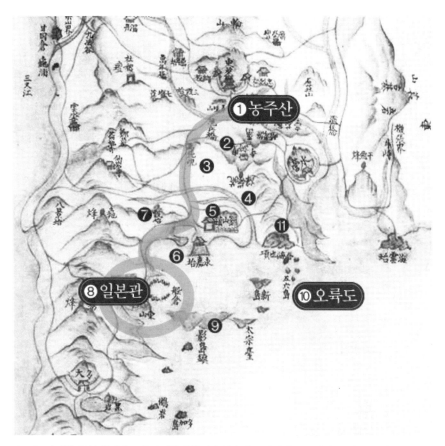

〈그림 90〉 ①농주산 ②광제교 ③마비현 ④황령산 봉수 ⑤부산진 ⑥영가대 ⑦증대[甑坮] ⑧일본관[왜관] ⑨영도진 ⑩오륙도 ⑪오해야항. 여지도서에는 '산이 가마[釜]를 닮아서 부산'이라고 했는데 ⑦증대에 올라보면 용두산-영도-태종대-오륙도가 서로 손을 잡으며 강강술래를 하듯이 오목한 시루[甑]처럼 보인다. 지도에서도 보이듯이 가마솥[釜]에 물을 담은 것처럼 부산항이 한눈에 들어온다. 시루[甑]나 가마[釜]나 그렇게 이름 지어지고 '그 산 아래 포구' 가 '부산포(釜山浦)'가 아니었을까? [1895년 동래부지도 : 규장각 소장]

2. 부산포로

이제 역관들이 바빠지게 되었다. 왜인들의 표류지라고 할지 아니면 거류지라고 해야 할지? 시대에 따라 이 구역은 옮기기도 하고 늘리기도 하고 평화로운 상업구역이다가 전운(戰雲)이 감돌기도 했다.

동래부사는 왜사(倭使)를 맞이하여 잔치를 벌이기도 했는데 그들을 더 이상 내륙으로 끌어올리는 것을 꺼렸기 때문이다. 그 행차의 그림이 지금 국립박물관에 남아있다. 동래부사는 가마를 타고 앞뒤로 군졸들의 호위 아래 연예인단을 대동하고 동래의 남문을 나선다. 수영강을 건너 대략 20리쯤 가면 영가대에 이르고 다시 10리쯤 가면 지금 광일초등학교 연행대청에 이른다. 이 그림에 가마를 탄 사람은 동래부사지만 통신사를 모시면 영가대까지 비슷한 그림이 된다. 영가대의 그림은 단연 1748년 겨울 이성린의 그림이 눈에 뜨인다. 이성린은 10차 사행의 화원으로 국립박물관에 사로승구도를 남겨놓았다. 그해 12월 18일부터 대마도로 떠날 때까지 그는 부산에 있었을 것이고 '부산(釜山)'이라는 화제(畵題)의 이 그림은 그 사이에 그려진 것이다. 세 척의 배가 보이는데 혹 대마도로 향할 배를 새로 건조한 것은 아닐지? 영가대 뒤로 인가와 길이 보이고 성문으로 이어졌는데 부산진성일 것이다. 성 뒤로는 솔숲이 우거진 산 너머 멀리 윤곽만 그려진 산이 보이는데 수정산 때로는 부산(富山) 또는 증산(甑山)으로도 불린 부산(釜山)−가마산으로 보인다. 가메산이라고 불러도 좋고 들리기에 따라서는 '가무산 … 가마뫼 … 감메 … 감만'일 수도 있었을 것이다.

지금 釜山씨티의 지명유래로 여러 의견들이 있다. 아무튼 통신사들은 대부분 이 산에 올랐고 − 부산(富山), 증산(甑山)이라고 쓴 사람도 있

〈그림 91〉 불과 100년 전 동래남문에서 부산포로 가는 광제교. 부산광역시립박물관에 보관되
어 있는 사처석교비(四處石橋碑)에 따르면, 원래 나무 다리였는데 1781년(정조 5)
에 돌다리로 교체되었고 후에 세병교(洗兵橋)로 고쳐 부르고 있다. 통신사들은 나무
다리를 이용했을지도 모른다. [부산역사문화대전 : 김재승 소장]

지만 – 시(詩)를 짓고 또 대마도를 바라보기도 하고, 왜인들이 쌓은 성의
흔적을 보기도 했다. 그 각도에서 매립으로 변경된 지형의 원형을 그려
보는 것도 해행총재를 읽는 사람들에게는 뜻이 있는 일일 것이다.

7차. 홍우재 『동사록』 1682년 5월 25일

동래관에 머물면서 동래에 이르렀다는 뜻을 장계로 올리고 집으로 편
지를 부쳤다. 식후에 수역당상관 세 사람과 상판사(上判事) 두 사람이 함

께 왜관(倭館)에 가서 재판왜(裁判倭)·호행 정부관(護行正副官)·도선관수
왜(都船館守倭) 등을 만나 인사한 후 이어 배 타는 날짜와 사신 일행의
사람 수를 줄이기 곤란하다는 등의 일을 말하고, 날이 저물어 동래 객사
로 돌아왔다. 삼당(三堂)은 즉 가선 박재흥(朴再興)·절충장군 변승업(卞
承業)·홍우재(洪禹載) 등 세 명의 역관을 말한다. 그리고 인원수를 줄이
기 어렵다고 한 것은 저들이 긴요하지 않은 사람을 줄여 달라고 요구했
기 때문이다.

11차. 조엄 『해사일기』 1763년 8월 21일

6년 동안에 산천과 풍물(風物)이 옛날과 한결같으니, 자못 연연하여
잊혀지지 않는 옛정이 느껴진다. 크게 무사들을 모아 활쏘기를 시험하
여 상을 주고, 간략하게 떡과 과일을 장만하고 풍악을 베풀어 대접하다
가 해가 다 되어서야 파하였다. 울산부사 홍익대(洪益大)와 기장현감(機
張縣監) 하명상(河命祥)이 보러 왔다.

1차. 경섬 『해사록』 1607년 2월 8일

아침에 동래부를 떠나 오시에 부산포(釜山浦)에 도착하였다. 수사(水
使) 최강(崔鋼)·첨사(僉使) 신경징(申景澄)이 보러 왔다. 지대(支待)하러 모
여든 수령이 무려 수십여 인이었다. 이사화(李士和)·김자정(金子定)도 뒤
따라 와서 날마다 모여 얘기했으므로 객중의 회포가 조금 위로되었다.
경성에서 부산포까지 9백 80리다.

2월 9일

부산에 미물렀다. 각 관(官)은 잡물(雜物)이 반절도 도착하지 않고, 모든 일이 준비되지 못하여, 바다를 건너갈 시기가 점차 멀어지니 한탄스럽다.

3차. 강홍중 『동사록』 1624년 9월 16일

아침에 종사와 더불어 관아에 나아가 부사(府使)를 찾아보았다. 조반후에 상사 이하 모두 관디[冠帶]를 갖추고 의물(儀物)을 앞에 진열(陳列)하여 일시에 출발하였으니, 이는 왜관(倭館)이 부산(釜山)에 있기 때문이다.

정오에 부산에 당도하니, 첨사(僉使)와 각포(各浦)의 변장(邊將)들이 출참(出站)하고 수령들이 모두 영접을 나왔기에 곧 당(堂)에 앉아 공례(公禮)를 받고 파하였다. 김해(金海)·밀양(密陽)의 수령과 창원부사 박홍미(朴弘美)·웅천현감 정보문(鄭保門)·거제현령 박제립(朴悌立)·함안군수 □□□·기장현감 박윤서(朴胤緒)가 모두 지대차 오고, 좌수사(左水使) 황직(黃溭)이 찾아와 주연(酒宴)을 베풀어 주었다. 통영(統營) 중군(中軍) 임충간(任忠幹)이 통영에서 사신이 타고 갈 새로 꾸민 배를 타고 왔다. 이는 그 공로를 자랑하고 겸하여 작별 인사도 나누려는 것이었다.

〈그림 92〉 동래부사 접왜사도. 오른쪽으로부터 제1폭에 읍성이 보인다. 뒤로 진산인 윤산도 보인다. 그 산을 에둘러 통신사들은 서울에서 이곳으로 와서 이틀 쯤 머물렀다. 남문을 나서면 온천천을 건너는데 그 다리가 광제교다. 지금 범내골의 동천은 좁은 개울이지만 그림에서는 바닷물이 밀고 들어와 있다. 2-3폭에는 영가대와 부산진과 부산이 보인다. 4폭에 정사의 가마가 두모포 왜관 자리 즉 지금의 고관길을 지나고 있다. 3-4폭 아래의 바다는 지금 매립되었는데 이성린은 3폭의 아래 언덕에서 영가대를 그린 것 같다. 5-6폭을 지나 7폭에 이르면 왜인들의 출입이

〈그림 93〉 1748년 이성린의 사로승구도 부산 : 화제(畵題)가 부산(釜山)이다. 이 모습은 그 혼자 본 것이 아니고 당시의 사절 수행 모두 500명 내외 그리고 인가의 주민들과 지공(支供)에 참여한 인근 고을 원역들이 모두 보았을 정경이다. [국립중앙박물관 소장]

통제된 설문(設門)이 나오는데 지금 부산역 앞 차이나타운이다. 지금도 고개를 오른쪽으로 돌리면 낭떠러지에 가까운 비탈집들이 처마에 처마를 포개고 있다. 그 바닷가를 지나 8폭의 객사에 이르는데 지금 봉래초등학교 자리다. 인근 영주동 640번지에 성신당이 있었다고 한다.(김한근, 『세때벌의 메아리』 2016) 9폭의 잘린 부분에 동광로가 있고 부사는 복병산기슭을 따라 중구청으로 올라서서 북쪽 담장을 통해 남문으로 지금 광일초등학교의 연향대청으로 들어서고 있다. 그 아래 부분이 왜관이었던 용두산공원으로 이어 자갈치시장의 부두와 연결된다. [국립중앙박물관 소장]

〈그림 94〉 청파도를 그린 김윤겸의 1770년 영남화첩에 담긴 화제(畫題) 영가대. 1748년 이성린의 그림과 너무 닮았다. 〈그림 95〉의 증산공원에서 사진을 찍은 자리가 소나무가 우거진 부산진 뒤편의 그림자만 보이는 증산의 봉우리라고 가정해 보자.

〈그림 95〉 일본이 왜성을 쌓은 증산공원 앞에 좌천초등학교가 보이고, 멀리 트인 바다에 오륙도가 보이는데 날이 맑은 날 이곳에서 대마도가 보이는지 모르겠다. 5차 종사관 申濡의 '부산(釜山)에 올라'를 이 자리에서 다시 새겨본다.

산 모양이 가마처럼 놓였는데 / 성문이 물을 향해 열렸구나 / 인연은 옛날의 내국(萊國)이요 / 형승은 저기 저 태종대 / 섬들이 하늘 끝에 멀리 보이고 / 물결은 땅을 뒤흔드는 듯 몰아오네 / 사절들 여기 와 머물면서 / 경치를 구경하며 함께 서성거리네.

山勢亞如釜 城門臨水開 人煙古萊國 形勝太宗臺 島嶼連天遠 波濤拔地廻 使華留滯日 登眺共徘徊.

사절들 여기와 머물면서(使華留滯日)라고 했는데 부사–조경(趙絅)이 '등부성망마주(登富城望馬州)'라고 한 것으로 보아 함께 이곳에 오른 것 같다.

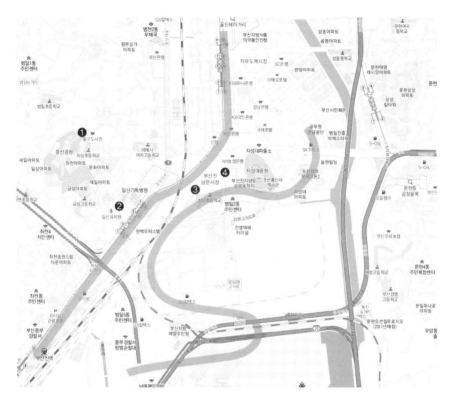

〈그림 96〉 ①증산공원, ②정공단. ③본래의 영가대 자리, ④부산포왜관 터. 매립되고 철로가 놓이고 도로를 넓히고 바다로 들어가는 개울은 좁아져 지금은 쉽게 당시의 모습을 상상하기 어렵다.

그리고 그 부산의 봉우리에서 다시 영가대를 바라보면 어떤 모습일까? 김원겸의 영가대 아래쪽에 길게 해안선이 이어져 있다. 이곳[남해해양경비안전본부]에서 이성린이나 김윤겸도 붓을 든 것 같다. 그림의 중심에 사람의 코처럼 도드라진 좌우에 배가 매어 있다. 오른쪽 돛대를 높이 세운 세 척의 배가 눈에 뜨인다. 왼편에는 비포장의 길이 인가와 나란히 가다가 성의 남문으로 이어지고 있다. 성안에서 산자락을 따라가다 모퉁이를 돌고 있는데 범내골의 동천을 따라가는 것 같다. 오른쪽의 가까운 산은 주맥이 황룡산인 우암동 도시숲[성천초등학교 인근]이 아닌가 한다. 10차 통신사의 일원인 이성린도 1748년 겨울에 그렸다는 명확한 사실이 이 그림을 다시 보게 하는 이유이기도 하고 사행로에 남은 당대의 드문 그림이라는 것도 아쉬움을 더한다.

3차. 강홍중 『동사록(東槎錄)』 1624년 9월 18일

부산에서 머물렀다. 역관(譯官) 장선민(張善敏)이 친상(親喪) 당한 형언길(邢彦吉)의 대신으로 차임(差任)되어 내려왔다. 집에서 보내온 서신을 받아 보니 금월 초 5일에 부친 것이었다. 오후에 임중군(任中軍)이 전별연을 베풀었다.

9월 20일

부산에서 머물렀다. 낮에 상사·종사와 함께 부산 증성(甑城)의 포루(砲樓)에 오르니 해문(海門)은 넓게 통하고, 어주(漁舟)는 점점이 떠 있다. 절영도(絶影島) 밖에 아물아물 보이는 산이 있으므로, 그 지방 사람에게 물으니,

"이는 대마도(對馬島)로, 청명한 날에는 이같이 분명히 보입니다."
라고 하였다.

〈그림 97〉 다른 쪽 계단엔 증산공원(甑山公園)이라는 표시가 있고, 5차(1643) 부사 조경은 등부
성망마주(登富城望馬州)라고 했다.

4차. 김세렴 『해사록』 1636년 9월 6일

식후에 출발하였다. 상사·부사·종사관이 거느리는 군관을 아울러 앞
서서 인도하게 하고, 세 사신이 서로 이어서 가고 원역(員役)들이 차례로
뒤따르게 하니, 대개 고사(古事)가 이러하였다. 기치 검극(旗幟劍戟)은 부
산에서 10리쯤 되는 곳에 나와 맞았다. 부산은 포구에 우뚝한 봉우리가
높이 솟아 있으며, 성곽은 모두 왜적(倭賊)이 쌓은 것이다. 김해부사 황이
중(黃履中)·초계군수 이석현(李碩賢)·창원부사 백선민(白善民)·함안군수
이원례(李元禮)·의령현감 김경조(金敬祖)·사천현감 최산흠(崔山欽)·부산
첨사(釜山僉使) 임충간(任忠幹)·칠포만호 등이 갑옷과 투구를 갖추고 5리
밖에 마중 나왔다. 성에 들어가 객사(客舍)에서 예(禮)를 행하였고, 예를

마치고서 각각 거처할 곳으로 갔다. 동래부사·울산부사가 잇따라 이르렀고, 좌수사 신경류(申景柳) 및 우후 신대식(申大拭)이 만나 보러 왔다. 유현립(柳顯立)의 종 막송(莫松)이 거제(巨濟)에서 이르렀다. 현풍의 선비 곽홍해(郭弘垓)·곽홍연(郭弘埏)이 보러 왔는데, 이곳에 도착한 지 이틀이 되었다고 한다. 역관 홍희남(洪喜男)·최의길(崔義吉)·강위빈(姜渭賓)·강우성(康遇聖)이 왜관(倭館) 안으로 평성춘(平成春)을 찾아보러 갔다.

9월 7일

부산에 머물렀다. 영선 차사원(領船差使員) 평산만호(平山萬戶)가 통영(統營)에서 타고 갈 배를 이끌고 와서 정박하였다.

5차. 『계미동사일기(癸未東槎日記)』 3월 10일

비가 조금 내리고 늦게 바람이 불었다. 낮에 부산(釜山)에 도착하니, 첨사(僉使) 이하 모든 변장(邊將)들이 갑옷과 투구를 갖추고 활과 칼을 찼으며, 각 고을 수령들은 군복(軍服) 차림에 칼을 차고서 객관(客館) 중문 안에 와서 우리를 맞았다.

국서(國書)를 북쪽 벽에 봉안하고 세 사신은 동쪽 벽에 늘어섰다. 첨사(僉使) 이하 모든 사람들이 숙배(肅拜)한 뒤에 공사(公私)간의 예를 행하고서 큰 기를 세우고, 북을 치고 피리를 불며 부산(釜山) 일신(一新)에 이르렀다.

7차. 홍우재 『동사록』 1682년 5월 26일

오후에 사신 이하 흑단령을 입고 군사의 위엄을 갖추어 국서를 모시고, 비를 무릅쓰고 부산으로 향했다. 5리쯤에 장막을 치고 대청에 국서를 봉안한 후 배례하는 등의 일은 동래에 도착했을 때 행하였던 바와 같이 하였다. 정사는 동헌에, 부사는 서헌에, 종사관은 진헌(鎭軒)에 자리를 정하고, 나와 이여실(李汝實) 아저씨는 동래의 옛 주인 안사웅(安士雄)의 집에 거처를 정했다. 각 고을에서 와서 지대(支待)한 것은 바빠 기록치 못했다. 칠원(漆原)에서 종행인을 제공했다. 부산 도착 후에는 단지 우리를 지대한 관아만 기록한다. 날이 저물어 사람 수를 조정하는 문제로 차왜(差倭)를 만났다.

밀양·경주 기생 등이 수사(水使)가 내린 관문(關文)으로 인해 차출되어 왔다.

5월 27일

부산에 머물렀다. 초계(草溪)에서 우리를 지대하는 임무를 맡았다. 안신휘(安愼徽)가 사람 수를 줄여도 좋다는 것을 말하러 왜관에 갔다.

〈그림 98〉 맨 위 산의 능선을 따라 해변에 설문이 보이는데 부산의 차이나타운이다. 초
량객사의 옆길은 모두 해변으로 인가가 보이지 않는다. 변박이 그린 초량왜
관도. [국립중앙박물관 소장]

〈그림 99〉 40계단 문화관에서 바라본 부산의 중구 동광로. 이 길이 왜관으로 가는 옛길이다. 변박
의 그림으로는 길 오른쪽은 모두 바다다. 고개마루 코모도 호텔 아래 객사인 봉래초등학
교가 있다.

8차. 임수간 『동사일기』 1711년 6월 6일

동래를 떠나 부산에 도착하여 성밖에 장막을 치고 국서(國書)를 맞았는데, 그 의식은 동래부(東萊府)에서와 같았다. 10여 읍에서 온 출참수령(出站守令) 및 각 진(鎭) 변장(邊將)이 와서 참배례(參拜禮)·문상례(問上禮)를 행한 다음, 세 사신이 함께 동헌에 모여 사례(私禮; 사사로이 차리는 인사)를 받고 이어 서헌(西軒)으로 돌아가서 잤다.

6월 7일

풍세가 몹시 사납기에 낮에 도해선(渡海船)을 살펴본 결과 배는 모두 견고했다. 이어 영가대(永嘉臺)에 올라가 해문(海門; 항구)을 바라보고 돌아왔다.

11차. 조엄 『해사일기』 1763년 8월 22일

식후에 떠나 5리쯤 가니, 좌수영 우후(左水營虞候) 황만(黃曼)·창원부사 전광훈(田光勳)·김해부사 심의희(沈義希)·하동부사 김재(金梓)·칠원현감 전광국(田光國)·의령현감 서명서(徐命瑞)·부산첨사 이응혁(李應爀)·다대첨사 전명좌(全命佐)·적량첨사 이운홍(李運弘)·서생첨사 김창일(金昌鎰)·개운만호 황명담(黃命聃)·포이만호 구선형(具善亨)·두모만호 박태웅(朴泰雄)·서평만호 박계백(朴桂柏)·율포 권관(栗浦權管) 우숙주(禹淑疇)·남촌 별장(南村別將) 신식(申植)이 국서(國書)를 지영(祗迎)하고 이어 앞에서 인도하는데, 위의(威儀)가 한결같이 동래부에 들어갈 때와 같았다. 객사에 도착하여 연명례(延命禮)를 행하고 조금 쉬었다.

세 사신이 같이 선소(船所)로 가서 각기 탈 배에 올라가 그 제작한 모양을 살펴보니, 자못 견고하였다. 전선(戰船)에 비교하면 조금 큰네, 상장(上裝)의 길이가 19발 반이고, 위 허리[上腰]의 너비가 6발 2자이며, 위에 청방(廳房) 14칸을 설치하였다. 방의 위에 또 타루(柁樓)가 있는데, 붉게 단청을 하였으며 누 위에 군막(軍幕)을 설치하고 군막 위에 포장을 쳤다. 의자를 놓고 앉아 바다를 내려다보니 조금 쾌활한 뜻이 느껴졌다. 횃불을 들고 객사로 돌아왔다.

11차. 김인겸 「일동장유가(日東壯遊歌)」

독목교(獨木橋) 건너 돌아 부산(釜山)으로 내려가니,

오리정 군막(軍幕) 속에 네 관원(官員) 그 누군고.

김해, 창원, 칠전(漆田) 원이 주진(主鎭) 첨사(僉使)하고 있다.

말 내려 입담하고 본진(本陣)으로 들어가서,

채방(探訪)의 두어 객을 번개처럼 얼핏 보고,

하처로 찾아가니 남문 밖이 이슥하다.

창원 관속(官屬) 대령하여 지응(支應) 범백(凡百) 거행하니,

삼중석(三重席)도 화려하고 병풍(屛風) 안석(案席) 휘황하다.

통인(通引) 차모(茶母) 현신하고 낮 차담(茶啖) 드리는고. …

황산(黃山) 말 갈아 타고 영가대(永嘉臺) 올라가니,

동남(東南)의 요충(要衝)이요 산해(山海)의 인후(咽喉)로다.

성지(城池)도 금탕(金湯)이요 여염(閭閻)도 장할씨고.

왜관(倭館)과 절영도(絶影島)는 팔장처럼 환포(環抱)하고,

그 밖은 무변 대양(無邊大洋) 하늘에 닿아 있고,

그 안은 호수(湖水)처럼 안온(安穩)하고 광활(廣闊)하다. …
슬프다 임진년(壬辰年)에 이같이 좋은 지리(地利)
충무공(忠武公) 이 장군(李將軍)이 지키어 방비(防備)하면,
왜병(倭兵)이 강(强)타 한들 제 어이 등륙(登陸)하리.
삼경(三京)이 함몰하고 승여(乘輿)가 파천(播遷)하사
거의 망(亡)케 되었다가, 황은(皇恩)이 망극(罔極)하사
천병(天兵)이 나온 후에 겨우 회복하였으나,
간신(奸臣)이 오국(誤國)하여 강화(講和)는 무슨 일고,
부끄럽고 분한 길을 열한 번째 하는구나
한 하늘 못 일 원수 아주 잊고 가게 되니
장부(丈夫)의 노한 터럭 관(冠)을 질러 일어선다.

김인겸은 해신제(海神祭)를 지내어 통신사 선단(船團)이 무사하게 왕복하기를 기원하던 영가대에 서서 부산 앞바다를 둘러보며, 원균이 아니라 충무공이 경상도 수사를 맡았더라면 왜군이 상륙하지 못하게 했을 것이라고 아쉬워했다. 통신사는 평화사절단인데, 그는 왜적을 평화의 상대방으로 인식하는 것이 아니라 아직도 침략자로 인식하고 있는 것이다.

영(嶺) 이남(以南) 칠십이 주(州) 차례로 지공(支供)하니,
대읍(大邑)은 나흘이요, 중읍(中邑)은 사흘이요,
지잔(支殘)한 고을들은 이틀씩 한다 하네.
끓느니 사람이요 천(賤)할싼 음식일다.
죽조반(粥朝飯) 먹은 후에 영가대(永嘉臺) 고쳐 가니,
삼방(三房)의 병방(兵房)들이 격군(格軍)을 점고(點考)하네.

도해(渡海)할 여섯 배를 차례로 매었으니,

통영(統營)과 좌수영(左水營)서 배가 왔다 하는구나.

크기도 그지없고 높기도 장할씨고.

열두 발 쌍돛대는 전후로 세워 있고

열세 간 널 놓은 방 좌우로 만들었다

그 아래 집을 짓고 그 위는 누(樓)이로다.

여섯 척 지은 물역(物役) 십만 냥이 들었다네.

두어 날 몸을 쉬어 장대(將臺)에 올라갈새,

노송(老松)과 대 속으로 굴곡(屈曲)하여 길이 났네.

맨 위층 올라가니 지세(地勢)도 좋을씨고.

평연(平然)한 잔디밭이 말을 타고 달림직다.

어주(漁舟)와 상고선(商賈船)은 해변(海邊)에 왕래하고,

개운포(開雲浦) 두목개는 눈앞에 벌여 있다.

통신사 일행이 타고 갈 배 6척은 통영(統營)과 좌수영(左水營)에서 건조했는데, 그는 영가대 앞바다에 매어 있는 통신사의 배들을 둘러보며 장쾌한 기분이 들었다. 십만냥 들여 건조한 누선(樓船)을 타고 바다 건널 생각을 하니 평탄한 잔디밭에 말 타고 달리는 기분이 들 것이라고 상상했다. 쓰시마까지 가는 동안에도 배멀미에 모두들 고생하건만, 한양에서 20일 남짓 말 타고 부산까지 오다 보니 지쳐서 빨리 배를 타고 싶었던 것이다. 통신사의 한국 구간은 이렇게 끝이 난다.

바다를 건널 인원은 500명이지만, 대부분 동래 인근에서 불러 모으고, 서울에서 내려오는 인원은 삼사(三使)와 사문사(四文士), 역관(譯官), 의원(醫員), 화원(畵員), 사자관(寫字官), 마상재(馬上才) 등 55명의 원역이지만

수행원과 지방의 친지들을 합하고 지응관까지 더하면 그 수는 기하급수로 불어난다. 4차 김세렴은 대은역에서 '2, 3차에 비하면 10에 7, 8을 줄였다 하는데, 지응(支應)하는 하인으로 모인 자가 수백인 밑으로 내려가지 않는다.'고 했다. 이들이 서울에서 동래 부산까지 내려오는 동안에 일흔두 고을이 동원되어 접대하였다. 평화유지비는 우리의 상상을 넘어선다.

국서(國書)와 왜관(倭館)

이제 바다를 건널 차례가 되었다.

이 글의 앞에 '선조 23년부터 예(例)가 되어 통신사(通信使)가 왕래할 때에는 대마도주가 반드시 호행(護行)하였다.'고 했는데 그 대마도주와 접촉은 왜관을 통해서 이루어졌다. 그리고 이 행렬의 맨 앞에 국서가 있었다.

왜관(倭館)은 글자 그대로 왜인(倭人)들이 머무는 집인데, 여러 기능을 가진 건물들이 세워져 있는 치외법권 지역을 가리킨다.

왜관은 4차에 걸쳐 부산포 왜관(1407-1600) - 절영도(1601-1607) - 두모포(1607-1678). 그리고 초량(1678-1876)으로 이어졌다. 6차까지는 두모포, 초량은 7차(1682) 사행 숙종조 이후로 나누어 볼 수 있다.

제1차 사행에 앞선 기록으로 『선조실록』 203권, 선조 39년 9월 17일 기사에 왜국 사신이 서계를 가지고 나오면 묵을 왜관을 설치하게 한 내용이 실려 있다.

비변사가 아뢰기를,

"귤왜(橘倭)가 이번에 서계(書契)를 가지고 나오면 전례대로 절영도(絕影島)에 있게 하는 것은 그가 반드시 바라지 않을 것은 물론, 일에 있어서도 미안하니, 접대할 곳을 미리 만들지 않을 수 없겠습니다. 평시에 쓰던 왜관(倭館)이 이제는 부산성(釜山城) 안으로 들어갔고 좌수사(左水使)와 부산첨사(釜山僉使)가 다 그 안에 주차하므로 왜인을 이곳에 섞여 있게 할 수 없습니다. 혹 부산 구진(舊鎭) 근처나 다른 온당한 곳에 빨리 몇 칸을 꾸며 서둘러 수리하고 담과 문은 높고 튼튼하게 만들어 몰래 통하여 기밀을 누설할 염려가 없게 하는 것이 마땅하겠습니다. 이 뜻을 경상순찰사(慶尙巡察使)와 좌수사에게 행이(行移)하여 알리는 것이 어떠하겠습니까? 감히 아룁니다."
하니, 윤허한다고 전교하였다.

국서(國書)는 12차례의 사행(使行)마다 조금씩 달랐을 것이다. 통신사들은 이 서찰을 강호(江戶)에 전하는 것이 첫째 임무였다. 능침 왜인의 대역을 동원했던 대마도는 이 국서를 위조하는 일도 서슴지 않았다. 세월이 흐르고 한일교류가 빈번해지면서 조선의 국서를 일본의 시골에서 주고받는 일이 빈번해지고 있다. 그 내용에 어떤 글이 들어있고 또 행사를 마친 뒤에 그 국서를 어떻게 처리하는지 궁금하다. 한편 일반인들이 그 국가 사이의 편지를 직접 본다는 것은 쉬운 일이 아니다. 원문은 붓글씨의 한문(漢文)으로 되어 있는데 …. 조선 왕이 통신사를 통해서 일본 장군에게 보내는 국서 가운데 제1차의 국서는 경섬의 기록에 의하면 다음과 같다.

조선국왕(朝鮮國王) 성휘(姓諱)는 일본국왕 전하(日本國王殿下)에게 답서를 올립니다.
이웃 나라와의 교제에는 도리가 있으니, 예로부터 그랬던 것입니다. 2백

년 동안 전쟁이 없어 바다가 조용해진 것은 모두 중국 조정의 덕택이지만, 우리나라인들 또한 어찌 귀국을 저버렸겠습니까? 임진년의 변란은, 귀국이 까닭없이 군대를 일으켜 극히 참혹한 화란(禍亂)을 만들고 심지어 선왕(先王)의 능묘(陵墓)에까지 욕이 미쳤으므로, 우리나라 군신의 마음이 아프고 뼈가 저리어, 의리에 귀국과는 한 하늘 밑에 살지 못하게 되었던 것입니다. 6, 7년 동안 대마도(對馬島)가 비록 강화(講和)할 것을 청해오기는 하였으나, 실로 우리나라가 수치스럽게 여겼던 바입니다. 이제 귀국이 옛일을 혁신하여 위문편지를 먼저 보내와 '전대의 잘못을 고쳤다.' 하여 성의를 보이니, 참으로 이 말과 같다면 어찌 두 나라 생령(生靈)의 복이 아니겠습니까? 이에 사신을 보내어, 보내온 후의에 답하는 것입니다. 변변찮은 토산물을 별폭(別幅)에 갖추어 놓았습니다. 모두 잘 살펴주기 바랍니다.

만력 35년 □월 □일.

별폭 : 백저포(白苧布) 30필, 흑마포(黑麻布) 30필, 백면주(白綿紬) 50필, 인삼 50근, 채화석(彩花席) 20장, 호피(虎皮) 10장, 표피(豹皮) 5장, 후백지(厚白紙) 50속, 청밀(淸蜜) 10기(器), 황밀(黃蜜) 백 근, 청살피[靑斜皮] 10장.

이 원문이 좀 더 사실에 가깝다.

朝鮮國王。姓諱 奉復日本國王殿下。交隣有道。自古而然。二百年來。海波不揚。何莫非天朝之賜。而敝邦亦何負於貴國也哉。壬辰之變。無故動兵。構禍極慘。而至及先王丘墓。敝邦君臣。痛心切骨。義不與貴國。共戴一天。六七年來。馬島雖以和事爲請。實是敝邦所恥。今者貴國。革舊而新。問札先及。乃謂改前代非者。致款至此。苟如斯說。豈非兩國生靈之福也。玆馳使价。庸答來意。不腆土宜。具在別幅。統希盛亮。萬曆三十五年月日。

別幅。白苧布三十匹。黑麻布三十匹。白綿紬五十匹。人蔘五十斤。彩花席二十張。虎皮十張。豹皮五張。厚白紙五十束。清蜜十器。黃蜜一百斤。青斜皮十張。

이 국서는 지금 교토대학의 종합박물관에 있다고 한다. 한편 이런 국서를 보내는 과정에 조선조정의 논의가 왕조실록에 남아있다.

선조(수정실록) 39년 병오(1606 만력34) 12월 1일(乙未)
회답사 여우길·경섬, 서장관 정호관 등을 일본에 파견하다

회답사(回答使) 여우길(呂祐吉)·경섬(慶暹), 서장관(書狀官) 정호관(丁好寬) 등을 일본에 파견하였다. 원가강(源家康)이 신사(信使)를 여러 번 청하였으나 조정의 의논은 사행의 명칭 붙이는 것을 어렵게 여겨 오래도록 허락하지 않았다. 이때에 이르러 가강이 서계(書契)를 보내 굳이 청하므로 드디어 회답(回答)이란 이름으로 이들을 파견하였는데, 사람들이 모두 나라의 원수를 갚지도 못한 상태에서 먼저 신사(信使)를 허락한 것은 옳지 못하다고 여겼다.

그리고 가강(家康)이 보내왔다는 서계(書契-조선시대 일본과 주고받던 문서로 국서라고 쓰지 않았다.)는 다음과 같다. (선조실록 205권, 선조 39년 11월 12일 정축 1606년)

"수년 동안 의지(義智)와 조신(調信) 등에게 명하여 천고의 맹약(盟約)을 다지도록 하였으나 그 일을 완수하지 못한 채 조신이 죽었으므로 지난해부터는 그의 아들 경직(景直)에게 명하여 그 일을 주선토록 하였습니다. 요전

에 의지가 비품(飛稟)하기를 '여러 번 귀국에 화친을 청하였으나 귀국에서는 혐의를 풀지 못하여 지금까지 지연시키고 있으니, 친히 서계를 만들어 청하는 것이 옳다.'고 하였으므로 이같이 통서(通書)하는 것입니다. 한 건의 일에 대해서는 다행히 죄인이 대마도에 있는 터이므로 의지에게 확고하게 명령하였으니 의지가 반드시 결박하여 보낼 것입니다. 또 누방(陋邦)이 전대(前代)의 잘못을 고치는 것에 대해서는 지난해 승(僧) 송운(松雲)과 손 첨지(孫僉知) 등에게 모두 이야기하였으니 지금 다시 무슨 말을 하겠습니까. 바라건대, 전하께서는 속히 바다 건너 사신을 보내도록 쾌히 허락하여 우리 60여 주(州)의 인민들이 화호(和好)의 실상을 알 수 있게 하여 주시면 피차에 다행일 것입니다. 계절에 따라 나라를 위해 자중하소서."

日本國 源家康書契曰 : 累年命義智、調信等, 求尋千古好盟, 未完其事, 而調信就鬼, 故去年以來, 繼命其子景直而求之矣。義智頃日飛稟曰 : "屢次請和于貴國, 貴國嫌疑未釋, 遲延至今, 親修書請之可也。" 是以通書。至于一件事, 則幸在對馬島, 是以因命義智, 義智必縛送之。陋邦改前代非者, 去年說與松雲僧及孫僉知, 今更何言乎. 所望殿下, 快早許使過海, 俾六十餘州人民, 知和好之實, 則彼此大幸也。餘順序爲國自珍。

후기

대마도를 바라보며

〈사진〉 장수찰방역 선정비 군

〈그림 100〉 21세기의 조선통신사라고 할 수 있는 한일우정걷기 대원들이 옛 통신사 길을 함께 걷고 있다.

통신사들은 부산에 도착하고 지나온 길을 돌아본다. 통신사들의 지나온 길은 이 책의 머리에 표로 이미 제시했다. 그리고 동래와 부산에 바람을 기다리며 머무른 날자와 대마도(對馬島)로 떠난 날짜도 적어두었다. 부산까지 거리는 모두 차이가 있을 수 있다.

1차 부사 경섬은 980里라고 했는데 상주로 근친한 본인의 기록으로 보인다. 8차 임수간은 1165리라고 했고 11차 「일동장유가」에는 '쉰다섯 동행들이 일천 리(一千里) 멀고 먼 길 스무 날'에 왔다고 했는데, 함께한 남옥은 숙식의 기록을 노정(路程)에 꼼꼼하게 남기면서 1,110里 라고 적고 있다.

그 다음으로 타고 갈 배를 돌아보기도 하고 부산(부산)에 올라 멀리 대마도를 바라보기도 하고 시(詩)를 읊기도 한다. 부산포구에 머물면 왜관이 멀지 않다. 누군가는 여기서부터 대마다로 바다를 건너갈지 모른다. 조선통신사의 기록을 품고 ….

[落穗 : 남은 이야기]

나도 여기까지 독자들과 함께 걸어오며 뒷이야기를 할 시간이 되었다.

돌아보니 한강을 건너고 조령을 넘고 여기 부산포까지 32곳의 역(驛)이 있었다. 그곳에 번호를 매기고 조선통신사 공식행로 한국 구간(朝鮮通信使 公式行路 韓國區間)이라는 이름을 붙여 보았다.

역의 주요기능인 우편업무가 근대화되는 과정에 퇴락한 역터의 기록이나 보존이 전무한 가운데 유곡역의 지표조사가 안동대에 의해 이루어지고 울산 부평역의 발굴조사 있었으며 연원 역터의 비석과 신녕 장수 찰방비의 정비사업이 그나마 관(官)의 관심을 받은 것으로 전체 32역이 거의 형질변경된 것은 재고해볼 문제라는 것도 지적해두고 싶다.

통신사들의 행로를 더듬으며 역(驛)을 통해 공문이 끊임없이 발송되고 있고 그 사이 가서(家書)도 받아볼 수 있는 정황을 엿볼 수 있었다. 여행자의 숙식을 담당하는 기반시설이 균형을 이루지 못한 현실도 감지할 수 있었고 서울로부터 도저동 삼거리-양재-판교-숭선-용당 등 숙식의 공간들이 거리조정과 함께 자리잡아가는 과정도 엿볼 수 있었다.

이 구간에는 길손의 안녕과 역마을의 번영을 기리는 한남동의 부군당, 역촌동의 당제나무와 도당굿, 고모성의 성황당, 통명역의 마신제 등 이정표 구실도 함께 한 미륵불과 석탑과 부산의 입석도 세월을 지키고 있었다. 통신사 주제의 행진과 전별연은 간헐적으로 재현(再現)되었는데 영천에서 2015문화의 행사를 대한민국문화의 달 주관행사로 치른 것은 획기적인 일이었다. 울산에서는 성(城)을 보수하고 태화루를 복원하여 처용무를 유네스코 무형문화재에 등록시킨 것도 주목할 만한 일이었다.

이 이야기의 기본개념은 '그 날 그 자리에 통신사가 있었다'는 것이었다. 국사(國使)의 막중한 임무를 띤 행차에는 당연히 육조(六曹)와 비변사(備邊司)와 승정원(承政院)이 관심을 기울였다. 삼사(三使)의 행차에는 대략 세 곳의 지방관이 나누어 삼사에게 숙식을 제공하고 세 곳의 찰방역에서 말과 종행원을 제공하여 용원, 조령, 영천 등에서 체마(遞馬)가 이루어졌다. 이 삼사(三使)의 행차는 세척의 배를 나누어 탈 때도 적용되었다.

나름대로 200년간 12차례에 걸친 수많은 기록가운데 일부를 이 글에 옮겨보려고 노력했고 또 그 길을 밟아 보려고도 했지만 힘의 한계를 느낀다. 수많은 오류와 결락이 있다는 것을 알면서도 인쇄를 하는 것은 이 글이 없는 것보다는 차라리 이 글을 고쳐가는 것이 다음 사람들의 일에 조금은 도움이 되리라는 어리석은 생각 때문이다.

영천시청과 시민 여러분의 도움이 컸다. 이름이 드러나는 것을 원려(遠慮)하여 여기 기록하지 못한다. 한국체육진흥회 선상규(宣相圭) 회장, 일한ウォ―クの会 엔도 야스오[遠藤靖夫] 회장 그리고 2015년 4월 제5회 한일우정걷기에 함께한 여러분들의 도움에 감사를 드린다. 영천의 포은 예술단과 태권도 태무 '찾아가는 전별연'은 서울과 문경에서 그리고 영천에 이르러 폭우 속의 전야제, 장수찰방우물 개막식과 기마대가 선도한 삼사행렬과 마상재에 이은 조양각 전별연까지 성대한 환영행사를 벌여주었다. 대마도에도 일부 시민들이 응원해주었고 시즈오카에서는 대규모 초청행사가 있었는데 그만큼 영천의 위상을 높이고 영역을 확장한 것이었다.

서울에서 동경까지의 길은 걷기에는 멀고 멀었는데…, 그 길을 함께하면서 얽힌 감정을 다스리기 어려웠다. 모두들 깃발을 들고 걸었는데 나는 영천문화의 달 깃발을 들고 1200킬로를 걷기로 했지만 대열을 따라가기 힘들었다. 정말 많은 분들이 나를 대신하여 깃발을 들어 주시고 사인도해주셨는데 우정과 교류의 의미도 있었다. 사진의 깃발은 고바야시 요시오[小林義雄]께서 들고 부산으로 가는 길이다. 영천축제에 고이노보리를 전해준 마키노 유키오[牧野行雄] 씨와 우다가와 히로시게[歌川広重]의 판화를 보여주신 다카하시[高橋] 부부에게도 고마움을 느낀다.

그해 여름에는 우시오 게이코와 이미미 여사가 이끄는 유스조신통신사의 일본학생들이 영천에서 홈스테이를 하는 행사가 처음 이루어졌다. 그리고 가을 영천에서 조선통신사를 주제로 대한민국문화의 달 행사를 치렀는데 한일우정걷기회원들 鎌田悦子, 長谷ふみ, 針生平太郎, 太田太, 嶋文子, 上條明子 등 여섯 분이 4박 5일 일정으로 다시 한국을 찾아주었다.

그리고 해가 바뀌어 영천의 조선통신사축제는 정례화되었고 지난해의 흔적이 허경진 교수의 주선으로 기록으로 남을 수 있게 되었다. 허경진 교수는 유네스코 세계기록유산으로 조선통신사의 기록물을 등재하기 위해 사행록(使行錄) 24종 1,109,863자를 새로 발굴하여 번역에 착수하였고 필담창화 15,770면(面) 1백만자를 입력하고 번역하는 등 천문학적 숫자의 작업을 수행하고 있다. 한일 간을 오가며 통신사의 기록을 두루 섭렵한 허 교수의 자료가 이 사행로에 살을 붙인다면 이 초고는 그때 완성될 것으로 믿는다. 다만 초고(草藁)가 인쇄된 것은 그런 장래를 바라보고 눈앞의 허물을 눈감아준 허 교수의 배려(配慮)로 생각한다.

허락해 준다면
걷기와 함께 이 일을 도와준 몇 분의 이름을 덧붙이고 싶다.
용산구간을 답사해준 김천수 씨.

경기도 영남길 10구간을 소개해 준 경기문화재단 남찬원 박사.

충청도구간을 도맡아준 이상기 박사.

문경 옛길박물관의 여운황 학예사,

문경사진을 찍어주신 이창우 선생,

새재구간을 답사한 전민욱 경북문화해설사, 박순하 영천시민신문기자.

경주의 문화 지킴이 김환대.

경주박물관 해설을 해주신 임영미 여사.

울주의 배성동 작가.

부산초량왜관연구회 여러분에게.

감사드린다.

무엇보다 부평역터를 찾아주셨던 한삼건 교수와 지도(地圖)선생님으로 조언을 해주신 한국학중앙연구원 정은주 박사와 마지막 교정을 해준 정(鄭)국장에게 고마움을 표한다.

이 글이 바라는 것이 있다면 공간의 확장이다. 영천에서 싹이 튼 이 일이 서울에서 신녕까지, 그리고 동경(東京)까지 역참(驛站)[일본은 숙역(宿驛)]을 따라 이어지고 그 역참마다 새로운 시대의 통신사 지킴이가 생긴다면 21세기의 평화에 작은 보탬이 되리라고 믿는다.

그 하나로 '통신사마을'이라는 것을 생각해 보았는데 신녕의 장수찰방역은 찰방비 등으로 역지를 확인하고 찰방우물을 복원했으며 주민의 협조로 이미 통신사이야기벽화마을을 조성했다. 이는 32곳의 사행로에 처음 있는 일로 통신사 숙소였던 환벽정과 객사터(현 신녕초등학교)와 인근의 향교 등을 묶어 승마체험민박과 캠핑 등 '묵어가는 야행(夜行)'프로그램으로 발전시키는 것이 어떨 가 한다. 충주와 문경, 용궁의 향석마을, 안동을 잇는다면 이 사행로의 의미기 한걸 더 풍부해지리라 믿는다.

다시 한 번 말하지만 조선통신사의 한국 구간은 1진 1관 1포 32역이다. 이 지점마다 한 사람이라도 역장을 맡아 이웃 역장과 함께 걷는다면 길은 길게 이어질 것이고 이어진 길이만큼 의미도 풍부해질 것이다.

길이란 낯선 두 지점의 연결이다. 이 선 위에 시간을 더하면 의미가 생긴다. 충주의 탄금대(彈琴臺)와 새재의 고모성(姑母城)을 연결하고 1592년을 대입하면 生死를 넘나드는 의미가 있다는 것을 쉽게 알게 된다.

길이란 낯선 두 지점의 연결이다. 또 다른 낯선 점과 연결하면 길은 길어진다. 또 다른 낯선 점과 연결하면서 길은 확장된다. 길은 점이 아니라 선으로 연결하면서 의미가 확장된다. 영천에서 서울로, 동경으로 점을 연결하면서 많은 생각이 있었다.

길이란 낯선 두 지점의 연결이다. 두 지점의 연결로 하나의 선이 형성된다. 동일한 선에서 낯선 두 사람이 함께 존재하면 선에 대한 다른 생각을 할 수도 있고 또 공감할 수도 있다. 선이 길어지면서 두 사람의 생각은 평행선을 이룰 수도 있고 새끼줄을 꼴 수도 있다.

心思와 心事 ···, 생각 그리고 그 생각이 하는 일의 의미를 찾아가는 것을 摸索이라고 한다면 그 붙들고 더듬어가는 '길'이 '의미'이다.

참고문헌

1. 텍스트

민족문화추진회(1977), 『해행총재 I - XII』, 민족문화추진회.

1차 경섬 『해사록(海槎錄)』 1607년.

1차 장희춘 『해동기(海東記)』 1607년.

2차 박재 『동사일기(東槎日記)』 1617년.

3차 강홍중 『동사록(東槎錄)』 1624년.

4차 김세렴 『사상록(槎上錄)』 · 『해사록(海槎錄)』 1636년.

5차 신유 『해사록(海槎錄)』 1643년.

5차 작자미상 『계미동사일기(癸未東槎日記)』.

6차 남용익 『부상록(扶桑錄)』 1655년.

6차 조형 『부상일기(扶桑日記)』 1655년.

7차 김지남 『동사일록(東槎日錄)』 1682년.

7차 홍우재 『동사록(東槎錄)』 1682년.

8차 임수간 『동사일기(東槎日記)』 1711년.

9차 신유한 『해유록(海遊錄)』 1719년.

10차 홍경해 『수사일록(水槎日錄)』 1747년.

11차 조엄 『해사일기(海槎日記)』 1763년.

11차 김인겸 「일동장유가」.

12차 유상필 『동사록(東槎錄)』 1811년.

2. 지도

대동여지도

광복 이전 지형도

폐쇄지적도

국토지리정보원 1/25,000지도

다음 지도

정인철(2011), 『대동여지도 판본연구』, 국토해양부 국토지리정보원.

조선통신사 문화사업추진위원회(2004), 『마음의 교류 조선통신사』, 조선통신사 문화사업추진위원회.

허남식·이만열(2005), 『조선시대 통신사 행렬』, 조선통신사 문화사업회·국사편찬위원회.

3. 저서, 논문, 도록, 보고서, 기타

趙炳魯(2005), 『韓國近世驛制史硏究』, 國學資料院.

崔永俊(2004), 『嶺南大路』, 高麗大學校民族文化硏究院.

허경진 엮음(2014), 『영천과 조선통신사 – 한일간의 벽을 허물다』, 보고사.

구지현 엮음(2015), 『영천과 조선통신사—조선통신사 사행록에 나타난 영천』, 보고사.

도도로키 히로시(2000), 『영남대로답사기』, 한울.

양효성(2009), 『나의옛길탐사일기 2부 죽령의 저편』, 도서출판 박이정.

정은주(2006), 「正德元年(1711)朝鮮通信使行列繪卷硏究」, 『미술사논단』 23.

한태문(2012), 『조선통신사의 길에서 오늘을 묻다』, 도서출판 경진.

〈서울〉

강홍빈(2015), 「都城一觀」, 서울역사박물관 한양도성연구소.

_____(2015), 「大京城府大觀」, 서울역사박물관 조사연구과.

_____(2015), 「1908 한성부 지적도」, 서울역사박물관.

_____(2015), 「慶熙宮, 경희궁은 살아있다」, 서울역사박물관.

김우림(2004), 「都城大地圖」, 서울역사박물관 유물관리과.

김천수(2014), 『용산의 역사를 찾아서』, 용산구청 문화체육과.

나각순(2000), 『서울의 산』, 서울특별시 시사편찬위원회.

_____(2004), 『서울의 성곽』, 서울특별시 시사편찬위원회.

박흥주(2001), 『서울의 마을굿』, 서문당.

서울역사편찬원(2002), 『개항이후 서울의 근대화와 그 시련』, 서울역사편찬원.

역말전통문화보존회(2012), 『강남 역말도당제』, 보성문화사.

_____(2014), 『역말사람 역말사랑』, 보성문화사.

이상배(2000), 『서울의 하천』, 서울특별시 시사편찬위원회.

이상협(2000), 『서울의 고개』, 서울특별시 시사편찬위원회.

정희선(2009), 『서울의 길』, 서울특별시 시사편찬위원회.

崔　領 編輯(2000), 『서울 交通史』, 서울특별시사편찬위원회.

한양대학교 건축학과 동아시아건축역사 연구실(2016), 『일제강점기 용산지역의
　　　토지활용 실태조사 연구』.

〈용인〉

李仁寧·金成煥(2001), 『내고장 용인 地名·地誌』, 용인문화원.

〈충주〉

이상기(2014), 「조선통신사로를 따라가는 충주의 옛길」, 『충주의 옛길』, 예성문화
　　　연구원.

충북대학교 중원문화연구소(1998), 『문화유적분포지도』, 충주시.

〈문경〉

任世權(1995), 『聞慶市幽谷洞地表調査報告-幽谷洞』, 安東大學校博物館.

김남석 외(2014), 『옛길박물관-옛길편』, 대원사.

문경새재박물관(2005), 『길위의 역사, 고개의 문화』, 실천문학사.

안태현(2012), 『옛길, 문경새재』, 대원사

조윤주 지음, 이완규 옮김(2014), 『국역 유곡록』, 국학자료원.

〈의성〉

朴　燦(2010),『召文國과 日本天皇家』, 大譜社.

〈영천〉

이원석(2010),『영천 지명유래 및 마을 변천사 - 영천문화총서Ⅴ』, 영천문화원.
정재진 편집(2014),『朝陽閣詩文集 附, 環碧亭』, 영천문화원.
譚나누미스토리텔링 연구원(2015),『조선통신사 영천지역 사행길 따라걷기』, 譚
　　　나누미스토리텔링 연구원.

〈경주〉

韓三建(1993),「韓國における邑城空間の變容關する硏究」, '京都大學院建築學科'
　　　(京都).

〈부산〉

김한근(2016),「초량왜관의 공해(公廨), 성신당과 빈일헌터를 찾아서」,『새띠벌
　　　의메아리』, 여름.
주경업(2015),『부산학, 길 위에서 만나다 5』, 부산민학회.
부산근대역사관(2016),『근대부산항 別曲』, 부산근대역사관.
2015 부산박물관 국제교류전(2008),『조선시대 통신사와 부산』, 부산박물관.

수원시정연구원(2014),『수원화성 영화역 복원기본계획수립용역』, 수원시청.
최항순(2015),「조선통신사선의 복원」, 미발표논문.
李義之 외(2014),『舒川 玉北里 驛里遺蹟』, (財) 忠淸文化財硏究院.
박경식 외(2015),『고려행궁 혜음원』, 단국대학교 석주선 기념박물관.
韓國體育振興會(2015),「서울-東京 WALK 韓日友情計劃書」, 寒國體育振興會.
　　　＿＿＿＿＿＿(2015),「서울-東京 韓日友情WALK 報告書」, 寒國體育振興會.
韓三建(2003),『언양읍성』, 울산대학교 도시건축연구소.

武部健一(2015),『道路の日本史-中公新書2321』, 中央公論社.
ウェスト・パブリッツング 等(2014),『歩いて旅する 中山道』, 山と溪谷社, 東京.

ウェスト・パブリッツング 等(2015), 『歩いて旅する 東海道』, 山と渓谷社, 東京.

松山達彦(1998), 『ぶらり中山道』, ナカニシヤ出版, 京都.

忍足恵一(2002), 『中山道を歩く』(2015), 學研研究社, 東京.

白石 克編(1988), 『廣重東海道五十三次』, 小學館, 東京.

堂本隆男(2002), 『版畫中山道』,堂本隆男, 岐阜.

児玉幸多(昭和40:1965), 『近世宿驛制度の研究』, 吉川弘文館.

孫順玉(2006), 『朝鮮通信使と千代女の俳句』, 한누리미디어.

佐藤要人・花咲一男(昭和53), 『諸國遊里図絵』, 三樹書房.

佐藤要人(昭和52), 『絵本水茶屋風俗考』, 有光書房.

柳成龍・李載浩 譯(1983), 『懲毖錄』, 養賢閣.

雨森芳洲・國學資料院(2013), 『譯註 交隣提醒』, 국학자료원.

손승철 외(2005), 『왜구・위사문제와 한일관계』, 景仁文化社.

다시로 가즈이 / 정성일 옮김(2011), 『왜관』, 논형.

이기봉(2011), 『조선의 지도 천재들』, 새문사.

양효성(梁曉星·梁堯生·茶田)

韓國語文敎育硏究會 평생회원.
朝鮮使行路探査會 발기인.

『급취장』편역.
『나의옛길 탐사일기』1·2(박이정, 2009).
「조선통신사행로 영천구간을 통해본 경상북도 사행로의 활용방안」(『연민학지』24, 2016).

가나아트 한나라 돌그림 전시회, 2008년 6월.
한중문화관 초청 漢畵像石榻本展示會, 2009년 12월.

죽령대로32역 도보답사, 2005.
조선통신사 서울동경한일우정걷기 참가, 2015.

다음blog : 주막의 등불

영천과 조선통신사 자료총서 3

옛길 위의 조선통신사 – 서울에서 부산까지

2016년 9월 30일 초판 1쇄 펴냄

엮은이 양효성
펴낸이 김흥국
펴낸곳 도서출판 보고사

책임편집 이순민
표지디자인 오동준

등록 1990년 12월 13일 제6-0429호
주소 경기도 파주시 회동길 337-15 2층
전화 031-955-9797(대표)
        02-922-5120~1(편집), 02-922-2246(영업)
팩스 02-922-6990
메일 kanapub3@naver.com / bogosabooks@naver.com
http://www.bogosabooks.co.kr

ISBN 979-11-5516-600-0 93810
ⓒ양효성, 2016

정가 20,000원